Scherz Krimi
Spannung mit Niveau

Marcia Muller

Im Auge des Orkans

Scherz
Bern – München – Wien

Einzig berechtigte Übertragung aus dem Amerikanischen
von Ursula von Poellheim
Titel des Originals: »Eye of the Storm«
Schutzumschlag von Heinz Looser
Foto: Thomas Cugini

1. Auflage 1990, ISBN 3-502-51252-3

Gesamtherstellung: Ebner Ulm

1

Das kalifornische Sacramento-Delta ist ein seltsames und schönes Gebiet, unendlich weit von den politischen Umtrieben der Hauptstadt im Norden und der glitzernden Scheinwelt der Bay Area von San Francisco im Westen entfernt. Wenn man den Durchschnittskalifornier nach dem Delta fragt, weiß er vermutlich wenig darüber, obwohl es ein Gewirr von tausend Meilen von natürlichen Wasserstraßen umfaßt und den besten Ackerboden im Land hat. Leute, die zur günstigen Jahreszeit hingefahren sind, haben vielleicht noch vage Bilder in ihrer Erinnerung an ein sommerliches Paradies von träge dahinfließenden Wasserarmen, an Inseln, auf denen Tomaten und Spargel und Obst in der Sonne reifen, und an Jachthäfen voller Boote. Doch wer das Delta gut kennt, weiß auch über seine weniger gastfreundliche Seite Bescheid, über die Winterabende mit Sturm und Regen, wenn das Wasser steigt und die schmalen Deichstraßen kein Ort für Ängstliche oder Fremde sind.

Das Delta wird immer wieder Opfer der feindlichen Elemente. Alle paar Winter zieht eine Serie von verheerenden Stürmen über es hinweg, Dämme brechen, Inseln werden überschwemmt, und Hunderte von Menschen müssen ihre Häuser verlassen. Doch wenn der Himmel wieder klar ist, kehren die Einwohner zurück – von denen viele alles verloren haben –, säubern das Wohnzimmer von Schlamm und Schutt und beginnen wieder von vorn. Das scheint die Art der Delta-Leute zu sein: Ein überwältigender Nestinstinkt zieht sie zu dem Land zurück, obwohl sie wissen, daß das Wasser in ein paar Jahren wieder einmal steigen wird und eines Tages das Land völlig zerstören könnte.

Ich lernte die unfreundliche Seite des Deltas an einem rauhen Februarabend aus erster Hand kennen. Vor allem wurde mir bewußt, wie unberechenbar und verhängnisvoll veränderlich das Wetter sein konnte.

Ich war am Nachmittag gegen drei Uhr von San Francisco losgefahren, und als ich schließlich den Caldecott-Tunnel und die Vororte des Contra Costa County hinter mir hatte und die kahlen Hügel, die vom Winterregen grün waren, erreichte, hatte sich der Himmel bezogen, ein graugefleckter Schleier, der mit keinem Anzeichen einen heraufziehenden Sturm ankündigte.

In Antioch, dem Tor zum Delta, überspannte eine weiße geschwungene Brücke den San-Joaquin-Fluß. Während ich am

Mauthäuschen wartete, warf ich einen Blick auf die Uhr. Es war beinahe halb fünf. Zum Abendessen sollte ich an einem Ort namens Appleby Island sein, südöstlich einer kleinen Stadt namens Walnut Grove. Appleby Island liegt in der nördlichen Gabelung des Mokelume River und des Hermit's Slough.

Die Namen hatten, wie so viele im Delta, einen beunruhigenden Klang, und ich wünschte, ich wäre in besserer Laune gewesen und hätte meiner Phantasie freien Lauf lassen und über mein Fahrtziel Betrachtungen anstellen können. Aber ich fühlte mich ziemlich schwunglos, und während ich über die Brücke fuhr, verfiel ich wieder in die Stimmung eines dumpfen, automatischen Dahinfahrens.

Das Land vor mir hatte sich verändert, es war jetzt völlig flach, wie im Mittelwesten. Hochspannungsmaste zogen sich darüber hin. Die Flecken am Himmel traten deutlicher hervor, manche waren immer noch grau, andere schwarz, von einem seltsamen hellen Schimmer umgeben.

Die Temperatur war stark gefallen, die Luft voll Ozon. Ich stellte die Heizung in meinem alten MG an und überlegte, ob ich den dicken irischen Fischerpullover in die Reisetasche gepackt hatte, die auf dem Nebensitz lag. Eigentlich spielte es keine Rolle. Patsy würde mir notfalls etwas leihen. Wir hatten früher häufig die Kleider getauscht.

Ich mußte zugeben, daß ich mir wegen meiner jüngeren Schwester Sorgen machte. Und das war an sich schon seltsam, denn von uns McCones hatte ich sie immer als die stabilste und selbstsicherste gehaltet.

In Gedanken ging ich noch einmal das Gespräch durch, das wir mittags geführt hatten, und suchte nach Erklärungen und Hinweisen. Doch ich konnte nichts Konkretes entdecken. Ich wußte nur, daß Patsy Angst hatte, was sehr untypisch für sie war, und mich um Hilfe gebeten hatte. Nach einer Weile hörte ich auf, darüber nachzugrübeln, ließ mich von der Schönheit der Gegend einlullen und fuhr einfach friedlich dahin.

In weniger als einer halben Stunde fiel die Dämmerung ein, und der Charakter der Gegend änderte sich erneut. Die Straße wurde schmaler und zog sich jetzt auf einem Deich dahin. Auf der einen Seite war Ackerland, auf der anderen Sumpf mit Binsen und tote Wasserarme. Der Wind war stärker geworden und rüttelte in den Zweigen der Platanen und Eukalyptusbäume am Straßenrand. Rindenstücke flogen gegen die Windschutzscheibe, eines verfing

sich kurz unter dem Scheibenwischer und blockierte mir die Sicht. In der Ferne erkannte ich die turmartige Konstruktion einer Zugbrücke, die von einem über den wolkenverhangenen Himmel zuckenden Blitz kurz beleuchtet wurde. Und dann kam der Regen – zuerst nur ein feines Prasseln, dann schüttete es, als würde man das Wasser eimerweise gegen die Windschutzscheibe gießen.
Ich packte das Lenkrad fester, während der Wind den kleinen Wagen heftig durchrüttelte. Ich schaltete das Fernlicht ein.
Das Terrain fiel zu beiden Seiten der Straße gefährlich steil ab. Die regenglatte dunkle Fahrbahn schien sich in der Ferne zu verlieren. Dann kam eine Kurve, und ich mußte heftig bremsen, um nicht in das unruhige Wasser des Wasserarms zu gleiten.
»Verdammt!« sagte ich laut. Es klang ein wenig kärglich. Konnte man mir das verdenken? Was hatte ich hier eigentlich zu suchen? Bevor Patsy heute mittag bei mir aufgetaucht war, hatte ich mich auf ein ruhiges Wochenende und den bevorstehenden Urlaub gefreut. Und nun fuhr ich auf einer stockdunklen Straße durch heftigen Regen und Sturm, nur weil meine bisher so vernünftige Schwester sich von ein paar unbedeutenden und wahrscheinlich harmlosen Vorfällen hatte erschrecken lassen.
Gewöhnlich werde ich beim Fahren nie nervös, aber das Schleudern in der Kurve und das Trommeln des Regens auf Dach und Kühlerhaube des MGs hatten mich ziemlich nervös gemacht. Ich fuhr langsamer und schaltete die Deckenbeleuchtung an, um einen Blick auf die Wegbeschreibung zu werfen, die Patsy gezeichnet hatte. Bald würde ich eine Straßenkreuzung mit rotem Stopplicht erreichen, wo links eine Zugbrücke über den Sacramento River führte, Richtung Rio Vista. Ich sollte geradeaus weiterfahren.
Kurz darauf blinkte tatsächlich das Rotlicht auf, dann konnte ich die Umrisse der Brücke erkennen und weiter dahinter die Lichter der Stadt. Die Straße vor mir war wieder nur ein dunkler Tunnel. Obwohl kein anderes Auto in Sicht war, bremste ich, schaltete in den ersten Gang und fuhr – nach einem sehnsüchtigen Blick auf die Brücke – geradeaus weiter.
Nach etwa fünf Minuten ließ der Regen nach. Ich begann, mich etwas zu beunruhigen, als plötzlich nur ein paar Meter vor den Stoßstangen des Wagens ein schattenhafter Umriß auftauchte. Ein Paar Rücklichter blinzelten schwach. Ich mußte heftig bremsen, um nicht einen alten Pritschenwagen zu rammen.
Der Wagen fuhr kaum mehr als dreißig Kilometer. Da die Sicht

gleich Null war, konnte ich unmöglich überholen. Der Fahrer mußte mich bemerkt haben, aber er beschleunigte nicht. Ein paar Minuten war ich wütend, dann fand ich mich damit ab, langsam fahren zu müssen. Es gab Schlimmeres, als auf einer unbekannten Straße langsam hinter einem Paar Schlußlichter herzufahren. Nach einer ganzen Weile bog der Kleinlaster plötzlich links ein, ohne Zeichen zu geben oder zu bremsen. Fast wäre ich wieder in ihn hineingeschlittert. Der Wagen verschwand in einer mit Unkraut bewachsenen Nebenstraße.

Ich holte tief Luft und fuhr weiter. Trotz des Beinahe-Zusammenstoßes fühlte ich mich weniger angespannt als zuvor. Bald hörte der Regen auf, die Sicht besserte sich, und ich konnte schneller fahren. Ich passierte Isleton, eine kleine Stadt hinter dem Deich, und Schilder mit pittoresken Delta-Namen tauchten auf: Porkpie, Snodgrass Slough, Dead Horse Island. Als ich eines mit Hermit's Slough entdeckte, fuhr ich langsamer und hielt nach der Abzweigung zur Fähre nach Appleby Island Ausschau. Es handelte sich um ein Privatunternehmen, wie Patsy mir erzählt hatte, die Familie, der die Insel einst gehört hatte, hatte die Fähre in jenen Tagen eingesetzt, als das Bauen von Brücken in dieser Gegend sowohl unpraktisch wie unbekannt gewesen war. Obwohl heute eine veraltete Form des Transports, hatte man sie an Ort und Stelle gelassen – zusammen mit einer Handvoll anderer im Delta –, und sie bildeten den einzigen Zugang zur Insel.

Die Straße, die zur Landestelle führte, tauchte ziemlich rasch auf, gekennzeichnet durch ein verwittertes hölzernes Straßenzeichen mit altmodischer Schrift, auf das jemand in großen Buchstaben auch noch LIEFERUNGEN geschrieben hatte. Wieso Lieferungen? überlegte ich. Ja, natürlich, sie renovierten das Haus. Laster würden Baumaterial und sanitäre Einrichtungen bringen. In ein paar Wochen mußten die Einrichtungsgegenstände eintreffen, die Patsy in der Stadt bestellt hatte. Ich bremste und fuhr in die Richtung, in die der Pfeil auf dem Schild wies. Es war ein steiler Kiesweg. Beim Landesteg stand links eine Holzhütte, und als die Scheinwerfer meines Wagens darüber hinglitten, trat ein Mann in karierter Jacke und Jeans heraus und winkte mir, anzuhalten.

Das mußte der Fährschiffer sein. Patsy hatte mir seinen Namen gesagt, doch ich wußte ihn im Augenblick nicht. Ich kurbelte das Seitenfenster herunter, während er auf den Wagen zutrat.

Der Mann war etwa fünfzig, groß und massig mit dichtem schwarzem Haar, das ihm in die Stirn fiel. Seine Nase war dünn

und schnabelartig, sein linkes Auge wurde von einer schwarzen Augenklappe verdeckt.
Ein Pirat, dachte ich.
Der Pirat beugte sich zum Fenster herunter. »Miss McCone?«
»Ja.«
Er streckte mir seine grobschlächtige Hand durchs Fenster entgegen. »Ich bin Max Shorkey. Freut mich, daß Sie endlich da sind. Ihre Schwester hat alle zehn Minuten angerufen. Sie befürchtete, Ihnen sei etwas passiert.« Er klopfte sich an die Hüfte. Dort hing ein Walkie-talkie, wie ich jetzt entdeckte.
»Nein, es ist nichts passiert«, sagte ich. »Wegen des Regens mußte ich langsamer fahren.«
»Vermutlich wollen Sie auch – wie die andern – mit dem Wagen übersetzen, was völlig idiotisch ist.«
»Wieso?«
»Weil Sie nirgends hinfahren können, höchstens durch die Obstgärten. Wäre vernünftiger, die Wagen hier stehen zu lassen, näher an der Straße.«
»Warum tun die Leute es dann nicht?«
»Keine Ahnung. Ich versteh die Städter sowieso nicht. Das soll keine Beleidigung sein, Ma'am.«
»Ist schon gut.«
»Na, dann fahren Sie mal auf die Fähre. Ich bring Sie rüber.«
Ich beobachtete, wie er zu einem flachen Kahn ging, der am Ende der Rampe vertäut und etwa zehn Meter lang war. Er bot nicht mehr als zwei Wagen Platz. Max Shorkey hakte eine schwere Eisenkette am Heck los und winkte mir. Ich nahm den Fuß vom Bremspedal und ließ den MG die Rampe hinunter auf das Boot rollen. Im Rückspiegel sah ich, wie Shorkey die Kette wieder vorlegte und ins Maschinenhaus ging. Dann begann der Motor zu stampfen und zu rattern, und wir bewegten uns vom Ufer fort.
Ich stieg aus und ging nach vorn, wobei ich meine dunkelblaue Wolljacke zuknöpfte und die Kapuze über den Kopf zog. Die Luft war feucht und beißend kalt. Vor mir lag eine hügelförmige Insel mit einem hellbeleuchteten weißen Haus auf der Spitze. Es war kein gewöhnliches Haus, vielmehr ein Herrenhaus, riesig groß, aus Stuck, in einem Stil, der klassizistisch wirkte, mit zwei Stockwerken und ovalen Giebelfenstern im Mansardendach. Wie viele Zimmer sollte es laut Patsy haben – fünfundvierzig oder sechsundvierzig?
Von der Insel selbst konnte ich nicht viel erkennen, doch das

spielte keine Rolle, denn das Herrenhaus zog meine ganze Aufmerksamkeit auf sich. Die hohen Fenster und Terrassentüren waren mit Stuckornamenten und schönen Eisengittern geschmückt. Zypressen, die wie zusammengefaltete Regenschirme aussahen, standen in regelmäßigen Abständen an der Vorderseite, an jeder Ecke große Palmen, deren Wedel im immer noch heftigen Wind hin und her schwangen. Während ich so auf das Haus starrte, öffnete sich die Haustür, und Patsy kam heraus, gefolgt von ihrer neunjährigen Tochter Kelley. Sie legte den Arm um Kelley und sprach mit ihr, während sie auf die Fähre deutete. Kelley begann, auf und ab zu hüpfen.

»Vermutlich freut sich das Mädchen auf seine Tante«, sagte Max Shorkey hinter mir.

Im ersten Augenblick war ich entsetzt, daß er nicht im Maschinenhaus war und die Fähre steuerte, dann fiel mir ein, daß das Boot an einem auf dem Fußboden verankerten Kabel entlanglief, wie Patsy mir erklärt hatte. »Die Tante freut sich auch«, sagte ich. »Ich habe Kelley nicht mehr gesehen, seit sie sechs Jahre alt war.«

»Dann stehen Sie Ihrer Schwester wohl nicht so nahe?«

»In den letzten Jahren nicht mehr so sehr.«

»Na, da können Sie ja die verlorene Zeit jetzt einholen. Bleiben Sie lange?«

»Ich weiß es nicht. Auf jeden Fall das Wochenende.« Ich blickte wieder zum Herrenhaus. Im Näherkommen konnte man die Risse in den Mauern und die Löcher im Dach erkennen, wo die Ziegel fehlten. »Glauben Sie, daß es bis zur Sommersaison fertig ist?«

»Vielleicht, wenn alles so läuft, wie sie es planen.« Doch in Shorkeys Stimme schwang ein zweifelnder Unterton mit, als glaube er es nicht.

2

Noch am Mittag dieses Tages wäre ich höchst erstaunt gewesen, hätte mir jemand gesagt, ich würde die Nacht auf einer einsamen Insel im Delta verbringen. Noch am Morgen vorher hatte ich in einem Vormundschaftsfall ausgesagt und den Rest des Tages mit dem Aufarbeiten von Akten verbracht – Kundenberichte und meine wöchentliche Ausgabenaufstellung. Mein Schreibtisch bei All Souls war also einigermaßen aufgeräumt, und so fand ich es

gerechtfertigt, den Freitag freizunehmen, ein paar Dinge zu erledigen und für Patsy etwas Schönes zum Essen vorzubereiten. Sie wollte zum Mittagessen kommen, weil sie in der Stadt zu tun hatte, aus Gründen, die sie mir später erklären wollte.
Der Lunch wurde – wie so viele Dinge in den letzten Monaten bei mir – zu einer Katastrophe. Als ich meine Schwester zum letztenmal gesehen hatte, schwor sie gerade auf Vollwertkost und zog ihr eigenes Gemüse auf einer Farm bei Ukiah, die ihr gehörte. Es gab keinen Grund anzunehmen, daß sie sich geändert hatte, und ich verstehe überhaupt nichts von der vegetarischen Küche und hasse Salate. Trotzdem entschloß ich mich, einen Salat zu machen, mit einer Menge Shrimps und Krabben. Ein Laib Sauerteigbrot, einen Krug mit geeistem Kräutertee für sie und einer Menge Weißwein für mich – so sollte der Lunch aussehen. Daß ich wegen des bevorstehenden Treffens mit meiner Schwester nervös war, hatte mit ihr selbst wenig zu tun. Es hatte vielmehr damit zu tun, daß ich mich in den letzten Monaten so seltsam fühlte und immer mehr unfähig war, mit den kleinen Dingen des Lebens lokker umzugehen.
Mit den kleinen Dingen: Wenn ich zum Beispiel im Restaurant war, konnte ich mich nicht entscheiden, was ich essen wollte. Oder ich vergeudete Stunden, um meine Bankauszüge bis auf den letzten Penny nachzurechnen. Jahrelang hatte ich mich um meinen armen alten MG nicht groß gekümmert, jetzt plötzlich wusch ich ihn jede Woche, wechselte sogar selbst das Öl. Und morgens, wenn ich mir endlich klar war, welches Stück aus meiner nicht allzu teuren Garderobe ich anziehen sollte, bügelte ich es peinlich genau, wenn es auch nur leicht zerdrückt war. Die kleinen Dinge: Ich konzentrierte mich viel zu sehr auf sie, grübelte über sie nach und ließ sie meine Energie aufbrauchen.
Während ich auf Patsy wartete, überlegte ich, ob ich ein Glas Wein trinken sollte. Was würde Patsy dazu sagen, wenn ich sie mit dem Glas in der Hand begrüßte? Ach zum Teufel, was kümmerte es mich?
Aber seit kurzem trank ich tatsächlich mehr als gewöhnlich. Und warum? Die Antwort war ziemlich einfach – das Trinken wie das fast besessene Beschäftigen mit den kleinen Dingen war meine nicht sehr originelle Methode, den großen Dingen aus dem Weg zu gehen.
Die großen Dinge: Wie zum Beispiel, daß mir seit kurzem alles so grau in grau erschien, als ob ich die Welt durch eine schmutzige

Scheibe betrachten würde. Häufig spürte ich einen Knoten wie Blei in meinem Magen, was mir meinen gewöhnlich sehr gesunden Appetit raubte. Ich dachte häufig an Vergangenes, viel sehnsuchtsvoller, als es die Sache wert war. Meine Arbeit machte ich mechanisch, immer in der Hoffnung, daß keine große Sache auftauchte, die zu größeren Anstrengungen zwingen könnte. Und auch aus der Beziehung mit Dan war die Luft raus. Er hatte es ebenfalls gemerkt. Wir hatten begonnen, uns aus dem Weg zu gehen. Ja, die großen Dinge – Dinge, an die ich jetzt nicht denken wollte.

Wie sich herausstellte, brauchte ich das auch nicht. Es klingelte an der Haustür, und ich ging öffnen, das Weinglas in der Hand.

Die Frau, die auf der Schwelle stand, war nicht die Patsy, wie ich sie in Erinnerung hatte. Erstens einmal war sie zu dünn. Ihre Haut wirkte trocken und fahl, die tiefen Linien um den Mund ließen sie älter aussehen als ihre siebenundzwanzig Jahre. Auf der Farm, als ich sie zum letztenmal besucht hatte, war sie eher rundlich gewesen, mütterlich, mit glänzendem braunem Haar und braungebrannter Haut. Diese neue Patsy schenkte mir ein strahlendes, theatralisches Lächeln, und als wir uns umarmten, roch ich ihr zu schweres, exotisches Parfüm. Sie trug einen schicken Baumwolloveral, den die frühere Patsy niemals in ihren Schrank gehängt hätte, und ihr Haar war kurz geschnitten und stand ihr dank einer Dauerwelle wie ein Heiligenschein um den Kopf.

Obwohl ich über ihr Aussehen entsetzt war, freute ich mich doch, sie zu sehen. Weil sie mich darum bat, zeigte ich ihr kurz das Erdbebenhäuschen, das ich noch nicht vollständig renoviert hatte. Nach vorn hinaus ein Wohnzimmer (selten benützt, mit einem gefliesten Kamin), dann ein Schlafzimmer (mit einem Quilt, den sie mir für das Bett gemacht hatte), ein Eßzimmer (voller Farbtöpfe und anderer Utensilien) und die pikfein renovierte Küche und das Bad. Sie war von allem auf eine künstliche, geschwätzige Art begeistert, und ich wollte schon zu ihr sagen: »Hör auf, du redest mit deiner Schwester und nicht mit irgendeiner Fremden auf einer Cocktailparty«, als ihr Blick auf das halbvergessene Weinglas in meiner Hand fiel.

»Oh, Wein!« rief sie. »Kann ich auch welchen haben?«

Soviel zu Patsys Hang zur Vollwertkost.

Ich holte den Wein, und wir setzten uns auf die Terrasse. Es war ein sonniger Nachmittag, für Februar sehr warm, und alle Dinge hatten scharf umgrenzte Umrisse, weil der gefallene Regen die

Luft gesäubert hatte. Einen Augenblick lang spürte auch ich die Schönheit des Tages, und ich hob den Blick zum Himmel über den Fichten hinter dem Garten. Lächelnd toastete ich Patsy zu und sagte: »Auf unser Wiedersehen!«

Sie hob ebenfalls das Glas, trank einen Schluck, und nach kurzem Zögern noch einen zweiten.

Mein Gott, sie ist in einer noch schlimmeren Verfassung als ich, dachte ich. Mir merkt man meine Unzufriedenheit äußerlich noch nicht an, aber ihr steht sie deutlich ins Gesicht geschrieben.

Vielleicht hatte sie sich deshalb in den letzten sechs Monaten nicht gerührt. Mir war es gar nicht besonders aufgefallen, weil ich mit meinen eigenen Problemen so beschäftigt gewesen war. Früher hatte sie mich hin und wieder angerufen oder einmal eine Postkarte geschrieben. Doch letzte Weihnachten hatte ich kein Päckchen bekommen, und für meine Geschenke hatten sich weder die Kinder noch sie selbst bedankt. Vielleicht, dachte ich, hätte ich mich um meine kleine Schwester mehr kümmern müssen ...

Jetzt stellte sie das Glas ab und blickte sich mit unruhigen Augen um. Die alte Patsy hatte lange in ihre eigenen Gedanken versunken dasitzen können, ohne daß man das Gefühl hatte, sie brütete über irgend etwas. Doch jetzt wirkte sie, obwohl sie schwieg, angespannt und nervös. Ihre Finger spielten mit der Tischkante, und sie sah auf keinen Fall wie eine Frau aus, die verliebt ist, wie sie mir am Vortag am Telefon erzählt hatte. Sie hatte die Liebe ihres Lebens getroffen und war sehr, sehr glücklich.

»Wie geht es den Kindern?« fragte ich nach einer Weile des Schweigens. Sie hatte drei, jedes von einem anderen Mann. Keinen von ihnen hatte sie geheiratet.

»Gut. Sie wachsen. Du würdest sie nicht wiedererkennen.«

Ich dachte, sie würde mir jetzt ihre Fotos zeigen, aber sie machte keine Anstalten, Bilder hervorzuholen. »Und die Farm – gedeiht sie wie eh und je?«

»Ich hab sie verkauft.«

Das überraschte mich noch mehr als ihr Aussehen. Patsy hatte seit Ende der siebziger Jahre auf einer Farm bei Ukiah gelebt und sie zu einem ertragreichen Unternehmen gemacht. »Wo wohnst du denn jetzt?«

»Im Delta, auf einer Insel namens Appleby Island. Evans – meine neue Liebe, Evans Newhouse – und ich wollen mit noch ein paar anderen Leuten ein Bootel aufmachen.«

Das war mir beinahe zuviel. »Was aufmachen?« fragte ich entgeistert.
»Ein Bootel. Wo Leute Zimmer mit Frühstück haben können oder auf ihrem Boot bleiben und nur zum Essen – was ist los?«
Als sie »Zimmer mit Frühstück« sagte, hatte ich unwillkürlich die Nase gerümpft. »Ach, Don und ich waren vor ein paar Monaten mal in so einem Etablissement.«
»Es gefiel dir nicht?«
»Nicht besonders. Man war nie für sich. Es gab nur Etagentoiletten, und die Leute versuchten immer, einem einen Sherry aufzudrängen, wenn man durch die Halle kam. Abends lag ein Stück alte Schokolade auf dem Kopfkissen.«
»Aha.« Sie sah nachdenklich aus, als wollte sie sich meine Beschwerden für später merken. »Nun, bei uns wird es anders sein. Eigentlich ist es mehr ein Hotel mit einem guten Restaurant. Evans wird der Chef sein.«
»Wissen Ma und Pa Bescheid?«
Sie verzog ärgerlich den Mund. »Ich habe es ihnen noch nicht erzählt.«
Natürlich nicht. Sonst hätte mich unsere Mutter längst angerufen. »Warum nicht?«
»Ich möchte noch etwas warten, bis der Laden läuft.«
»Ich soll es also auch nicht verraten?«
»Bitte, nicht.«
»Okay.« Es war nichts Ungewöhnliches, daß ich meine Kenntnisse über Patsys Aktivitäten vor der restlichen Familie geheimhielt. Patsy war ihr zwar nicht entfremdet, aber sie stand auch nicht auf vertrautem Fuß mit ihr. Ich war die einzige, mit der sie je richtig hatte sprechen können.
Mit fünfzehn war sie von zu Hause fortgelaufen. Als unser Vater sie schließlich fand – hier in San Francisco –, lebte sie in einer Kommune, arbeitete als Kellnerin und war schwanger. Vielleicht hätte ein anderer Vater seine Tochter gezwungen, zurückzukommen, doch Pa erkannte nach einiger Zeit, die er mit ihr verbrachte, daß mit ihr alles in Ordnung und sie so vielleicht viel besser dran war.
Und so war es tatsächlich: Sie hatte genug Geld zusammenkratzen können, um ihr Land zu kaufen und sich als Bäuerin und Näherin darauf niederzulassen, und zog fröhliche, gesunde Kinder auf von Vätern, mit denen sie auch später noch freundschaftlich verkehrte. Die Familie konnte nicht verstehen, warum sie nicht

zurückkehrte, warum sie nicht heiraten wollte und so ein Außenseiterdasein führte. Auch ich, die ich sie am besten kannte, wußte nicht, was sie so früh von zu Hause fortgetrieben hatte, aber ich spürte, daß es mit einem tiefverwurzelten Freiheitsdrang zusammenhängen mußte.

Doch jetzt wollte sie nicht mehr auf sich allein gestellt sein. Wegen ihrer neuen Liebe hatte sie alles aufgegeben, wofür sie gekämpft hatte, hatte die Farm verkauft und war weggezogen. Sie hatte sich in ein riskantes geschäftliches Unternehmen eingelassen, ihr Aussehen verändert, ja fast ihre Persönlichkeit geändert. Ein Bootel im Delta mußte für einen unabhängigen und abenteuerlustigen Menschen wie Patsy wie der vollkommene Traum klingen. Aber ich fragte mich, ob sie ihren eigenen Traum verwirklichen wollte – oder den von Evans. Plötzlich hatte ich ein wenig Angst um sie.

Mein rasches Einverständnis, der Familie nichts zu verraten, schien sie etwas beruhigt zu haben. Sie beugte sich vor und sagte: »Ich möchte nicht, daß die Familie denkt, ich sei ein Versager. Du weißt, wie sie sich beim Kauf der Farm aufführte. Diesmal werden sie richtig stolz auf mich sein können.«

Ich wußte gar nicht, daß ihr dies so wichtig war. »Nur keine Angst«, sagte ich. »Wir warten ab und überraschen sie mit deinem Erfolg.« Und dann fügte ich hinzu. »Jetzt erzähl mir von Evans.«

Da sah sie plötzlich tatsächlich aus wie eine Frau, die liebt. Ihre Wangen röteten sich, und sie lächelte. »Evans ist wunderbar. Er sieht gut aus, ist intelligent und begabt und versteht sich mit den Kindern. Er ist gerade vierzig geworden und arbeitet seit zehn Jahren als Küchenchef. Er hat in Paris bei Spitzenleuten gelernt.«

»Wo hast du ihn kennengelernt?«

»In einer Sushi-Bar in Ukiah, in der er arbeitete. Ich war mit den Kindern dort, und er hat ihnen besondere kleine Sachen vorgesetzt, und wir haben uns unterhalten.«

Eine Sushi-Bar in Ukiah klang nicht gerade nach einem Ort, wo eine Küchengröße, die in Paris gelernt hatte, arbeitete. »Stammt er aus Ukiah?«

»Nein, aus Michigan, aus einem der feinen Vororte im Norden von Detroit.«

»Seine Familie hat also Geld?«

»Einen Haufen.«

Das war gut. Dann war er also nicht hinter ihrem Geld her.

»Natürlich haben sie ihn enterbt«, fügte sie hinzu, »nachdem er aus der juristischen Fakultät von Yale flog.«

»Aha!«
»Evans interessiert so was ganz und gar nicht«, sagte Patsy hastig. »Ihn interessiert nur Kochen. Du solltest die Pläne für das neue Restaurant sehen. Es wird genauso sein, wie er es sich immer erträumt hat.«
»Baut ihr ein ganz neues Hotel?«
»Nein, wir haben ein altes Herrenhaus gekauft, eigentlich eine ganze Insel. Wir renovieren alles – ich meine, das Herrenhaus.«
»Und wie heißt sie noch mal?«
»Appleby Island bei Walnut Grove. Das Haus wurde in den achtziger Jahren des letzten Jahrhunderts von einem der reichen Gutsherren erbaut. Er machte ein Vermögen in Birnen, und die ganze, vierzehn Hektar große Insel ist mit alten, verwilderten Birnbäumen bestanden. William Appleby, der das Herrenhaus erbaute, wurde reich und kaufte im ganzen Delta Obstland auf, aber in den zwanziger Jahren brach der Birnenmarkt zusammen und seine Erben mußten fast alles verkaufen. Nur diese Insel mit dem Herrenhaus konnten sie behalten, aber sie haben beides nicht sehr gepflegt. Deshalb konnte Neal das Ganze zu einem vernünftigen Preis erwerben.«
»Wer ist Neal?«
»Der Mann, der das Projekt finanziert – Neal Oliver, ein alter Freund von Evans.« Patsy trank ihr Glas aus.
Ich ergriff die Flasche und schenkte nach. »Möchtest du jetzt essen?«
»Noch nicht. Ich muß dich erst noch etwas fragen.«
Ich lehnte mich zurück. »Okay.«
»Shari«, begann sie, meinen Kosenamen verwendend, den sonst nur unser Vater gebrauchte. »Könntest du uns wohl da draußen besuchen kommen?«
»Natürlich. In zwei Wochen habe ich Urlaub und –«
»Nein, ich meine sofort, noch heute.«
Ich runzelte die Stirn. »Was ist los, Patsy, stimmt etwas nicht?«
»Also, ja, ich meine, ich glaube, daß etwas nicht in Ordnung ist. Die andern meinen, ich mache zuviel Aufhebens davon, aber ... ich weiß nicht, es ist alles so seltsam, und ich dachte, da du doch Detektiv bist ...«
Aha! Verwandte eines Rechtsanwalts fragen ihn um Gratisrat, ein Arzt muß die Krankheiten seiner Familie über den Eßtisch hinweg diagnostizieren. Aber bis jetzt hatte noch keiner meiner Familie meine Dienste als Schnüffler in Anspruch genommen. Die mei-

sten taten lieber so, als wüßten sie nicht, was für einen seltsamen und in ihren Augen unpassenden Beruf ich hatte.

Als hätte sie meine Gedanken lesen können, sagte Patsy: »Ich möchte nicht, daß du es umsonst tust. Wir würden dafür bezahlen – oder vielmehr, ich würde dafür bezahlen. Ich hab fast den ganzen Verkaufserlös aus der Farm auf der Bank.«

Ich machte eine abwehrende Geste. »Weiß Evans Bescheid?«

»Ja, alle. Er und die andern waren nicht begeistert, aber da ich sowieso herkommen wollte, um mich in den Einrichtungsgeschäften umzusehen –«

»Augenblick mal, wieso Einrichtungsgeschäften?«

»Ach ja, du weißt das ja noch nicht.«

»Ich weiß *überhaupt* nichts. Ich wußte nicht mal, daß du umgezogen bist.« Es klang etwas vorwurfsvoll, aber meiner Meinung nach nicht ganz zu unrecht.

Patsy hatte den Anstand, etwas beschämt auszusehen. »Ich war in letzter Zeit keine besonders gute Schwester, was?«

»Ach, schon gut. Erzähl mir einfach mehr von diesem Bootelprojekt.«

»Also gut. Wir sind zu sechst. Neal und Evans und zwei Frauen, die eine kümmert sich um den Hafen, die andere ist der geschäftliche Manager. Ein Bauunternehmer und ich. Ich bin für die Inneneinrichtung verantwortlich.« Die letzten Worten klangen richtig stolz, wie ein Kind, das zum erstenmal Zeitungen ausgetragen hat.

»Ich finde, sie haben eine gute Wahl getroffen.«

Sie lächelte – das erste echte Lächeln, seit sie gekommen war.

»Okay«, fuhr ich fort. »Erzähl mir von deinen Schwierigkeiten. Wenn du sie wirklich nur aufbauschst, wie die anderen meinen, kann ich dir vielleicht helfen, sie wieder in der richtigen Perspektive zu sehen.«

»Also ... es hat gewisse Vorkommnisse gegeben. Die unsere Pläne behindert haben. Wir hatten fünf Arbeiter, Leute aus der Gegend, und nach ein paar Wochen kamen sie einfach nicht mehr. Sie sagten nicht warum.

Letzten Monat gab es einen Sturm, und alle Kanus, die wir neu gekauft hatten, machten sich los, und die meisten sanken.«

»Kann das der Sturm gewesen sein?«

»Die Frau, die für den Hafen zuständig ist, kennt sich aus und meint, nein. Und der Fährschiffer glaubt es auch nicht.«

»Weiter.«

»Als nächstes gab es eine Küchenschabeninvasion, in allen Schränken, in den Nahrungsmitteln.«
»Ist das in einem so alten Haus etwas Ungewöhnliches?«
»Ja, weil bis jetzt keine da waren. Außerdem ist jetzt nicht die Zeit, wo sie aus den Eiern schlüpfen. Und die waren völlig ausgewachsen.«
Ich war mir über den Werdegang von Küchenschaben nicht so sicher und sagte deshalb nur: »Und weiter?«
»Neals Bruder kommt morgen aus Michigan, um sich den Besitz anzusehen. Er sagt, er sei gewarnt worden, daß Neal sich in eine zu große Sache eingelassen hätte, und wollte sich überzeugen, ob es eine solide Investition ist.«
»Was geht es ihn an?«
Patsy wurde fast verlegen. »Also, Neal hat schon geerbt, aber seine Eltern haben eine Art Trust aus dem Geld gemacht, und sein Bruder verwaltet ihn, er ist Finanzberater. Sein Bruder kann ihm den Hahn zudrehen, wenn er glaubt, er investiert falsch.«
»Warum haben die Eltern das gemacht?«
»Ach, weil Neal nie richtig gearbeitet hat. Noch als er auf dem College war, hat er von seinem Großvater Geld geerbt. Und davon hat er immer bequem gelebt. Seine Eltern billigten seine Nichtstuerei nicht, und deshalb haben sie Sam zwischengeschaltet.«
»Sam ist der Bruder?«
»Ja. Er braucht nur zu *sagen*, daß das Projekt auf wackligen Füßen steht, und schon kann er den Hahn zudrehen.«
»Hm. Es hatte ihn also jemand gewarnt?«
»Ja. Es kam ein anonymer Brief.«
»Klingt doch ganz, als wollte jemand euer Projekt verhindern.«
»Finde ich auch. Die andern meinen, es seien nur Zufälle, aber ich . . . Warte mal.« Sie ging zum Stuhl bei der Tür und nahm einen kleinen Gegenstand aus ihrer Tasche, die sie dort abgelegt hatte, und reichte ihn mir.
Es war eine Plastikpuppe mit pechschwarzem Haar und dunkler Gesichtshaut, vermutlich eine Indianerpuppe. Sie trug ein paar gelbliche Stoffetzen, der Kopf war zur Seite geneigt, und um den Hals lag eine säuberlich geknotete Schlinge. Die Augen waren in die Höhlen gefallen, die Gliedmaßen standen in seltsamen Winkeln vom Körper ab. Mich überlief eine Gänsehaut.
»Woher hast du die?«
»Jessamyn hat sie gefunden.« Jessamyn war ihre fünfjährige

Tochter. »Die Puppe hing an einem niedrigen Ast eines Birnbaums.«
Ich runzelte die Stirn und sah im Geist, wie das blonde kleine Mädchen hochlangte und die widerwärtige Puppe abnahm. »Die Puppe scheint dich sehr zu beunruhigen. Warum?«
Patsy trank einen Schluck Wein, und dabei entdeckte ich, daß sie ihre Fingernägel völlig abgeknabbert hatte. »Die Geschichte der Insel geht noch weiter, als ich dir erzählt habe. Die Insel wird umflossen vom Nordarm des Mokelume-Flusses und einem toten Wasserarm namens Hermit's Slough, denn es hat dort tatsächlich mal ein Eremit gelebt, um 1850 oder 1860. Er hieß Alf Zeisler, alle nannten ihn den verrückten Alf. Sein Name klang zwar deutsch, aber er war ein Miwok-Indianer. Im Delta gab es eine Menge Indianerstämme, aber die meisten Indianer kamen bei der Malariaepidemie 1830 um. Jedenfalls, der verrückte Alf überlebte, wohnte auf der Insel und zog Kartoffeln und anderes Gemüse.«
Sie machte eine Pause, um wieder einen Schluck Wein zu trinken. »Als William Appleby auf die Insel kam, versuchte er, den Indianer zu vertreiben. Aber Alf war clever. Er verschwand zwar, aber er trieb sich auf der Insel herum, sabotierte Obstgärten und Farmgebäude und tat sein möglichstes, um die Familie einzuschüchtern und zu vertreiben. Einmal, in den späten sechziger Jahren, muß er etwas so Schlimmes getan haben, daß William Appleby und seine Söhne ihn umbrachten, sie hingen ihn im Obstgarten auf, dort, wo Jessamyn die Puppe fand.«
»Mein Gott, was hatte Alf denn gemacht?«
»Keiner weiß etwas Genaues. Die Applebys sprachen nie darüber. Gesetz und Ordnung waren damals im Delta noch nicht so wie heute, und ganz bestimmt gab es niemanden, der einen armen Indianer vertreten wollte, und so wurden die Applebys nie angeklagt.«
Ich betrachtete die bösartige Puppe in meiner Hand.
Patsy sprach jetzt schneller. »Seit damals soll die Insel verflucht sein. Durch indianische Geister, die sich rächen wollen, oder so etwas Ähnliches. William Appleby ertrank unter ungeklärten Umständen im Hermit's Slough, 1880, kurz nachdem das Herrenhaus fertig war. Andere Familienmitglieder kamen ebenfalls auf tragische Weise ums Leben. Einzelheiten weiß ich nicht. Aber der letzte Appleby – Stuart – erschoß sich in der Bibliothek, vor zwei Jahren. Neal erwarb die Insel aus dem Nachlaß.«
»Was hat demnach diese Puppe zu bedeuten?«

»Ich glaube, daß jemand, der weiß, daß wir die Geschichte der Insel kennen, uns ängstigen will – wie der verrückte Alf versuchte, die Applebys zu verschrecken. Jemand möchte, daß wir verschwinden.«
»Und deshalb möchtest du mich anheuern? Damit ich die Wahrheit herausfinde?«
Patsy nickte. Die Angst in ihren Augen ließ mich zu einem schnellen Entschluß kommen. Außerdem ist es bei den McCones ein Prinzip, daß man sofort herbeigerannt kommt, wenn ein Familienmitglied um Hilfe ruft.
»Ich werde zum Abendessen dort sein«, sagte ich.

3

Patsy fuhr kurz nach zwei weg, ich stellte das schmutzige Geschirr in den Ausguß, packte meine Wochenendtasche und pfiff meiner Katze Watney. Wie gewöhnlich war das dicke, schwarz und weiß gefleckte Geschöpf nirgends zu finden. Deshalb hinterließ ich an der Nachbartür einen Zettel mit der Bitte, sie zu füttern, falls sie auftauchte. In die Hintertür hatte ich schon vor längerer Zeit ein Loch machen lassen, durch das sie ein und aus schlüpfen konnte.
Dann warf ich die Tasche in den MG und fuhr ins Büro, weil ich wissen wollte, ob etwas Wichtiges vorgefallen war, und um mit meinem Chef zu sprechen, ehe ich aus der Stadt verschwand.
All Souls, die Rechts-Kooperative, bei der ich als Detektiv arbeite, ist in einem großen altmodischen Haus untergebracht, in einer der steilen Seitenstraßen im Bernal-Heights-Viertel von San Francisco. Die Mission Street mit ihren Kneipen und Discos und kleinen Läden, die ständig geöffnet zu haben scheinen, ist nicht weit. Für eine durchschnittliche Kanzlei wäre die Lage nicht besonders reizvoll gewesen, aber uns paßt sie wie maßgemacht. Wir sind ein Überbleibsel der Bürgerrechtsbewegung der sechziger und siebziger Jahre und sind dazu da, Leuten mit niedrigem oder mittlerem Einkommen und dem Wunsch nach juristischer Unterstützung zu helfen. Unsere gleitende Gebührenordnung zieht sowohl die Reichen wie die Armen an, denn in den fünfzehn Jahren unseres Bestehens haben wir uns einen außergewöhnlich guten Ruf erworben.

Auf meinem Schreibtisch lagen nur ein paar Nachrichtenzettel, die ich nach ihrer Wichtigkeit, sofort und später, sortierte. Die Mitteilung, daß Don angerufen hatte, schob ich zum Päckchen der später zu erledigenden Dinge.
Zwei Anrufe mußte ich sofort beantworten, von Klienten, denen ich meine Berichte gestern per Post geschickt hatte. Ich wußte, daß sie sich Sorgen machten, so rief ich sie kurz an und erzählte ihnen in groben Zügen, was ich herausgefunden hatte. Dann trödelte ich noch ein paar Minuten herum, ehe ich zu Hank Zahns Büro ging. Er ist mein Chef.
Dort erwartete mich eine Überraschung. Hank saß hinter seinem mit Akten bedeckten Schreibtisch und sah wie gewöhnlich zerknittert aus, obwohl er einen gutsitzenden Anzug mit Weste trug. Er sah einen Vertrag durch, zusammen mit Anne-Marie Altmann, unserer Steuerjuristin und meiner besten Freundin bei All Souls. Sie stand hinter ihm, deutete auf einen Absatz im Vertrag und lehnte sich dabei gegen seine Schulter. Ihre langes blondes Haar streichelte seine Wange auf eine höchst ungeschäftliche Art, und der Ausdruck auf Hanks Gesicht verriet mehr Vergnügen, als selbst er am Sezieren eines Vertrags finden konnte.
Bei meinem Anblick richtete sich Anne-Marie leicht errötend auf. Hank sah nur zu mir her und sagte: »Ach, du bist es.«
Ich bemühte mich, so zu tun, als fände ich ihr vertrauliches Tête-à-tête nicht seltsam, und sagte: »Ein schönes Gefühl, so willkommen zu sein.« Dann wandte ich mich zum Bücherregal, wo Hank seine Sammlung von *National Geographics* aufbewahrt, und begann in ihr herumzusuchen.
»Bist du hinter was Bestimmtem her?« fragte er in amüsiertem Ton.
Das war ich tatsächlich. »Hat der *Geographic* mal über das Delta berichtet?« fragte ich.
»Ich glaube schon. So um 1976. Band hundertfünfzig ungefähr.«
Seine prompte Antwort erstaunte mich nicht. Hank sammelt nicht nur Zeitungen, Illustrierte, Berichte und statistisches Material, er verschlingt auch ihren Inhalt und verstaut das meiste in seinem fotografischen Gedächtnis. Ich brauchte nicht lange, um die richtige Ausgabe zu finden – November 1976. »Kann ich mir die ausleihen?«
»Selbstverständlich. Ich glaube, es ist auch ein ganzes Buch übers Delta da, oben im Schrank im Gang, unterstes Fach rechts.«
»Danke. Ich werde nachsehen.« Als ich mich umwandte, stellte

ich fest, daß Anne-Marie hinter dem Schreibtisch hervorgekommen war und sich in einen der Kundensessel gesetzt hatte. Ich setzte mich in den anderen.
»Warum willst du was übers Delta wissen?« fragte Hank.
»Ich werde das Wochenende dort verbringen.« Ich erzählte kurz von Patsy und ihren Freunden und den Bootelplänen, ohne die seltsamen Vorfälle zu erwähnen. »Ich werde Montag anrufen, und wenn nichts Wichtiges vorliegt – könnte ich ein oder zwei Tage länger bleiben?«
»Dein Schreibtisch ist aufgeräumt?«
»Ja.«
»Dann nimm ein paar Tage frei.«
»Danke.«
Die Schwierigkeit mit Hank ist, daß er nie weiß, wo die Grenze ist – jedenfalls, soweit es mich betrifft. Er betrachtet mich als eine Kreuzung aus Angestellter, gutem Freund und kleiner Schwester, und deshalb glaubt er, das Recht zu haben, sich in meine Privatangelegenheiten zu mischen. »Wirklich, ich bin froh, daß du aus der Stadt rauskommst«, sagte er. »Du brauchst einen Szenenwechsel. Du bist in letzter Zeit schrecklich gereizt.«
Anne-Marie verkroch sich tiefer in ihren Sessel und rollte die Augen.
»Was zum Teufel ist eigentlich mit dir los«, fuhr Hank fort. »Probleme mit Don?« Er machte ein hoffnungsvolles Gesicht, denn mein derzeitiger Freund Don Del Boccio hatte ihm nie gefallen, zum Teil wegen seines Berufs – er war Discjockey –, zum Teil, weil er Hanks Freund und Kollegen Greg Marcus ausgebootet hatte.
Ich starrte ihn nur an, ohne ein Wort zu sagen. Anne-Marie verdeckte die Augen mit der Hand.
»Dachte ich's mir doch«, sagte Hank. »Ich wußte, daß er dich eines Tages langweilen würde. Greg erzählte mir, daß er kürzlich mit dir gegessen hätte und –«
»Hank«, unterbrach ihn Anne-Marie. »Ich hätte gern ein Glas Wein, und im Kühlschrank ist keiner mehr. Könntest du wohl welchen holen gehen?«
»Warum warten wir nicht, bis wir diesen Vertrag durchgesehen haben, und gehen dann runter in die ›Remedy Lounge‹.«
»Diese schmierige Bar mag ich nicht. Und ich möchte *jetzt* etwas trinken.«
»Mein Gott, das bedeutet, daß ich zum Supermarkt gehen und mich dort anstellen muß . . .«

»Sehr gut.«
»Oh.« Er hatte begriffen und warf mir einen schuldbewußten Blick zu.
Anne-Marie lächelte ihn an, und er verschwand so würdevoll aus dem Büro, wie es einem verlegenen, lästigen Menschen, der sich in alles einmischt, möglich war.
»Er meint es nur gut«, sagte Anne-Marie, nachdem Hank gegangen war.
Ich seufzte nur und verkroch mich ebenfalls in meinen Sessel. Ein paar Sekunden später meinte ich: »Na schön, er meint es gut, das tut er *immer.* Er ist mein Freund. Seit dem College. Er gab mir einen Job, nachdem man mich gefeuert hatte und kein Mensch mich auch nur zu einem Einstellungsgespräch hätte kommen lassen. Er ist der Grund, warum ich bei All Souls geblieben bin, all die Jahre. Vermutlich liebe ich ihn auf meine Weise, aber . . .«
»Ich liebe ihn auch.«
Ich sah sie nur an.
»Wir werden heiraten.«
Das war wirklich eine Sensation. Einen Augenblick verschlug es mir die Sprache. Hank und Anne-Marie kannten sich fast so lange wie Hank und ich. Sie gehörte zu den Mitgründern der Kooperative. Sie hatten immer gut zusammengearbeitet, Witze gemacht, gelacht. Aber Hank und Anne-Marie als Liebende? Verheiratet? Es war unvorstellbar.
»Wie lange geht das schon?« fragte ich.
»Ein paar Wochen. Es fing an, als die Retrospektive von Western im ›Castro‹ lief. Hank liebt Westernfilme, und keiner wollte mit ihm hingehen, außer mir.«
»Da mußt du ihn wirklich lieben.« Anne-Marie und ich hatten eine gemeinsame Leidenschaft für spätabendliche Horrorfilme und immer gefunden, daß Western unter unserer Würde seien. Anne-Marie nickte. »Bist du auch sicher, nach so kurzer Zeit?« fragte ich.
»So sicher wie nötig.«
»Guter Gott!« Einen Augenblick schwiegen wir beide. Dann erkannte ich, daß meine Worte unfreundlich geklungen haben mußten, und ich fügte hinzu: »Ich freue mich für dich, wirklich.«
»Ich weiß, es ist ein Schock. Ich wollte es dir auch nicht so plötzlich erzählen, damit es dich nicht umwirft, aber . . .«
Wir lachten, die Art von verständnisvollem gutem Lachen, das nur zwischen langjährigen engen Freunden möglich ist.

4

Als ich durch die Eingangstür zum Herrenhaus auf Appleby Island trat, vergaß ich für einen Augenblick alles: meine persönlichen Probleme, die streunende Katze, Anne-Marie und Hank und sogar den Regensturm, durch den ich gefahren war: So beeindruckend war die Empfangshalle. Und so wenig paßten die Leute hinein, die sich zu meiner Begrüßung versammelt hatten. Vor mir schwang sich eine mit einem blauen Teppich bedeckte Treppe in anmutigem Bogen in den ersten Stock. Ihr dunkles Mahagonigeländer schimmerte im Licht des vergoldeten Kristallüsters an der Decke.
Unter der Treppe führte eine zweite in das Stockwerk darunter. Die Wände waren mit blau-silberner Lilientapete tapeziert, der Boden war aus weißem Marmor. Ein königsblauer chinesischer Teppich bedeckte ihn fast ganz. Außer einem zerbrechlichen Tisch für das Gästebuch gab es keine Möbel. Keine Bilder oder Nippes lenkten den Blick ab von den eleganten Proportionen des Raumes und seiner Farbkomposition. Wenn dies ein Beispiel für Patsys Geschmacksstil war, hatte sie ihre wahre Berufung gefunden.
Natürlich hatte ich nur ein paar Sekunden Zeit, um die ganze Pracht aufzunehmen. Kelley hüpfte um mich herum und schrie, daß Tante Sharon endlich angekommen sei. Patsy versuchte, mir die Jacke abzunehmen. Aber ich konnte sie nicht ausziehen, weil die fünfjährige Jessamyn sich daran klammerte und mit strahlendem Gesicht zu mir aufsah. Auch Andrew war da, Patsys elfjähriger Sohn, den sie als in sich gekehrt und häufig feindselig beschrieben hatte. Er stand an einem Durchgang und lächelte zögernd. Mich überraschte seine starke Ähnlichkeit mit unserem Vater, nach dem er benannt worden war.
Ich war nicht so sicher, ob sich die anderen über mein Auftauchen freuten. Zwei Männer und eine Frau standen als kleine geschlossene Gruppe hinter Patsy, die Arme verschränkt, die Gesichter ausdruckslos. Einen Augenblick schienen sie in dieser Pose erstarren zu wollen, doch dann hatte Patsy es geschafft, mir die Jacke auszuziehen, Jessamyn packte meine Tasche, und die Gruppe löste sich auf und kam auf mich zu.
Patsy begann, die einzelnen vorzustellen. »Das ist Neal Oliver.« Neal war klein, mit einem Bauch, und trug Kordhosen und ein Holzfällerhemd. Er hatte ein rundes Gesicht, strähniges graues

Haar, und als er mir die Hand schüttelte und lächelte, entdeckte ich, daß er schlechte, ungeputzte Zähne hatte.
»Und Angela Won, unsere Geschäftsführerin.« Für eine Chinesin war Angela groß, über einssiebzig, wie ich, und noch dünner als Patsy. Mit ihren schwarzen Jeans und dem schwarzen Rollkragenpullover schien sie ihre Schlankheit noch betonen zu wollen. Auch das auf dem Kopf aufgetürmte Haar erhöhte den Eindruck von Größe noch. Sie nickte und lächelte mir zu, doch ihre Augen blickten wachsam.
»Und dies«, sagte Patsy und ergriff die Hand des anderen Mannes, »ist Evans Newhouse.«
Ich betrachtete die neue Liebe meiner Schwester aufmerksam. Evans war über einsachtzig groß, und als Patsy ihn vorwärtszog, bewegte er sich mit der trägen Geschmeidigkeit des Athleten. Sein Haar war dicht und dunkelbraun, mit nur einer geringen Spur von Grau, und fiel in Wellen bis zu seinem Kragen. Seiner Kleidung nach zu urteilen, hatte er sich noch nie Gedanken gemacht, was modisch war und was nicht. Er trug ein grün-blau gestreiftes Rugbyhemd, bei dem die eine Schulternaht aufgeplatzt war. In den Knien seiner Jeans waren Löcher. Die Tennisschuhe an seinen Füßen waren ausgefranst und hatten geknotete Schnürsenkel. Seine regelmäßigen Gesichtszüge konnte man fast als hübsch bezeichnen. Er sah ganz und gar nicht wie der Inbegriff der Vollkommenheit aus, als den Patsy ihn mir beschrieben hatte. Er wirkte nicht so, als könne er auf irgend jemanden einen schlechten Einfluß ausüben, wie ich mir das eingebildet hatte. Meine Reaktion auf ihn war positiv, es blieb nur ein kleines vages Gefühl des Unbehagens, das aber auch auf die seltsame Situation, in der ich mich befand, zurückzuführen sein konnte.
Patsy scheuchte uns alle durch den Torbogen, unter dem Andrew stand, in ein riesiges Wohnzimmer, auf dessen Parkettboden der gleiche blaue chinesische Teppich lag wie in der Eingangshalle. Weiße Brokatgardinen hingen an den Fenstern. An der Innenwand befand sich ein Kamin mit einem mit Putten geschmückten Sims. Daneben war eine geschlossene, mit feinen Schnitzereien bedeckte Holztür.
Kelley zog mich auf ein blaßblaues Samtsofa vor dem Kamin, und während sich die beiden Mädchen rechts und links von mir niederließen, warf ich Andrew einen Blick zu, der uns spöttisch grinsend betrachtet hatte und sich nun in die hinterste Ecke des Raums auf eine Bank mit dünnen Füßen zurückzog. Patsy schüt-

telte den Kopf und murmelte: »Was soll eine Mutter da tun?« Die Erwachsenen verteilten sich auf die verschiedenen Sitzmöglichkeiten vor dem Kamin.
Ein bedrückendes Schweigen entstand. Nicht einmal das Rauschen des Regens war mehr zu vernehmen. Er hatte vor einer halben Stunde aufgehört.
Schließlich hüstelte Neal Oliver nervös und sagte: »Nun, Sharon, wir freuen uns natürlich sehr, daß Sie gekommen sind.« Patsy und Evans tauschten Blicke und lächelten mir dann zu, als wollten sie sagen, daß ich mich jetzt auf eine Rede gefaßt machen müßte.
»Wir hoffen, daß Sie sich während Ihres Aufenthaltes hier wohl fühlen werden«, fuhr Neal fort, »trotz des herrschenden Chaos. Nicht alles ist vollkommen wie die Empfangsräume, die . . . Patsy, hast du ihr ein hübsches Zimmer gegeben?«
»Ja. Sie ist im Rosenzimmer untergebracht.«
»Sehr schön. Wenn Sie etwas brauchen, sagen Sie es uns nur, denn wir wollen, daß Sie sich hier –«
»Neal«, unterbrach ihn Patsy, »vielleicht sollten wir jetzt was trinken. Sharon hat eine lange Fahrt in Regen und Sturm hinter sich.«
»Gut. Ich hole den Getränkewagen.« Neal sprang auf. Sein wichtigtuerisches bemutterndes Gehabe würde mir sicherlich bald auf die Nerven gehen. Nachdem er verschwunden war, senkte sich wieder Schweigen auf die Gruppe, bis Angela Won schließlich sagte: »Ach, Sharon, erzählen Sie uns doch von Ihrer Arbeit als Privatdetektiv. So etwas ist sicherlich sehr aufregend.«
Wie ich solche Bemerkungen haßte. Ich kannte alle Variationen zu diesem Thema. Doch ich nahm mich zusammen und antwortete gelassen:
»Manchmal ist es auch aufregend, aber meistens nur Routine: Einen Haufen Fragen stellen, eine Menge Notizen machen, viele Berichte schreiben.«
»Was – kein Blick durchs Schlüsselloch auf ehebrecherische Pärchen?«
Ich betrachtete Angela, wie sie lässig in ihrem Sessel saß, die Beine übereinandergeschlagen und mit dem einen Fuß rhythmisch auf und ab wippte. Wollte sie mich aus der Reserve locken? Wenn ja, warum? Schließlich antwortete ich:
»Manchmal habe ich auch bei einem Scheidungsfall mitgearbeitet, ja, aber so etwas liegt mir nicht besonders.«
»Und wie steht's mit Mord? Patsy sagt, Sie hätten einige Mordfälle gelöst.«

»Einige.«
»Das muß gefährlich sein. Tragen Sie eine Waffe?«
»Manchmal.«
»Haben Sie schon mal jemanden getötet?«
Jetzt wagte sie sich auf ein Gebiet, das selbst meine engsten Freunde nicht den Mut hatten zu betreten. In den Jahren, in denen ich meinen Beruf ausübte, hatte ich viele gewaltsame Tode erlebt. Die meisten waren von anderen verschuldet worden, zwei hätte ich vielleicht verhindern können, und für einen war ich direkt verantwortlich gewesen. Nach vielen schlaflosen Nächten hatte ich mich mit all diesen Vorfällen abfinden können – bis zu einem gewissen Grad. Aber sie waren keinesfalls das passende Thema für ein leichtes Geplauder zur Cocktailstunde.
»Tut mir leid«, sagte ich, »aber über solche Dinge möchte ich nicht sprechen.«
Angela Won zuckte die Achseln. Sie schien keine Frau zu sein, die man leicht beleidigen konnte.
Die Spannung im Zimmer wurde durch Neal unterbrochen, der einen riesigen Barwagen mit allen nur erdenklichen Getränken und Mixturen hereinrollte. Ich trank einen doppelten Bourbon, um mich zu erwärmen, und allmählich fing ich an, den riesigen Raum zu mögen und meine Gesellschaft freundlicher zu betrachten.

5

Ich träumte von Schafen, von Dutzenden frischgeschorener nackter Schafe. Ich wußte, daß ich träumte, aber ich konnte mich nicht vom Schlaf lösen. Und so beobachtete ich die Schafe und dachte, wie dumm sie ohne ihr Fell aussahen. Dann wurde ihr zuerst leises Blöken immer lauter ...
Ich öffnete ein Auge. Jemand klopfte, hämmerte.
Ich setzte mich im Bett auf, blickte entgeistert durch das sonnendurchflutete Zimmer und sank in die Kissen zurück. Natürlich – ich war auf Appleby Island. Und das Hämmern kam von irgendwo draußen.
Im Zimmer war es kühl, das Bett war weich, die Zudecke warm. Außer dem Hämmern war kein Laut zu hören, keine Wagen, die angelassen wurden, keine Leute auf der Straße, die sich miteinan-

der unterhielten, keine Kinder, die schrien, wie ich es von der Stadt her kannte. Aber auch im Haus selbst war alles still. Ich sah auf den elektrischen Wecker auf dem Nachttisch – Viertel nach acht. Entweder stand man hier unglaublich früh auf, oder die Leute waren Langschläfer.
Ich blickte wieder durchs Zimmer. Es war frisch gestrichen und tapeziert. Gestern abend hatte Neal mir erzählt, daß sie nur Halle und Wohnzimmer renoviert hätten, um bei seinem Bruder Sam einen guten ersten Eindruck zu machen. Und sie hatten im ersten Stock ein paar Zimmer gestrichen, damit Sam erkennen konnte, wie alles einmal werden sollte. Dieses Zimmer mußte eines von ihnen sein.
Schließlich stand ich auf, ging auf bloßen Füßen zum Fenster und sah hinaus. Das Zimmer ging auf den verunkrauteten Vorderrasen hinaus, der mit vom nächtlichen Sturm abgebrochenen Ästen besät war. Zum erstenmal sah ich Appleby Island bei Tageslicht.
Das Haus stand auf einem Hügel. Eine Auffahrt wand sich von der Straße hinauf, die in der einen Richtung zur Fähre führte und in der anderen in den alten Obstgärten verschwand. Rechts in meinem Blickfeld erhob sich hinter dem Rasen ein Deich, etwa eineinhalb bis zwei Meter hoch, der das Land vor dem häufig über die Ufer tretenden toten Wasserarm schützte. Hinter der Deichkrone war ein Gewirr aus kahlen Ästen zu erkennen, von Platanen und Weiden und vermutlich Eichen, die um Ufer wuchsen. Und weiter dahinter schimmerte das ruhige, spiegelblanke Wasser des toten Wasserlaufs selbst. Dunst stieg von ihm auf, den die frühe Morgensonne rosiggolden färbte. Die Anlegestelle der Fähre konnte ich von meinem Ausblick nicht erkennen, sie lag hinter immergrünem Gebüsch versteckt.
Das Hämmern hatte aufgehört. Zwei Gestalten tauchten auf dem Deich auf, ein Mann und eine Frau.
Die Frau war groß und schlaksig und trug weite olivfarbene Arbeitskleidung. Ihr Haar war mit einem roten Schal verdeckt. Der Mann war noch größer und sehr schwer. Sicherlich wog er an die dreihundert Pfund. Sein Haar und sein Bart waren karottenrot und lockig und umstanden sein Gesicht wie das Fell, das meinen nackten Traumschafen gefehlt hatte. Trotz des Bauchs, der über seinen Werkzeuggürtel hing, hielt er sich sehr aufrecht.
Die beiden schienen sich zu streiten, oder vielmehr die Frau sprach heftig auf den Mann ein und gestikulierte dabei mit den Händen. Als sie näher kamen, konnte ich am Klang ihrer Stimme

erkennen, daß es doch nur ein intensives Gespräch war. Sie gingen über den Rasen und verschwanden rechts um das Haus. Dann hörte ich eine Tür zufallen.

Dem Werkzeuggürtel nach zu schließen, handelte es sich bei dem Mann um den Bauunternehmer Denny Kleinschmidt. Und da sie aus der Richtung des künftigen Hafens gekommen waren, mußte die Frau Stephanie Jorgenson sein, die für die Boote verantwortlich war. Wenn ich mich beeilte, konnte ich die beiden noch erwischen, solange sie im Haus waren.

Ich duschte mich rasch im frisch renovierten Bad und zog Jeans, Tennisschuhe und ein langärmeliges Hemd an. Nachdem ich die Hand zum Fenster hinausgestreckt hatte, um die Temperatur zu prüfen, zog ich meinen hellgrünen Lieblingspullover an. Ich legte nur wenig Make-up auf und band das Haar im Nacken zu einem Knoten zusammen. In ein paar Minuten war ich fertig und ging die Treppe in die Halle hinab.

Niemand war dort, auch das Wohnzimmer war leer. Die geschnitzte Tür neben dem Kamin stach mir ins Auge. Ich ging hin und probierte, ob sie sich öffnen ließ. Sie war abgeschlossen, was mich etwas erstaunte.

Dann fiel mir ein, daß Patsy erzählt hatte, der letzte Appleby habe sich vor zwei Jahren in der Bibliothek erschossen. Vielleicht führte die Tür in die Bibliothek. Ich mußte mich erkundigen.

Doch jetzt wollte ich das Paar kennenlernen, das ich vom Fenster aus beobachtet hatte. Ich verließ das Wohnzimmer und ging durch das zugige Eßzimmer und die Schwingtür in die Küche, ebenfalls ein Raum, der noch nicht renoviert worden war. Der Boden war mit gesprenkeltem schwarzem Linoleum bedeckt, die Wände schimmerten in einer Art Schulhausgrün, die Arbeitsflächen waren schmutziggelb gefliest. Der Ausdruck auf den Gesichtern des Mannes und der Frau, die am Metalltisch saßen und Kaffee tranken, paßte zur Umgebung.

Es war das Paar, das ich draußen gesehen hatte. Ihre Debatte war noch heftiger geworden. Als ich eintrat, hörte ich den Mann sagen: »... gleichgültig, was du meinst. Es ist gefährlich, und ich werde nicht –« Er brach ab, und beide wandten sich um und starrten mich an.

Die Gesichtshaut des Mannes war gerötet, seine Augen beherrschten sein Gesicht: Sie waren himmelblau und rund und wirkten seltsam unschuldig, obwohl der Mann Anfang Vierzig sein mußte. Die Augen der Frau dagegen waren so dunkel, daß ich kaum die Iris von der Pupille unterscheiden konnte. Mittellanges Haar lugte unter ihrem roten Schal hervor, und ihre Gesichtszüge waren ebenso eckig wie ihre Figur. Ihre Haut sah wie gegerbtes Leder aus, und tiefe Falten in den Augenwinkeln ließen sie etwas verblüht aussehen, obwohl sie sicherlich nicht älter war als ihr Gegenüber.

Die beiden starrten mich schweigend an, bis ich mich vorstellte. Meine Vermutung bestätigte sich dann. Sie waren Denny Kleinschmidt und Stephanie Jorgenson. Mein Erscheinen hatte die Spannung zwischen ihnen gelöst, und so goß ich mir aus dem Kaffeetopf auf dem alten Gasofen eine Tasse voll und setzte mich zu ihnen.

»Tut mir leid, daß ich gestern zu Ihrem Empfang nicht da war«, sagte Stephanie mit einer tiefen Stimme, die zu ihrer Erscheinung paßte, »ich mußte nach Sacramento, um einen netten, alten Knaben zu treffen, den ich kenne.« Sie lachte rauh, als sei dies ein kleiner Privatwitz, und zündete sich eine Filterzigarette an.

Ich musterte sie mit Interesse und überlegte, ob sie wie ich indianisches Blut hatte. Der Name Jorgenson ließ nicht darauf schließen, aber wenn man es recht bedachte, der meine auch nicht. Ich war ein Achtel Indianerin, außer bei mir hatte sich die indianische Abstammung bei keinem Familienmitglied gezeigt. Aber ich sah eindeutig wie ein Schoschone aus.

Als ich eine diesbezügliche Frage stellte, schien sie das zu beunruhigen, dann schüttelte sie den Kopf. »Nein. Ich habe italienisches und skandinavisches Blut, mit einem Schuß irischem und französischem. Eine richtige Promenadenmischung, könnte man sagen.«

»Aber eine freundliche Promenadenmischung, die selten bösartig ist, außer mir gegenüber.«

Stephanie rümpfte die Nase.

»Sie sind also hier«, fuhr Denny fort, »um ein paar kleine Probleme zu lösen, die wir haben.«

»Ihrem Ton nach zu schließen halten sie sie nicht für sehr schwerwiegend.«

Er hob seine eine riesige Hand und wackelte mit ihr hin und her wie ein Modellflugzeug, das nicht ganz flugtauglich ist. »Ich glaube, man übertreibt.«

»Meine Schwester?«

»Nun ja. Und Steff hier hat auch nicht gerade dazu beigetragen, die Leute zu beruhigen.«

Stephanie blies Rauch aus und betrachtete ihn mit zusammengezogenen Brauen. »Ich habe nichts getan, um irgend jemand zu beunruhigen. Wenn du nur ein bißchen gesunden Menschenverstand hättest, würdest du noch mal genau überlegen, wieso das Zeug versunken ist. Verdammte Insel. Hier spukt's!«
»Gehen wir doch der Reihe nach vor«, sagte ich. »Was ist mit den Arbeitern, die nicht mehr kamen? Patsy erzählte mir, Sie hätten versucht, mit ihnen zu reden, und sie wären nicht wieder zur Arbeit erschienen, weil sie Angst hatten.«
»Es waren fünf Leute von hier, Chinesen. Zwei aus Walnut Grove und drei aus Locke.«
»Locke ist die historische Chinesenstadt, nicht wahr?« Ich hatte am Vorabend nicht sofort einschlafen können – weil ich zuviel getrunken hatte, vermutlich –, und so hatte ich im *Geographic* und in dem Buch über das Delta gelesen, die ich mir von Hank geliehen hatte. Obwohl ich mehrmals mit Freunden per Schiff im Delta gewesen war, war es mir nie gelungen, den Ort zu besuchen, den man Kaliforniens bäuerliches Chinatown nannte.
Denny nickte. »Was die Arbeiter betrifft, so gibt es zwei Umstände, die gegen uns sind. Erstens haben die Leute hier von dem Fluch, der auf Appley Island liegt, gehört. Aberglauben und Legenden und Tatsachen – sie bringen alles durcheinander. Irgendeine Kleinigkeit verschreckte die Arbeiter, und sie verschwanden. So einfach ist das.«
»Und was ist die andere Sache?«
»Die chinesischen Gemeinden, vor allem die von Locke, schließen sich ab und sind Fremden gegenüber mißtrauisch. Und das mit gutem Grund. Überall in ihrer Stadt laufen Touristen herum und behandeln die Chinesen wie Schaustücke. Bauunternehmer wollen die Stadt haben und sie in eine Art asiatisches Disneyland verwandeln und so weiter. Jedenfalls ist das Ergebnis, daß diese Leute nichts mit Außenstehenden zu tun haben wollen, und das schließt uns ein.«
»Wann haben die Arbeiter aufgehört?«
»Mal sehen.« Er blickte Stephanie an. »Es war kurz nachdem du kamst, nicht wahr?«
»Zweite Woche Januar, glaube ich.«
»Und was geschah genau, als Sie versuchten, sie zurückzuholen?«
»Die zwei Kerle aus Walnut Grove habe ich nie aufgespürt, und die drei aus Locke wollten nicht mit mir sprechen. Als sie mich kommen sahen, verschwanden sie in irgendwelchen Hauseingän-

gen, was dort sehr einfach ist. Aber dem Ausdruck auf ihren Gesichtern nach zu schließen, hätte man glauben können, ich sei der Geist von Appleby Island persönlich.«
»Kann ich Namen und Adressen haben?«
»Angela wird sie Ihnen sicherlich geben. Sie kennen sie vermutlich schon. Sie hat ihr Büro im Untergeschoß, neben der Bar.«
»Okay. Und nun zu den Kanus, Stephanie, Patsy meint, weder Sie noch Max Shorkey glauben, der Sturm könnte sie losgerissen haben.«
Stephanie schnaubte verächtlich und drückte die Zigarette aus. »Sie hätten Shorkey nicht zu meiner Unterstützung zitieren brauchen. Ich habe mein ganzes Leben lang mit Booten zu tun gehabt – mein Vater hatte einen Bootsverleih in Seattle –, und ich weiß, wozu ein Sturm fähig ist und wozu nicht. Außerdem habe ich die Taue überprüft, mit denen ich die Kanus zusammengebunden hatte. Sie waren durchgeschnitten.«
»Haben Sie eine Ahnung, wer das getan haben könnte?«
»Nein, aber wenn ich den erwische . . .«
Ich überlegte, ob ich den anonymen Brief erwähnen sollte, der den bevorstehenden Besuch von Neals Bruder bewirkt hatte, ließ es dann aber. Ich würde Neal selbst danach fragen. »Kommen wir jetzt zu den Küchenschaben«, sagte ich dann.
»Ach, jedes alte Haus hat seine Schaben«, meinte Denny. »Vielleicht waren sie in einem Schrank, der bis dahin nie geöffnet worden war. Oder sie kamen mit irgendeinem Lieferwagen.«
»Oder sie wurden absichtlich hergeholt«, warf Stephanie ein.
»Du versuchst nur, Unruhe zu stiften, Steff.«
»Verdammt, Denny. Patsy und ich halfen Evans beim Putzen der Küche. Wir haben alle Schränke und Regale ausgewischt und keine Schaben oder Eier gefunden.«
»Vielleicht habt ihr ein paar übersehen. In dieser Küche gibt es eine Million kleiner Verstecke.«
Es klang, als hätten sie sich über dieses Thema schon früher gestritten. Es würde uns nicht weiterbringen. So sagte ich: »Vergessen wir die Küchenschaben für eine Weile, und unterhalten wir uns über die Puppe, die Jessamyn fand.«
Meine Worte hatten eine seltsame Wirkung. Denny sah unbehaglich aus, Stephanie senkte den Blick auf eine angeschlagene Untertasse auf dem Tisch. Schließlich fragte sie: »Was soll mit ihr sein?«
»Die meinten Sie doch, als Sie vorhin sagten, hier spuke es?«

Eine Pause. »Ja.«
»Beunruhigt Sie auch, nicht wahr, Denny?«
Der große Mann nickte nur.
Ich dachte an die Puppe, ein billiges Stück aus Plastik, das man auf jedem Trödelmarkt finden konnte. Und die Lumpen, die sie getragen hatte – sie stammten von einem alten Küchenhandtuch oder etwas Ähnlichem. Neutral betrachtet, hatte die Puppe nichts Beängstigendes an sich, und doch waren alle beunruhigt gewesen. Die ganze Sache sah nach eiskalter Berechnung aus.
»Wie hat Jessamyn reagiert, als sie die Puppe fand?« fragte ich.
»Sie war völlig außer sich. Sie kam schreiend und weinend angerannt. Sie dachte, Andrew hätte es getan. Sie sagte immer wieder: ›Mom, das ist wieder einer von Andrews seltsamen Scherzen.‹«
Andrew. Ich dachte über meinen Neffen nach. Patsy hatte sich beschwert, daß er seit dem Umzug auf die Insel so verschlossen und mißgelaunt geworden sei. »Spielt er seinen Schwestern oft solche Streiche?«
»Nun ...« Denny sah von mir weg. »Das Kind ist ein wenig ... aus der Art geschlagen.«
»Was meinen Sie damit?«
»Vielleicht fragen Sie lieber seine Mutter.«
Das würde ich ganz bestimmt tun. »Irgendeine Vorstellung, wer die Puppe in den Baum hängte? Hätte es tatsächlich Andrew sein können?«
»Er sagt nein, und wir glauben ihm. Außerdem sieht die Geschichte nicht nach einem Kind als Täter aus. Es ist zu ...«
»... zu abscheulich«, ergänzte Stephanie.
»Haben Sie sonst eine Idee, wer es gewesen sein könnte?«
Keiner von beiden sah mich an. Schließlich murmelten sie: »Nein.«
Mein Kaffee war ausgetrunken, ich hatte keine Fragen mehr. Ich bedankte mich, spülte die Tasse im Ausguß aus und machte mich auf die Suche nach Angelas Büro.

Das Untergeschoß war auf seine Weise auch beeindruckend – wie die Kulisse für einen Horrorfilm. Der königsblaue Teppich hörte am Ende der Treppe auf und damit aller Anspruch auf Eleganz. Der Parkettfußboden war noch zerkratzter als im Eßzimmer, und beim Durchgang zur Bar waren manche Bretter krumm und rissig. Eine Ansammlung von Eimern und Töpfen stand dort, halbvoll mit Wasser. Ein Teil der Decke hatte nachgegeben, und von

den alten eisernen Wasserleitungen darunter tropfte es rhythmisch.
Die Bar nahm fast die ganze Länge des Hauptflügels ein. Das einzige Licht fiel durch die Fenstertüren. Wegen der Beschaffenheit des Geländes lag das Untergeschoß auf der Rückseite zu ebener Erde. Die Terrassentüren führten auf eine plattenbelegte Terrasse ähnlich der vor dem Eßzimmer. Am einen Ende des dämmrigen Raums stand eine massive geschnitzte Bartheke aus Rotholz mit einem zerbrochenen Spiegel dahinter. Ein einsamer Billardtisch mit zerrissenem grünem Filz und ein Musikautomat aus den fünfziger Jahren ohne Glas oder Platten waren die einzigen anderen Gegenstände im Raum. Vom Fenster aus hatte man einen Blick auf einen französischen Garten, dessen Rabatten und Hekken jetzt verwildert und von Unkraut überwuchert waren.
Mir kam der Gedanke, ob meine Schwester und ihre Freunde sich wirklich über die unglaubliche Arbeit klar waren, die sie in dieses Projekt stecken mußten – Arbeit und Geld. Die Kücheneinrichtung allein würde viele tausend Dollar verschlingen. Ich hatte erst kürzlich meine eigene renoviert und wußte, was die Dinge kosteten. Vermutlich waren die elektrischen Leitungen in keinem besseren Zustand als die Wasserrohre. Und Gott allein wußte, wie schadhaft das Dach tatsächlich war . . .
Rasch verließ ich die Bar und wanderte den breiten Gang entlang, bis ich eine Tür mit der Aufschrift BÜRO entdeckte. Ich klopfte und hörte dann Angela »Herein« rufen.
Sie saß an einem Metallschreibtisch, einen Computerausdruck vor sich. Auf der Schreibtischplatte stand alles, was man brauchte – Behälter mit Bleistiften und Kugelschreibern, Radiergummis und Büroklammern, Aktenkörbe mit verschiedenformatigem Papier, Kartei und Telefon. Auf einem Tisch hinter ihr stand ein Computer. Das Büro war ein solcher Kontrast zu dem Raum, den ich gerade verlassen hatte, daß ich unter der Tür verblüfft stehenblieb.
Angela blickte auf. »Ihrer Miene nach zu schließen könnte man glauben, Sie hätten gedacht, ich würde dasitzen und noch mit dem Abakus addieren.« Sie lächelte ironisch und deutete auf einen Stuhl.
»Ich bin überrascht, daß Sie einen Computer haben«, sagte ich, »wenn man bedenkt, wie viele Dinge Sie eigentlich dringender brauchten.«
»Neal ist vernarrt in die Technik. Mit als erstes mußte ich einen Computer anschaffen.«

»Und Sie haben nicht protestiert? Ich halte das für keine gute Investition.«
»Ich auch nicht.« Angela beugte sich vor, und ich hatte das Gefühl, ich würde jetzt einen nach außenhin ehrlich wirkenden, aber im Kern rein egoistischen Motiven dienenden Bericht zu hören bekommen.
»Ich muß zugeben, Sharon, Neal ist ein lausiger Geschäftsmann. Sein Bruder hat allen Grund, besorgt zu sein. Dieses Herrenhaus wieder herzurichten ist eine verdammt riskante Sache.«
Der Inhalt war nicht ganz das, was ich erwartet hatte, doch ihr Tonfall stimmte. »Was wird er Ihrer Meinung nach machen, wenn er das Haus gesehen hat?«
»Neal weiter Geld geben.«
»Ach!«
»Man muß Sam Oliver kennen, um meine Reaktion zu verstehen. Die andern sind alle entsetzt über seinen plötzlichen Besuch, aber ich nicht. Sam versteht etwas von Finanzen, aber ich noch mehr. Und ich weiß auch, wie man die Leute manipuliert, wie man sie glauben macht, eine Investition sei besser, als sie tatsächlich ist. Wenn Sam wieder abreist, wird er soweit sein, daß er eigenes Geld in das Projekt stecken möchte.«
»Sie kennen Sam schon?«
»Wir sind zusammen zur Schule gegangen, haben im selben Jahr an der Universität von Michigan unser Wirtschaftsexamen gemacht. Sam hat mich sogar Neal für diesen Job hier vorgeschlagen.«
»Wieso Job? Ich dachte, alle hier sind Partner.«
»Ich meine dieses Wort im weitesten Sinn. Für meine Fachkenntnisse bekomme ich Unterkunft und Essen, ein kleines Gehalt und habe auch den Status eines Investors.«
»Ich verstehe.« Ich begann mich zu fragen, wie Angela und Sam Oliver zueinander standen und wem gegenüber sie loyal war. »Sie und Sam sind Freunde?«
»Befreundete Gegner, sozusagen. Nichts würde mich mehr freuen als der Erfolg des Projekts, trotz Neals Schrullen und Sams Einwänden.«
»Was meinen Sie mit Neals Schrullen?«
»Sicherlich haben Sie bemerkt, daß er etwas seltsam ist.«
»Nun . . .«
»Doch, doch! Einerseits delegiert er links und rechts Autorität, ohne zu überlegen, ob die fragliche Person die überhaupt anneh-

men kann. Andererseits hängt er wie ein Verrückter an dieser Insel. Vermutlich haben Sie bemerkt, daß die Bibliothekstür abgeschlossen ist?«
»Die Tür neben dem Kamin im Wohnzimmer?«
»Ja. Die Bibliothek ist Neals private Domäne. Er behauptet, er schließt ab, weil dort so viele wertvolle Bücher stehen – er hat sie mit dem Haus zusammen übernommen –, und er möchte nicht, daß sie Schaden nehmen. Hält sich für einen Büchersammler, verstehen Sie?«
»Sie glauben nicht, daß das der wahre Grund ist, warum er abschließt?«
»Nein. Ich glaube –«, sie biß sich auf die Lippe. »Es spielt keine Rolle, was ich glaube. Ich habe nur dafür zu sorgen, daß immer Bargeld da ist.«
Ich war enttäuscht, daß sie nicht mehr von Neal erzählte. »Wie wollen Sie das machen, angesichts der riesigen Menge von Problemen, die Sie hier haben?«
»Ach, man muß etwas einfallsreich sein – geschickt verhandeln, Werbung machen.«
»Nun, ich hoffe, es funktioniert. Sagen Sie mal, Angela, haben Sie irgendeine Vorstellung, wer Sam den anonymen Brief geschickt haben könnte? Der ihn dazu veranlaßt hat, herzukommen?«
Sie schüttelte den Kopf.
»Wer profitiert davon, wenn das Projekt platzt?«
»Soviel ich weiß – niemand.«
»Vielleicht möchte jemand das Land zu anderen Zwecken haben.«
»Es gab noch ein Angebot für die Insel, aber es war zu niedrig, es wurde nicht akzeptiert.«
»Können Sie herausfinden, von wem es stammte?«
»Natürlich.« Angela zog einen Notizblock heran und machte sich eine Notiz.
»Ich brauche noch eine andere Information: Können Sie mir Namen und Adressen der Arbeiter geben, die nicht mehr zur Arbeit gekommen sind?«
»Ja, aber warum?«
»Ich möchte mich mit ihnen unterhalten.«
Angela langte nach der Kartei. »Ich helfe Ihnen gern, aber ich bezweifle, daß Sie etwas erfahren.«
»Warum?«
»Ich kenne das Delta und Locke sehr gut. Mein Großvater wohnt dort. Deshalb wollte ich auch hier arbeiten, um ihn im Auge be-

halten zu können. Jedenfalls, es ist eine verschworene Gemeinde. Die meisten Leute sind alt und wollen mit Fremden nichts zu tun haben. Sogar die jüngeren, die hier gearbeitet haben, blieben schön unter sich.«

»Trotzdem muß ich es versuchen.«

»Natürlich.« Sie begann Namen und Adressen aufzuschreiben.

»Setzen Sie auch Ihren Großvater auf die Liste. Dann habe ich einen wohlgesinnten Kontaktmann in Locke. Vielleicht kann er die Arbeiter überreden, sich mit mir zu unterhalten, falls ich es nicht schaffe.«

»Ja, in Ordnung.«

Sie schrieb weiter, und ich sagte zu ihrem gebeugten Kopf, »Übrigens, haben Sie heute morgen meine Schwester schon gesehen?«

Sie hob den Kopf und sah mich überrascht an. »Hat es Ihnen niemand gesagt?«

»Was?«

»Es hat einen Unfall gegeben, nichts Ernstes«, fügte sie hinzu, als sie meinen besorgten Gesichtsausdruck bemerkte. »Andrew streunte draußen herum, gegen halb acht, als es gerade hell wurde. Er stürzte auf der Treppe, die hinunter in den Garten führt, und Patsy und Evans brachten ihn nach Rio Vista zum Arzt. Möglicherweise hat er sich den Arm gebrochen.«

»Wieso habe ich von der Aufregung nichts mitbekommen?«

»Dort, wo Sie schlafen, kann man Geräusche von der anderen Seite des Hauses nicht hören. Und Patsy wollte Sie nicht wecken. Sie bat Neal, es Ihnen zu erzählen. Er hat es offensichtlich vergessen.«

Ich war entsetzt. »Was wollte Andrew denn um diese Zeit draußen?«

Sie reichte mir die Namenliste. »Andrew ist ein wenig . . . na ja, er streunt herum und ist schwer zu lenken. Er sagte, er spiele Detektiv wie Tante Sharon.« Zum erstenmal erschien sie mir unsicher. Ein Schatten flog über ihre zarten Züge.

»Was meinte er damit?«

»Er behauptete, er habe jemanden verfolgt. Während Evans ihn zum Wagen trug, rief er immer wieder: ›Der verrückte Alf kriegt uns alle!‹«

6

Ich stieg in meinen Wagen und fuhr zur Anlegestelle der Fähre. Auf mein Hupen tauchte Max Shorkey – der im Morgenlicht mehr denn je wie ein Pirat aussah – aus der Holzhütte auf der anderen Seite auf und machte die Fähre los, um mich zu holen. Während der Überfahrt fragte ich ihn, in welcher Verfassung Andrew gewesen sei, als er Patsy, Evans und die Kinder hinüberbrachte. Er erklärte, Andrew sei sehr still gewesen, aber die Mädchen hätten das durch ihr Lärmen wieder wettgemacht. Patsy und Evans waren aufgeregt gewesen, hatten aber nicht den Kopf verloren.
Nachdem ich von der Fähre heruntergefahren war, gab mir Max eine Straßenkarte des Deltas und zeigte mir den Weg nach Walnut Grove und Locke. Die Straße zog sich entlang des toten Wasserarms hin. Zu beiden Seiten wuchsen Binsen und niedrige Büsche. An manchen Stellen war der Deich mit Sandsäcken geflickt – eine düstere Mahnung an die Flutkatastrophe vor zwei Jahren.
Aber an einem so sonnigen Morgen wie diesem fiel es einem leicht, derartige Zeichen der Zerstörung zu übersehen. Die Straße führte jetzt durch Felder und Obstgärten, durch kleine Ansammlungen von Ulmen und Weiden und dann über eine gekrümmte Brücke.
Etwas weiter entfernt standen vier kleine weiße Häuser mit eigener Anlegestelle unter schattigen Bäumen, und ich dachte plötzlich, wie schön es sein müßte, hier zu leben, ohne den Lärm der Großstadt, ohne den Haß und die Feindseligkeit, die ich in meinem Beruf immer wieder erfuhr. Ich verscheuchte diese Vorstellung als lächerlich. Es wäre nur wieder eine neue Fluchtmöglichkeit gewesen, sich nicht mit dem auseinandersetzen zu müssen, was in meinem Leben nicht stimmte.
Walnut Grove, das einen bedeutenden Hafen besessen hatte, ehe der Lastertransport modern geworden war, lag unterhalb der hohen Deichstraße und zog sich bis zum Ufer des Sacramento River hin. Während ich die Hauptstraße entlangfuhr, fiel mir die stille, altmodische Atmosphäre des Ortes auf. Viele der Zement- oder Fachwerkhäuser hatten im ersten Stock einen Balkon, wie die Chinesen sie lieben. Auf den schmalen Bürgersteigen waren kaum Leute zu sehen. Die paar Fußgänger, die ich entdecken konnte, starrten dem MG nach, als hätten sie noch nie einen ausländischen Wagen gesehen. Ich war froh, als ich eine der Adressen von Angela fand und aussteigen konnte. Zu Fuß fiel ich weniger auf.

Das Haus war ein Fachwerkhaus nach chinesischer Art und stand direkt am Gehsteig. Häßliche dunkelgrüne Rolläden waren an den Fenstern der Straßenfront heruntergezogen. Überall blätterte die Farbe ab. Ich klopfte an die Haustür, die dabei in ihren Angeln wackelte, und schon ein paar Sekunden später wurde sie von einer jüngeren Chinesin in Jeans und T-Shirt geöffnet. Auf dem T-Shirt stand: Ich hör das Gras wachsen.
Unwillkürlich mußte ich lächeln, und da lächelte die Frau, die mich erst mißtrauisch angeblickt hatte, auch. Als ich mich nach Jim Loo erkundigte, antwortete sie: »Er arbeitet diese Woche in Carmichael drüben. Kann ich Ihnen helfen? Ich bin seine Frau.«
»Ich bin vom Bootel auf Appleby Island«, sagte ich. »Wir würden gern wissen, ob er Lust hat, wieder bei uns zu arbeiten.«
Ihr Lächeln verschwand. »Das bezweifle ich.«
»Wir haben nie genau erfahren, warum er aufhörte. Können Sie uns erzählen, was tatsächlich der Grund war?«
Sie biß sich nervös auf die Lippen. »Es hatte was mit einem der anderen Arbeiter zu tun, mit Eddie Huey.«
Eddie gehörte zu den drei Leuten, die in Locke wohnten. »Was war los mit ihm?«
»Eddie fuhr die andern, Jims Laster war kaputt – die Leute in Carmichael haben ihm einen Vorschuß gegeben, und da konnte er ihn reparieren lassen –, und da keiner sonst einen Wagen besaß, gab es für Jim keine Möglichkeit mehr, nach Appleby Island zu kommen, als Eddie erklärte, er würde dort nicht mehr arbeiten wollen.«
»Was war der Grund?«
»Irgendwas hat ihm einen Schrecken eingejagt, irgendwas, das er gesehen hat. Mehr hat er nicht erzählt. Aber er sagte zu Jim, er würde nicht mehr hinfahren, und wenn sein Leben davon abhinge.«
»Und Jim hat keine Ahnung, was Eddie wirklich gesehen hat?«
»Nein. Vielleicht hat Eddie es Dan und Charlie erzählt, sie sind befreundet, sie wohnen alle in Locke. Aber Jim hat nichts verraten, auch nicht Chuck, dem anderen Mann der Gruppe, der hier wohnt.« Sie zuckte mit den Achseln. »Die sind doch alle verrückt in Locke. Ich weiß nicht einmal, was die Kerle dort eigentlich machten. Ich meine, alle Leute dort sind so *alt*. Ich würde es auch mit der Angst zu tun bekommen, wenn ich nie einen Menschen unter neunzig zu Gesicht bekäme.«
Ich war zwar mit diesem psychologischen Porträt nicht ganz ein-

verstanden, doch ich machte keine Bemerkung darüber, sondern bedankte mich und fragte, wie ich Chucks Pension finden könnte. Sie beschrieb mir den Weg und sagte abschließend: »Sagen Sie ihm, er soll am Wochenende vorbeikommen, wenn Jim da ist. Wir haben ihn schon ein paar Wochen lang nicht mehr gesehen.«

Ich versprach es, konnte aber, wie sich herausstellte, die Nachricht nicht an den Mann bringen. Die Pension war ein schäbiges zweistöckiges Gebäude mit einer wackligen eisernen Außentreppe, von der die Zimmer abgingen. Chucks Zimmertür stand offen, die eiserne Bettstelle mit der durchgelegenen Matratze ohne Laken sprach ihre eigene Sprache. Zwei verbogene Drahtbügel auf dem staubigen Boden waren die einzigen Zeugen, daß hier einmal jemand gewohnt hatte. Ich klopfte an die Nachbartüren, doch kein Mensch war da. Schließlich fand ich einen alten Japaner, aber der sprach kein Englisch. Da gab ich auf, ging zu meinem Wagen und fuhr nach Locke.

Kaliforniens letzte ländliche Chinesengemeinde zog sich entlang der Deichstraße und unterhalb des Deiches nördlich von Walnut Grove hin. Der Ort erinnerte mich zuerst an die Kulisse zu einem Westernfilm: hölzerne Gehsteige und Treppen, Geländer, an denen man Pferde anbinden konnte, Farmgebäude, die zu einem tiefen Braun und dunklen Grau verwittert waren. Doch es gab feine Unterschiede: die schwungvollen Torbogen zwischen manchen Häusern, die Balkons im ersten Stock, die chinesischen Schriftzeichen auf staubigen Schaufenstern. Ein paar Läden waren renoviert worden und frisch gestrichen – sie verkauften Antiquitäten. Ich fragte mich, wie lange die dickköpfigen und fremdenfeindlichen Bewohner das noch aufhalten konnten, was man heutzutage den Fortschritt nennt.

Ich beschloß, zuerst Angelas Großvater einen Besuch abzustatten. Er wohnte in einem Haus in der Hauptstraße, die als »Straße der Geschichten« bekannt war, weil sich dort so viele seltsame und unglaubliche Dinge zugetragen hatten. Angela hatte gesagt, das Haus läge neben einem Restaurant namens »Al's Place«, nach einem Italiener, der es in den Tagen des Alkoholschmuggels eröffnet hatte.

Ich ging die »Straße der Geschichten« entlang, im Schatten der vorstehenden Balkons im ersten Stock. Hier bestand der Gehweg ausnahmsweise aus Zement, aber die Häuser waren auch alle alt und windschief. Hier und dort war ein Auto geparkt, und eine Gruppe alter Männer beobachtete mich mit offener Feindselig-

keit. Ich tat, als merkte ich nichts, fand »Al's Place« und dann das Haus, in dem Tin Choy Won wohnte.
Mr. Won war ein winziger Mann, gebrechlich vom Alter. Er trug ein kariertes Wollhemd und Jeans mit Hosenträgern – die einfache Kleidung eines Landarbeiters, der er auch einmal gewesen war, wie Angela mir erzählt hatte. Sein Gesicht war vom jahrzehntelangen Aufenthalt im Freien und durch die Deltasonne gegerbt. Das Netz von Falten, das von seinem Mund und seinen Augen ausstrahlte, war seltsam schön. Er lächelte, als ich mich vorstellte und Grüße von Angela überbrachte, und bat mich ins Haus.
Der Raum hinter der Eingangstür war einfach und nahm die ganze Breite des Hauses ein. Der hölzerne Boden war sauber und ohne Teppich, die Einrichtung erinnerte an die fünfziger Jahre, als Plastik und Holzimitationen beliebt gewesen waren. Mr. Won wies auf einen Lehnsessel und bot mir Traubenlimonade an, die ich nicht ablehnen konnte.
Nachdem er sich ebenfalls gesetzt hatte, fragte er: »Wie geht es meiner Enkelin?«
»Es geht ihr gut. Sie schickt Ihnen liebe Grüße.«
Er lächelte – etwas gezwungen, wie mir schien. »Ich lasse sie auch herzlich grüßen.«
Das klang nicht sehr überzeugend. Ich beschloß, nachzubohren. »Sie müssen sich sehr nahestehen«, sagte ich. »Angela erzählte mir, daß sie aus dem fernen Michigan zurückgekommen sei, um mehr bei Ihnen sein zu können.«
»Ja. Sie ist eine gute Enkelin. Sie besucht mich häufig und bringt mir Sachen – Konfekt und Kuchen und süßen Wein.« Er schwieg. »Ich glaube, sie versucht, mich umzubringen.«
»Wie bitte?«
Er nickte ernsthaft, aber das Blinzeln seiner Augen verriet ihn. »All das süße Zeug ist nicht gut für mich. Ich trinke den Wein, doch alles andere gebe ich einer Nachbarin, die sowieso schon dick ist.«
Ich beschloß, sein Spiel mitzuspielen, da er es offensichtlich genoß. »Warum will Angela Sie töten?«
»Wegen meines Geldes natürlich. In der Familie hält sich das Gerücht, daß ich eine Menge gespart habe. Angeblich habe ich es unter der Eingangstür vergraben. Wenn ich an zuviel Süßigkeiten gestorben bin, glaubt meine Enkelin, sie kann das Geld ausgraben und wird dann reich sein.«

»Liegt es wirklich unter der Türschwelle?«
»Nein. Es ist in Papieren angelegt. Aber vergessen Sie meine Worte nicht. Wenn ich sterbe, müssen Sie sie wegen Mordes verhaften.«
»Ich werde es nicht vergessen.« Offenbar war Tin Choy Won etwas wunderlich, aber auch sehr nett. Ich mochte ihn sehr, viel mehr als seine Enkelin.
Doch jetzt wurde er sachlich und klang wie Angela. »Sie sind Privatdetektiv? Angela erzählte mir, daß Sie vielleicht auf die Insel kommen würden. Warum?«
»Weil es einige Probleme gegeben hat: Die Arbeiter, die nicht mehr zur Arbeit kommen, dann die anderen seltsamen Dinge ... man muß sie aufklären, vor allem weil heute Neal Olivers Bruder aus Michigan eintrifft.«
»Der Bruder, der Freund meiner Enkelin? Weswegen?«
»Er sieht die Bücher durch, um festzustellen, ob alles in Ordnung ist. Er verwaltet Neals Vermögen, verstehen Sie.«
Mr. Won wurde sehr still, vermutlich machte er sich Sorgen wegen Angelas Job. Nach einer Weile fragte er: »Haben Sie schon etwas entdeckt?«
»Noch nicht. Ich bin in die Stadt gekommen, um mit den Leuten aus Locke zu sprechen, die auf Appleby Island gearbeitet haben. Hat Ihnen Angela davon erzählt?«
»Ja. Aber sie sind nicht mehr hier. Man hat ihnen Arbeit in Sacramento angeboten. Letzten Sonntag sind sie weggefahren.«
»Weiß Angela das?«
»Ich glaube, ich hab's ihr erzählt.« Er bemerkte meine Verblüffung. »Wie ich sehe, hat meine Enkelin Sie ausgetrickst.«
»Macht sie das öfter?«
»Es kommt schon mal vor.« Die Mißbilligung von Angelas Verhalten war ihm anzumerken. Aber da war noch etwas anderes. Sorge? Ja, ganz bestimmt. Verärgerung? Nicht so ganz, aber etwas in dieser Richtung.
»Ich werde Sie über die jungen Leute aufklären«, sagte er. »Damit Ihr Besuch nicht ganz umsonst war. Sie gehörten nicht hierher, sie stammten aus Stockton, wo sie mit dem Gesetz in Konflikt gerieten. Nichts Ernstes, aber trotzdem war es besser, wenn sie für einige Zeit aus der Stadt veschwanden. So tauchten sie bei hiesigen Verwandten unter, und als sie durch Angela die Möglichkeit geboten bekamen, auf Appleby zu arbeiten, waren alle erleichtert.«

»Warum haben sie dann ihren Job aufgegeben?«
»Wieviel wissen Sie über die Insel?«
»Von dem angeblichen Fluch habe ich jedenfalls gehört.«
Er nickte langsam. »Sie sagen ›angeblich‹. Sie glauben also nicht an ihn?«
»Nein.«
Wieder schwieg er. Schließlich begann er: »Sie sind jung. Sie glauben, Sie haben schon viel erlebt, und Ihre Augen verraten, daß es bis zu einem gewissen Grad auch stimmt. Aber es ist nichts im Vergleich zu dem, was ich in meinen einundachtzig Jahren erlebt habe. Und *ich* glaube an diesen Fluch.«
Ein leichter Schauer überrieselte mich. »Und die jungen Arbeiter glaubten auch an ihn?«
»Anfangs wußten sie nichts davon. Aber die Leute hier reden. Sie haben nicht viel anderes zu tun. Und man warnte die drei.«
»Und?«
»Sie haben den Geist des Eremiten, des Einsiedlers, gesehen. Im Birnengarten. Und es war kein guter Geist.«

7

Ich glaubte es nicht. Ich glaubte keine Sekunde lang, daß ein böser Geist Appleby Island unsicher machte. Warum umklammerte ich dann aber das Steuer so fest? Und fühlte mich so unbehaglich? Nichts an der Geschichte, die Mr. Won mir erzählt hatte, war in sich erschreckend. Während Eddie Huey in einem Badezimmer im ersten Stock an der linken Vorderecke des Hauses arbeitete – mein Zimmer lag genau an der entgegengesetzten Seite –, sah er einmal einen Mann im Obstgarten stehen, der das Haus beobachtete. Ein großer Mann, hatte er gesagt, mit langem Haar. Da er die Geschichte von dem verrückten Alf Zeisler kannte, wurde ihm bei diesem Anblick unbehaglich zumute, und er hatte sich umgehört, ob noch andere Leute auf der Insel arbeiteten, was nicht der Fall war. Zwei Tage später sah er den Mann erneut, in Lumpen, wie der Einsiedler sie getragen haben mußte. Er stand am Rand der ersten Birnenbaumzeile. Als der Mann bemerkte, daß Eddie ihn entdeckt hatte, hob er die Hände. Sie hielten einen Henkersstrick. Der »Einsiedler« gestikulierte wütend damit und verschwand zwischen den Bäumen. Das reichte Eddie Huey. Er verlangte sei-

nen Lohn und ließ die Arbeit liegen. Seine Freunde überredete er, das gleiche zu tun.
Als ich Mr. Won nach Einzelheiten über den Einsiedler aushorchen wollte, wich der alte Mann aus. Der Einsiedler sei von den Applebys in ihrem eigenen Obstgarten gehängt worden, warum, das wisse er nicht.
Ich war überzeugt, daß er die ganze Geschichte genau kannte, aber aus irgendwelchen Gründen nicht mit der Sprache herausrücken wollte.
Aber was die Applebys auch für Gründe gehabt hatten, an dem, was der Arbeiter gesehen hatte, fand ich nichts Unheimliches. Wie ich vermutet hatte, hatte ein Mensch aus Fleisch und Blut versucht, die Leute zu verschrecken – und das mit Erfolg. Was mir unheimlich war, war die Überzeugung, mit der Mr. Won seine Geschichte erzählte. Die Kraft eines jahrhundertealten Aberglaubens hatte mitgeschwungen.
Als ich bei der Fähre ankam, saß Max Shorkey auf einem Klappstuhl vor seiner Hütte. Er wirkte mürrisch. Ein paar T-Shirts und Unterhosen hingen zum Trocknen über einen Sägebock. Erst da wurde mir klar, daß der Fährmann in dieser schäbigen Hütte auch wohnte. Während der Überfahrt fragte ich ihn, ob meine Vermutung stimme. Er nickte und murmelte, es sei nur vorübergehend, »bis meine Frau vernünftig wird und mich wieder ins Haus läßt«. Dann fügte er dunkel hinzu: »Und es soll mir lieber keiner mehr befehlen, meine Wäsche reinzutun, egal, wer kommt.« Wie sich herausstellte, hatte Neal ihn gebeten, die Wäsche verschwinden zu lassen, weil die Hütte sonst wie eine Armeleutebleibe aussehe. Das wollte er seinem Bruder nicht zumuten.
»Neal sorgt sich wirklich um alles, nicht wahr?« stellte ich fest.
»Ja. Ich weiß, daß sein Bruder ein reicher Typ ist, aber er kann mir nicht erzählen, daß der noch nie eine Unterhose gesehen hat.«
Im Herrenhaus entdeckte ich dann, daß die bevorstehende Ankunft des »reichen Typs« noch mehr schlechte Laune bewirkt hatte. Patsy lief mit einem Staubwedel umher und sah aus wie das französische Dienstmädchen in einer französischen Komödie. Evans und Denny stellten mit vielen gereizten Worten die Möbel im Wohnzimmer um. Angela nörgelte an dem Blumenarrangement herum, das Stephanie in einer Vase drapierte.
»Wie geht es Andrew?« fragte ich Patsy.
»Ach, nur ein gebrochener Arm. Nicht schlimm.«
»Warum stellt ihr die Möbel um?«

»Neals Idee. Er blieb den ganzen Morgen in seinem Zimmer, um alles peinlich ordentlich aufzuräumen und zu überlegen, was er anziehen sollte. Angela hat mir gesagt, daß er dir nicht mal wegen Andrew Bescheid gegeben hat. Und dann, kurz ehe er zum Flughafen mußte, fand er, daß die Möbel nicht richtig stehen, und befahl uns, sie umzustellen. Wir haben soviel putzen müssen, daß wir erst vor fünf Minuten dazu gekommen sind. Wahrscheinlich werden Evans und Denny Sam mit einer Couch in jeder Hand begrüßen müssen.«

Wenn sie sich nicht so aufgeregt hätte, wäre es komisch gewesen.

»Ich muß mit Andrew sprechen«, sagte ich gelassen. »Wo steckt er?«

»Im Bett und spielt die Primadonna.«

»Und Kelley und Jessamyn?«

»Auch unten. Und wenn sie auf dem Bett herumspringen und den Gips kaputtmachen, bringe ich sie um, zusammen mit Neal.« Patsy beschrieb mir den Weg zu den ehemaligen Dienstbotenräumen an der Rückseite des Untergeschosses, und ich verschwand, froh, dem ganzen Durcheinander entkommen zu können.

Die Räume lagen in einem rechtwinkligen Anbau. Es waren mindestens zehn Zimmer, die von Patsy, Evans und den Kindern lagen am hinteren Ende und gingen auf einen Garten mit Wäschestangen und verunkrauteten Gemüsebeeten hinaus. Die Zimmer waren klein und dunkel, doch Patsy hatte sie mit bunten Kissen und Flickenteppichen heiterer gemacht. Der Vorteil, von den anderen weit weg zu sein – so daß sich niemand über den Kinderlärm beschweren konnte –, überwog alles andere. Außer Angela, die neben ihrem Büro hauste, hatten die übrigen Hausbewohner Zimmer im ersten Stock.

Kelley und Jessamyn hockten auf der Couch im Wohnzimmer und sahen sich einen alten Fernsehfilm an. Sie waren seltsam friedlich. Jessamyn sah bei meinem Eintritt kaum auf und winkte mir nur kurz zu. Kelley wandte mir ihr dünnes Gesicht zu, und ich war etwas überrascht über die Ähnlichkeit, die sie mit mir hatte, vor allem, was die Nase und die Wangenknochen betraf. Ihre Augen waren auch die meinen: mit dichten Wimpern und für das zarte Alter von neun Jahren viel zu ernsthaft.

»Hast du schon gehört, was Andrew passiert ist?«

»Ja. Ich möchte ihn besuchen. Welches ist sein Zimmer?« Sie deutete auf eine Tür zu ihrer Linken.

Es war ein typisches Kinderzimmer – das heißt, überall lagen schmutzige Kleider und Spielzeug herum. Mein Neffe saß im Bett, den linken Arm bis zum Ellbogen in Gips, und las in einem Comic-Heftchen mit grün-rotgesichtigen Menschen. Ich seufzte innerlich. Was war nur aus dem guten alten Donald Duck geworden?

»Wie geht's dir?« fragte ich, während ich mich auf den Bettrand setzte.

»Okay.« Er warf mir nur einen Blick zu und beschäftigte sich wieder mit seinen Comics. Wie ähnlich er doch meinem Vater sah – das gleiche helle Haar, die gleichen Falten um den Mund, wenn er lachte.

»Angela hat mir erzählt, daß du gerade den Detektiv spieltest und jemanden verfolgtest, als du gestolpert bist.« Er reagierte nicht. »Hat es vielleicht was mit dem Einsiedler zu tun, der hier herumspuken soll?«

»Was für ein Einsiedler?« Er starrte mich trotzig an.

Den Blick kannte ich. Bei Andrew hatte ich ihn bisher noch nicht erlebt, aber bei dem ältesten Sohn meiner Schwester Charlene war ich häufig die Zielscheibe davon gewesen. Der alte »Hau-ab-Tante-Sharon«-Blick, der bedeutete, daß ich nichts aus Andrew herausbekommen würde, aus welchen Gründen auch immer. So lange nicht, bis er bereit war, es mir freiwillig zu erzählen.

»Ich bin müde«, sagte Andrew dann weinerlich.

Ich stand auf und ging zur Tür. »Ich möchte noch eines bemerken, Andrew«, sagte ich, »gute Detektive kooperieren mit ihren Kollegen. Sie wissen, daß sich so ein Fall besser und schneller lösen läßt.«

Andrew las und tat, als habe er mich nicht gehört.

Im Wohnzimmer lief jetzt ein Werbespot für falsche Fingernägel.

»Wollen wir nicht einen Spaziergang zusammen machen?« fragte ich die beiden kleinen Mädchen.

Sie sprangen auf, als habe die Pausenglocke geklingelt. Kelley stellte den Fernseher ab, und Jessamyn führte uns den Gang entlang und durch eine Tür in den Garten mit den Wäschestangen. In der Hecke, die ihn umgab, war ein Loch, das wirkte, als habe es sich durch das häufige Hindurchschlüpfen kleiner Gestalten gebildet. Dahinter lag der verwilderte französische Garten. Kelley ergriff meine rechte, Jessamyn meine linke Hand, und wir wanderten zur höher gelegenen Vorderseite des Hauses.

Ich habe nichts gegen Kinder – solange sie jemand anders gehören. Und Gott weiß, ich bin an sie gewöhnt: Mein älterer Bruder

John hat zwei, meine jüngere Schwester Charlene gebar kürzlich ihr sechstes, und wenn mein Bruder Joey mal zur Ruhe kommt, wird er sicherlich auch einen Haufen Kinder in die Welt setzen. Deshalb finde ich, habe ich die Verantwortung, daß die Welt nicht mit McCones übervölkert wird.

Ich steuerte auf den Obstgarten zu, weil Jessamyn mir den Baum zeigen sollte, an dem die Puppe gehangen hatte. Aber sie wollte dort nicht hingehen, schrie protestierend und versuchte, sich auf die Erde zu setzen. Ich zog sie hoch und sagte: »Okay. Dann gehen wir zum Bootshafen.« Das gefiel den Kindern. Sie ließen meine Hand los und rannten davon.

Das Bootshaus war eine schäbige Wellblechkonstruktion mit flachem Dach auf einem Betonfundament am Rand des Wasserarms. An einem Ende stand eine Treibstoffpumpe. Ein Plankenweg führte an dem Gebäude vorbei und endete in einem mehrfingrigen Steg. Rechts davon waren ein paar neue Pfähle im Wasser verankert worden, vermutlich für die neue Bootslände, sonst sah der Ort schäbig und vernachlässigt aus. Als ich oben auf dem Deich innehielt, um die Szene in mich aufzunehmen, sah ich am Ende des Piers eine einsame Gestalt sitzen. Stephanie.

Beim Lärm unserer Stimmen wandte sie sich um und winkte uns lustlos zu. Ich winkte zurück und kletterte den Deich hinunter. Jessamyn rannte bereits den Bohlenweg entlang. Ich bat Kelley, auf sie aufzupassen, und trat zu Stephanie.

»Tut mir leid, daß wir Sie stören«, sagte ich, setzte mich neben sie und ließ die Beine über das Stegende baumeln. »Sie haben sicherlich das Durcheinander dort oben auch nicht mehr ausgehalten.«

Sie griff in ihre Hemdtasche nach einer Zigarette und zündete sie an. »Mein Gott, sie laufen herum, als erwarteten sie die Wiederkunft Christi, und nichts wird getan. Und Angela meckerte dann noch über meinen Blumenstrauß.«

Das Wasser floß hier sehr träge und roch leicht brackig. Kelley und Jessamyn waren zum flachen Ufer auf der anderen Seite des Bootshauses hinuntergeklettert und warfen Steine ins Wasser.

»Sie kommen mit Angela nicht gut aus?«

»Sagen wir mal, wir haben nicht viel gemeinsam. Sie ist kalt wie ein Fisch.«

»Denny scheint aber nett zu sein.«

»Ja. Und Ihre Schwester auch.«

»Evans mögen Sie nicht?«

»Er ist schwer einzuschätzen. Ständig hat er die Nase in einem

Kochbuch oder in einem Prospekt für Kücheneinrichtungen. Ich glaube, er ist schon in Ordnung.«
»Und Neal?«
»Der ist ein Sonderling.«
»Meine Schwester sagt, Neal und Evans wuchsen in Michigan zusammen auf und waren befreundet.«
»Ja.«
»Und Angela ging mit Neals Bruder in die Schule, der sie für diesen Job hier vorgeschlagen hat.«
»Ja. Und Denny war der Bauunternehmer, der ein Haus in San Francisco, das Neal gehörte, renovierte. Neal machte ihn mit seinen Änderungswünschen beinahe verrückt.«
»Erstaunlich, daß Denny die Arbeit hier übernommen hat.«
Stephanie zuckte mit den Achseln. »Er wollte weg – eine gescheiterte Ehe, glaube ich.«
»Und wie passen Sie ins Bild?«
Sie lachte auf dieselbe rauhe, ironische Art wie am Morgen, als sie von ihrem Freund in Sacramento gesprochen hatte.
»Gar nicht. Es kam alles so, weil ich gerade in der Bar des ›Ryde-Hotels‹ saß. Sie kennen es?«
Ich nickte und sah im Geist das alte Stuckgebäude mit dem auffallenden Wasserturm. Es lag nicht weit westlich von Walnut Grove, war während der Prohibitionszeit die bekannteste Kneipe im Delta gewesen und heute immer noch eine beliebte Herberge.
»Es war an einem Nachmittag im letzten Dezember«, fuhr Stephanie fort. »Ich saß bei einem Bier in der Bar und überlegte, was ich mit meinem Leben anstellen sollte. Ich war aus Seattle hergekommen – wie Denny brauchte ich einen Ortswechsel –, in der Hoffnung, irgendwie mit Booten arbeiten zu können. Von etwas anderem verstehe ich nämlich nichts. Und ich hatte noch keine Arbeit finden können. Da hörte ich ein paar Leute an einem der Tische davon erzählen, daß sie eine Insel gekauft hätten und ein Bootel aufmachen wollten. Sie sahen ordentlich aus – Neal macht keinen schlechten Eindruck, solange er nicht den Mund aufreißt und eine Rede hält –, deshalb ging ich zu ihnen und fragte, ob sie jemanden brauchten, der sich mit Booten auskennt. Sie brauchten tatsächlich jemanden, und so bin ich hier.«
»Haben Sie Geld in das Projekt gesteckt?«
»Sie machen wohl Witze? Das Unternehmen ist Neals Baby.«
»Sie halten es also für riskant?«
»Natürlich. Sogar der Geldsack Angela wird Ihnen das bestätigen.

Aber es ist Neals Lebenstraum, und er ist entschlossen, alles auf eine Karte zu setzen, um ihn zu verwirklichen.«
»Warum hat er denn den Traum?«
Sie schnippte den Zigarettenstummel ins Wasser. »So wie ich es sehe, wollte er sein ganzes Leben lang nichts anderes, als geliebt zu werden. Aber das Problem ist, daß er nicht sehr liebenswert ist, und so war er immer frustriert. Dieses Unternehmen und sein Geld verwendet er nun dazu, sich Freunde zu schaffen. Er glaubt, er kann ein paar Leute einsammeln und sie mehr oder weniger gefangenhalten, bis sie ihn schließlich mögen. Oder ihn wenigstens tolerieren. Er mag es nicht einmal, wenn irgend jemand auch nur für ein paar Stunden die Insel verläßt. Wie gestern abend zum Beispiel: Denny mußte nach San Francisco und ich nach Sacramento. Und Patsy war den ganzen Tag weggewesen. Neal ärgerte sich, weil seine Küken ausgeflogen waren.«
»Das ist nicht normal.«
Sie zuckte mit den Achseln. »Was ist schon normal? Außerdem, man versucht das zu schützen, was man hat. Und wir, meine Liebe, sind alles, was Neal hat.«
»Außer seinem Geld und der Insel.«
»Ja, und ich würde nicht damit rechnen, daß Bruder Sam ihm das noch lange läßt.«

8

Sam Oliver war das völlige Gegenteil seines Bruders Neal. Obwohl er auch klein war, war sein Körper kompakt und muskulös, das Haar dicht und hell. Er trug einen üppigen Schnurrbart, über den er sich hin und wieder strich, als wollte er sich überzeugen, daß er noch da sei. Er trug bequeme, neu wirkende Jeans, einen Pullover mit Zopfmuster und eine gelbbraune Wildlederjacke. Seine Augen hinter den getönten Gläsern einer Stahlbrille wirkten sehr lebendig.
Wir standen etwas gezwungen in der Eingangshalle herum, während Neal – noch fahriger als gewöhnlich – uns vorstellte. Seine Erklärungen, wer wer war und was für eine Aufgabe er im Haus hatte, wurden immer umständlicher, so daß es mir fast peinlich wurde. Als ich mich umblickte, stellte ich auf den Gesichtern der anderen ähnliche unbehagliche Gefühle fest. Als Neal meine Per-

son zu beschreiben begann, unterbrach ihn Sam und rettete so die Situation: »Ich kann das alles nicht behalten, Neal. Nenn einfach die Namen. Den Rest höre ich mir später an.«
Neal sah leicht beleidigt aus. »Das ist Sharon McCone«, sagte er. »Und hier sind Denny Kleinschmidt und Kelley McCone.« Er packte Sams Reisetasche und ging zur Treppe. Sam folgte ihm und wäre beinahe in ihn hineingerannt, weil Neal auf halber Treppe stehenblieb, sich umwandte und auf Denny deutend sagte: »In einer halben Stunde – Hausbesichtigung. Denny ist unser Baufachmann –«
»Wenn Sie nichts dagegen haben, würde ich gern mitkommen«, warf ich ein.
Weder Sam noch Denny machten ablehnende Gesichter, aber Angela runzelte die Stirn. »Sharon ist Patsys Schwester und zu Besuch übers Wochenende hier!« erklärte sie Sam. »Sie hat noch nicht alles gesehen, aber . . .«
»Neal hat mir bereits verraten, daß sie Privatdetektiv ist, Angela.« Sams gezwungener Ton erinnerte mich an Angelas Worte, daß sie beide befreundete Gegner seien.
Angela errötete und starrte Neal wütend an. Offensichtlich hatten sie verschiedene Vorstellungen darüber, wie die offizielle Version über meinen Besuch lauten sollte.
»Ich würde mich auch gern wegen des anonymen Briefs mit Ihnen unterhalten.«
»Natürlich. Er steckt in meiner Reisetasche. Ich bringe ihn mit runter.«
Sam und Neal verschwanden nach oben, Patsy und Evans sahen sich kopfschüttelnd an, und ich übergab meine jungen Schutzbefohlenen ihrer Mutter. Ich wollte hinausgehen und mich ein wenig im Obstgarten umsehen.
Die Bäume waren alt und verwittert, viele Stämme hohl, und doch trugen sie alle noch einen feinen Schleier grüner Blätter. Ich blieb bei der ersten Reihe stehen und blickte zum Herrenhaus zurück. Von hier aus konnte man das Fenster, aus dem Eddie Huey gesehen haben mußte, deutlich erkennen.
Wahrscheinlich war der »Geist« mit einem Boot gekommen, hatte es irgendwo versteckt, sich die Lumpen angezogen und mit dem Henkerstrick in der Hand bei den Bäumen gewartet, bis man ihn entdeckte. Er hatte den Strick geschwenkt und sich dann aus dem Staub gemacht.
Ich wandte mich ab und ging die Baumreihen entlang, wobei ich

vermied, auf die faulenden Birnen am Boden zu treten. Der Garten reichte, soweit ich sehen konnte. Der steile Wall des Deiches, der zweifellos das ganze Eiland umschloß, begrenzte ihn. Ich kletterte auf den Deich. Das Ufer des toten Wasserarms war mit Schilf bestanden, hier hatte kein Ruderboot anlegen können. Vielleicht würde ich mir später ein Motorboot ausleihen, um die Insel fahren und nach einem geeigneten Landeplatz suchen, der einen unauffälligen Zugang zur Insel bot.
Ich sah auf meine Uhr. Ich war schon fast eine halbe Stunde hier draußen. Während ich durch die Bäume zurückwanderte, überlegte ich, an welchem Ast wohl die Puppe gehangen hatte. Die seltsamen Formen der Stämme fesselten mich, und ich wünschte, ich hätte meine Fotoausrüstung mitgebracht. Ich bin ein begeisterter Amateurfotograf, auch wenn der Apparat manchmal monatelang im Schrank liegt, ohne daß ich ihn benütze.
Ein besonders bizarrer Stammrest fiel mir auf, in dessen Innerem es weißlich schimmerte, was mich wunderte, denn die Sonne konnte es nicht sein. Das war auch gar kein Licht, das war . . . Plastik.
Ich langte in den Stamm. Was ich dann in den Händen hielt, war eine Plastiktüte aus dem Supermarkt, etwas feucht, wohl vom Regen der vergangenen Nacht.
Drinnen steckte ein Männerhemd – blau, mit Löchern und Rissen. Beide Ärmel fehlten. Außerdem fand ich noch eine Hose – ausgefranst, mit Rissen an den Knien. Und als letztes kam ein Stück Seil zum Vorschein, zusammengeknotet zu einer Schlinge.
Ein Schauer der Erregung überlief mich, doch dann mußte ich lachen. Wie absurd, ein Beweisstück in einem hohlen Baum zu finden. Alf Zeislers Geist ging mit seinen Besitztümern sehr sorglos um, dachte ich. Aber eigentlich hatten Geister keine Besitztümer. Und eigentlich liefen normale Leute auch nicht in Lumpen umher und wedelten mit Seilschlingen.
Aber warum waren die Sachen hier versteckt worden? Warum waren sie aufbewahrt worden? Doch wohl, um sie noch einmal zu verwenden!
In einem ersten Impuls wollte ich das Zeug mitnehmen und als Beweisstück A den anderen zeigen. Doch dann versteckte ich die Tüte mit Inhalt wieder dort, wo ich sie gefunden hatte. Mal sehen, was der »Geist« als nächstes tat.
Vorsichtig blickte ich mich um, ob mich jemand hätte beobachten können. Dann mußte ich wieder lachen. Im Obstgarten war es

viel zu still, als daß sich jemand unbemerkt hätte heranschleichen können. So still wie im Grab.

Als ich ins Haus zurückkehrte, war nur Sam Oliver in der Halle. Er saß auf der Treppe, die Ellbogen auf die Knie aufgestützt, und deutete bei meinem Anblick auf seine Uhr. »Eine halbe Stunde«, sagte er.

Ich lächelte und setzte mich neben ihn. »Hier herrscht Delta-Zeit, daran müssen Sie sich gewöhnen.«

»Und das heißt?«

»Meiner – kurzen – Erfahrung nach: fast immer zu spät.«

»Das macht mir nichts aus. Mein Bruder denkt offenbar, daß dieser Besuch so eine Art Inquisition ist, aber für mich bedeutet er Urlaub.«

»Sie stammen aus Detroit, nicht wahr?«

»Aus Birmingham, etwa zwanzig Minuten nördlich vom Zentrum.«

»Ein sehr feines Viertel, wie ich gehört habe.«

»Ja, schon. Unsere High-School wurde in einer Illustrierten mal als Spielplatz für reiche Kinder dargestellt. Die Fotos dazu zeigten einen Parkplatz voller Sportwagen. Zu meiner Jugendzeit gab es allein schon drei Countryclubs, jetzt sind es sicherlich mehr.« Er grinste. »Aber Neal und ich hatten keinen Sportwagen, wir fuhren mit dem Bus. Im Sommer half ich im Countryclub, Neal führte Hunde aus, um das Taschengeld aufzubessern. Meine Mutter putzte das Haus selbst, und ein eigenes Konto hatten wir Kinder auch nicht.«

»Aber ich dachte, Ihre Familie hätte viel Geld.«

»Schon. Aber mein Vater arbeitete lange und hart dafür, und er und meine Mutter fanden, daß Verschwendung ewas Schlechtes sei. Ich fürchte, das hat sich mir auch eingeprägt. Bei Neal bin ich nicht so sicher, und das ist der Grund, warum ich hier bin.«

Ich hätte ihm gern noch eine Menge Fragen gestellt, doch da stürmte Denny zur Haustür herein, mit Neal im Schlepptau. Ich hob den Arm, deutete auf meine Armbanduhr und rief: »Eine halbe Stunde!«

Denny rollte die Augen und kicherte – für einen so großen Mann erstaunlich hoch. Sam lachte, was mich an das Bellen eines Foxterriers erinnerte, und Neal verzog die Lippen, weil er nicht entdecken konnte, was wir so komisch fanden.

Denny bemerkte seine Verwirrung und nutzte sie aus: »Du mußt

dich ums Dinner kümmern, Neal, du willst doch nicht alles Evans überlassen.«
»Warum nicht?«
»Heute ist ein besonderer Anlaß: Sams erster Abend auf der Insel.«
Neal zögerte, dann hastete er in Richtung Küche davon, etwas von teuren australischen Hummern murmelnd, die nicht verkochen dürften.
»Was macht Evans nun, wenn Neal erscheint und ihn beaufsichtigen will?« fragte ich.
»Er gibt ihm Arbeit und das Gefühl, die Verantwortung zu haben. Wir haben den Plan zusammen ausgeheckt.« Zu Sam gewandt, fügte Denny entschuldigend hinzu: »Neal ist ein netter Mensch, aber manchmal regt er sich zu sehr auf und macht die Dinge schwieriger, als sie sein müßten. Vermutlich kennen Sie das ja.«
»Sie sind gut mit ihm fertig geworden.« Sam sah zum Torbogen, durch den Neal verschwunden war. »Wie lange ist er schon so nervös?«
»Nun, er war schon immer so, aber seit Sie anriefen, um zu sagen, daß Sie ihn besuchen wollten, ist es noch schlimmer.«
»Verdammt, ich wollte ihn nicht beunruhigen.«
»Es ist nicht nur wegen Ihnen. Die Küchenschaben, die Arbeiter, die nicht mehr kommen, und diese gemeine Puppe –«
»Was für eine Puppe. Wovon reden Sie?«
»Kein Wunder, daß er nervös ist. Er verschweigt Ihnen eine ganze Menge. Ich glaube, Sie sollten ihn mal ausfragen.«
»Warum erzählen Sie es mir nicht?«
»Nein, Neal muß das tun.«
Einen Augenblick schien es so, als wollte Sam Denny weiter bedrängen, doch dann nickte er nur. »Okay. Ich werde ihn fragen. Jetzt fangen wir lieber mit unserer Besichtigungstour an.«
Wir begannen im Untergeschoß. Die Wannen und Eimer waren verschwunden, das Loch in der Decke provisorisch geflickt. Denny führte uns herum, sprach über die Gesundheit der Bausubstanz und die Lebensdauer von Leitungen. Sam hörte aufmerksam zu und stellte manchmal fachmännische Zwischenfragen. Wir machten auch Angela im Büro einen kurzen Besuch. Ihr Schreibtisch war bedeckt mit Computerausdrucken, wie ich annahm, um Sam zu imponieren. Sie schenkte Sam ein kurzes, professionelles Lächeln, für uns andere hatte sie keinen Blick.

Während wir die Treppe hinaufgingen, sagte Sam mehr zu sich selbst als zu Denny und mir: »Die Frau kann sich nicht entspannen, nie.«
»Weshalb ist sie so?« fragte Denny.
»Angela ist eine Frau voller Widersprüche. Bei ihr ist alles Liebe oder Haß.«
Wir standen jetzt wieder in der Halle. »Was meinen Sie damit?« fragte Denny.
»Ihre Persönlichkeit hat viele gegensätzliche Seiten – wer hätte die nicht –, aber sie kann sie nicht miteinander in Einklang bringen.« Als Denny immer noch ein fragendes Gesicht machte, fügte Sam hinzu: »Hier ein Beispiel. Wir sind zusammen zur Schule gegangen, in Michigan, und Angela gefiel mir, und ich wollte mich mit ihr verabreden. Sie war einverstanden, gemeinsam mit mir zu lernen oder mit andern zusammen irgendwohin zu gehen, mehr nicht. Der Grund? Sie war Chinesin, ich ein Weißer, und die mischen sich nicht.«
»Das ist doch keine besonders ungewöhnliche Einstellung«, bemerkte ich.
»Aber sie haßt es, Chinesin zu sein. Sie behauptet, daß sie deshalb beruflich keinen Erfolg hat. Und weil sie eine Frau ist. Vielleicht steckt ein Körnchen Wahrheit darin, aber statt ihre Energien darauf zu verwenden, das zu ändern, ärgert sie sich – und davon hat niemand etwas.«
Sams Worte konnten eine Erklärung dafür sein, daß Angela mich so seltsam behandelte. Sie reagierte nicht auf mich persönlich oder meinen Beruf, sondern auf mich als Frau – eine Geschlechtsgenossin, die allein durch ihre Zugehörigkeit zu diesem Geschlecht ihr den Zugang zu Erfolg und Macht verwehrt hatte.
»Was ihre Herkunft betrifft, so ist sie in dieser Beziehung genauso zwiespältig. Ihre Familie war ziemlich arm, sie hatten ein Restaurant in Sacramento, und sie bekam ein Universitätsstipendium. Einerseits war sie stolz darauf, andrerseits fühlte sie sich gedemütigt, weil sie drauf angewiesen war.
Mit dem Delta geht es ihr ähnlich. Immer wieder sagte sie, wie sehr sie es wegen seiner Rückständigkeit hasse. Wie schlecht man die Chinesen behandle. Trotzdem verbrachte sie jeden Sommer bei ihrem Großvater. Ich wußte, daß Angela, wenn Neal die Insel kaufte, gern als Managerin herkommen würde. Aber sie hat mir auch erzählt, daß sie sich hier wie gefangen fühlt und lieber in einer großen Firma in New York oder L. A. arbeiten würde.«

Sam schwieg einen Augenblick. »Liebe und Haß – vielleicht gewinnt diese Selbstverachtung eines Tages die Oberhand und zerstört sie.«
Wir schwiegen alle eine Weile, und ich entdeckte plötzlich, daß mir Sam Oliver sehr gefiel. Dann mahnte ich mich zur Vorsicht. Vielleicht erzählte er das alles nur, um unser Vertrauen zu gewinnen.
»He, Denny«, sagte ich. »Warum machen wir nicht weiter!« Im Erdgeschoß sahen wir uns nur flüchtig um. Es war so herausgeputzt worden, daß selbst der noch nicht renovierte Speiseraum präsentabel wirkte. Die Tür zur Bibliothek war noch immer abgeschlossen, und als Sam sich deswegen erkundigte, erklärte ihm Denny ziemlich kurz, daß Neal ihm den Raum später selbst zeigen wollte.
Also machten wir uns auf in den ersten Stock. Dort erläuterte Denny die Kosten für die Zimmer, in denen Sam und ich wohnten, und gab einen Überblick über die Ausgaben, die für die Renovierung des ganzen Stockwerks noch erforderlich waren.
Der zweite Stock war der interessanteste – zumindest für mich. Ich habe eine Schwäche für staubige Dachböden und als Kind am liebsten dort gespielt.
Und dieser hier war besonders prachtvoll, mit steilen schrägen Wänden, einem Bohlenfußboden, kleinen, runden, mit Spinnweben bedeckten Fenstern, Dachbalken und dunklen Ecken. Es roch trocken nach Moder, Staub und lang verlorenen Hoffnungen und Träumen.
Fünfzehn kleine Räume waren hier oben geplant gewesen. Einige Zwischenwände hatte der frühere Besitzer schon einziehen lassen, aber nichts war fertig. Ich wanderte den Gang entlang zu einer Tür am Ende. Dahinter tat sich ein Paradies auf, wenigstens für mich. Der Raum war voll mit altem Zeug: Schachteln, Schrankkoffern, Haufen alter Kleider, Samtvorhängen und mottenzerfressenen Teppichen. Sogar ein schiefer Puppenwagen mit zerbrochenen Federn war da.
»Was ist das für Zeug hier?« rief ich.
»He, wo sind Sie?« fragte Denny zurück.
»Hier, am Ende vom Gang.«
Die beiden Männer tauchten in der Tür auf. »Das ist der Trödel aus dem Haus«, erklärte Denny. »Das gute Zeug haben wir verkauft, an einen Antiquitätenhändler. Oder es ging auf den Trödelmarkt. Wir haben fast zweitausend Dollar eingenommen. Alles

übrige haben wir hier zusammengetragen. Irgendwann wird es mal von einem Müllwagen abgeholt.«
»Haben Sie was dagegen, wenn ich mir die Sachen während meines Aufenthalts mal ansehe?«
»Natürlich nicht. Aber warum?«
Ich wollte ihm nicht von meiner Vorliebe für Dachböden erzählen oder daß es bei den McCones keinen Trödel gegeben hatte, denn was der eine wegwerfen wollte, bedeutete für den anderen möglicherweise einen großen Schatz. »Ich mag solche Sachen«, sagte ich deshalb nur.

9

Ich hatte kein Motorboot mehr gesteuert, seit mein Onkel Ed seines verkauft hatte. Da war ich siebzehn gewesen. Doch nach ein paar Anweisungen von Max und einer Proberunde um den künftigen Hafen war alles wieder da. Ehe ich losbrauste, fragte ich Max noch, wie die Geschichte mit den Unterhosen geendet habe. Er grinste wie ein Pirat und sagte, Neal sei wütend gewesen, weil die Wäsche immer noch dagehangen habe, aber Sam habe nur gelacht.
Es ging auf vier Uhr zu, und die sonnige Helle des Tages war verblaßt. Der Himmel hatte sich bezogen, Wolken türmten sich im Osten. Ich nahm mir vor, auf jeden Fall um halb fünf umzudrehen, wie weit ich auch kommen würde. Es wäre leichtsinnig gewesen, sich von der Dunkelheit oder einem plötzlichen Sturm überraschen zu lassen, so unerfahren wie ich auf dem Wasser war.
Das Boot war vertrauenswürdig. Es hatte einen Evinrude-Außenbordmotor von zwanzig PS und wirkte gut gepflegt. Unter dem Hecksitz lag eine Schwimmweste und ein gefüllter Reservekanister. Ich steuerte um die Anlegestelle der Fähre, winkte Max noch einmal zu, der gerade seine Wäsche hereinnahm, und tuckerte gemächlich an den Binsen vorbei, die den Obstgarten säumten.
Ich betrachtete die Uferlinie genau nach einer Unterbrechung im Schilf oder nach einem Anzeichen, daß dort ein Boot angelegt hatte. Alles sah so aus, wie es zu den Zeiten vor Jahrhunderten gewesen sein mußte, als nur Indianer hier lebten. Nach einer Weile entdeckte ich ein paar verwitterte Holzhütten mit steilem

Dach und leeren Türhöhlen. Vermutlich hatte man dort Gartengeräte aufgehoben. Sie dienten mir als Markierung, wie weit ich schon gefahren war. Das Herrenhaus lag weit hinter mir.
Es begann mir Spaß zu machen, über das ruhige, glatte Wasser zu gleiten. In meinem kleinen Boot fühlte ich mich sicher. Der Außenbootmotor schnurrte friedlich. Es war hier draußen auch nicht kalt. Pullover und Jeans waren der richtige Schutz gegen den leisen Wind, der sich erhoben hatte. Ich wünschte, ich hätte Sams Willkommensdinner sausen lassen können.
Vor allem, da Patsy erklärt hatte, wir müßten uns zu Ehren des Gastes umziehen. Da ich kein passendes Kleid mitgenommen hatte, wollte mir Patsy aushelfen. Sie hatte ein bodenlanges eisgrünes Kleid mit einer freien Schulter für mich bereitgelegt. Dazu die passenden Sandalen. »Das Zeug sieht wie Seide aus«, hatte sie gesagt, »aber du kannst es in die Waschmaschine stecken und brauchst es nicht bügeln.« Mir schauderte bei der Vorstellung meines Auftritts in diesem Kleid.
Jetzt steuerte ich das Boot etwas vom Ufer weg. Das Schilf war hier noch dichter. Vielleicht hatte der »Geist« geankert und war an Land geschwommen. Ich sah auf meine Uhr. Es war Viertel nach vier, wahrscheinlich reichte die Zeit noch, um den Zusammenfluß des Hermit's Slough mit dem Nordzweig des Mokelume zu erreichen, ehe ich umdrehen mußte. Eine zusammengebrochene Brücke war das Kennzeichen, hatte Max mir erzählt, die aus dem Wasser ragte. Die Schienen eines kleinen Ladezugs hatten einmal über sie geführt. Mit ihm waren die Birnen zur Bahn transportiert worden.
Max' Beschreibung stimmte. Ungefähr fünfzehn Minuten später sah ich die Holzstempen vor mir zu meiner Linken aus dem Wasser ragen wie eine riesige Kralle.
Die Wolken hatten sich jetzt zu einer großen Masse aufgetürmt – mit grünen und rötlichen und schwarzen Schatten. Ich schnupperte in der Luft, es roch stark nach Ozon. Bald würde es zu regnen beginnen – Zeit, umzukehren. Den Rest des Ufers würde ich morgen erkunden.
Auf halbem Rückweg kam der Regen. In der einen Minute hatten die Wolkenberge noch ganz fern ausgesehen, in der nächsten jagten sie über mir über den Himmel und wurden immer dunkler. Der Sturm kündigte sich nicht mit leichten Böen an. Er war plötzlich da und peitschte das Wasser. Es goß in Strömen. Vornüber gebeugt saß ich auf dem Sitz, wischte mir die Tropfen vom Ge-

sicht und versuchte zu steuern. Das Boot, das vorhin so einfach zu handhaben gewesen war, brach durch den Wind und die Gegenströmung immer wieder zur Seite aus. Ich packte das Steuer mit beiden Händen, um nicht in das Schilf getrieben zu werden. Der Regen durchnäßte mich in ein paar Augenblicken völlig. Mein Haar hing wie ein feuchtes Handtuch fast bis zur Taille herunter.

Die Dunkelheit brach schnell herein, und ich verlor die Orientierung. Die Tennisschuhe waren feucht von dem Wasser, das sich auf dem Boden des Schiffes angesammelt hatte. Ich überlegte, ob es soviel werden würde, daß ich es ausschöpfen mußte. Aber womit? Der einzige Behälter war ein voller Benzinkanister. Plötzlich drehte der Wind die Richtung, das kleine Boot erzitterte und neigte sich kurz auf die Seite.

Plötzlich sah ich Lichter – das rote am Landesteg auf der Insel und das gelbe bei Max' Hütte. Sie waren noch ziemlich weit entfernt, und wegen der Gegenströmung würde es noch eine Weile dauern, bis ich sie erreichte, aber wenigstens wußte ich, wohin ich fahren mußte. Ich gab mehr Gas und bemühte mich, das Boot auf Kurs zu halten.

Dann war ich so nahe heran, daß ich die Fähre an ihrem Anlegeplatz als dunklen Umriß erkennen konnte. Um sie herumzufahren und am Bootshaus zu landen würde wegen des unruhigen Wassers ziemlich schwierig werden, und ich wollte es nicht riskieren, das Boot zu beschädigen. Besser, ich legte bei der Fähre an, wo ich das Boot an Land ziehen konnte. Max würde mich dann übersetzen. Er würde sicherlich wütend sein, weil ich mich vom Sturm hatte überraschen lassen, und Stephanie war sicherlich empört, weil ich eines »ihrer« Boote in Gefahr gebracht hatte, aber ihre Vorwürfe würden von mir abgleiten wie die Regentropfen von meinem Gesicht.

Als ich mich der Anlegestelle näherte, nahm ich das Gas weg und steuerte zur Seite, doch ich verschätzte mich in der Entfernung, und es kratzte an der Fähre entlang. Ich packte das Ruder und stieß mich ab. Dann, nachdem ich den Motor hochgekippt hatte, damit die Schraube nicht beschädigt würde, ruderte ich zur Rampe. Der Schiffsboden scheuerte über den Zement, dann lag das Boot still. Ich legte das Ruder unter den Sitz, sprang ins Wasser, watete zum Bug und zog mit beiden Händen. Die Füße fest in den Boden gestemmt, zog und zerrte ich mit dem ganzen Gewicht meines Körpers, bis das Boot soweit an Land war, daß es nicht mehr fortgeschwemmt werden konnte. Dann richtete ich mich auf. Ein stechender Schmerz durchzuckte mich am Ende meines Rückgrats, und ich preßte die Hände darauf. Es regnete immer noch heftig, und Schlamm und Kies flossen die Rampe herunter und auf meine durchweichten Tennisschuhe.

Mein Gott, dachte ich, wenn ich mir das Kreuz ausgerenkt habe, kann ich unmöglich richtig sitzen und mit den anderen essen. Ich würde das Eisgrüne nicht anziehen müssen, sondern könnte gleich ins Bett kriechen.

Nachdem der Schmerz etwas nachgelassen hatte, umrundete ich die Fähre und ging auf das rote Licht bei Max' Hütte zu. Ein paar Meter von der Tür entfernt stieß ich mir an irgend etwas Hartem das Schienbein an. Es war der Sägebock, den Max nicht aufgeräumt hatte. Einem kindischen Impuls nachgebend, trat ich dagegen und fühlte mich danach sehr viel besser. Mit neuer Kraft schritt ich zur Hüttentür und klopfte.

Nichts rührte sich. Ich trat unter das verrostete überstehende Dach, und ein Wasserschwall traf meinen Kopf. Offenbar war ich genau unter einem Loch im Dach gelandet. Ich rief Max' Namen und klopfte wieder gegen die Tür. Als alles still blieb, stieß ich die Tür auf und trat ein.

Der Raum war nicht größer als vier mal vier Meter. Die Wände waren nicht abgedichtet, und der Wind pfiff durch die Ritzen zwischen den Brettern. In einer Ecke stand ein zusammengerolltes Feldbett. Das einzige Licht stammte von einer alten Bodenlampe ohne Schirm. Auf einem wackeligen Holztisch stand ein Sechserpack Bier, daneben lagen Brot, Mayonnaise und ein in Plastik abgepackter Fertigaufstrich. Max war nicht da.

Ich stand unter der Tür, wischte mir den Regen vom Gesicht und musterte das Zimmer. Nur ein Stuhl stand da, der Klappstuhl, auf dem Max vor der Hütte zu sitzen pflegte. Zu lesen war nichts da, außer einer abgegriffenen Ausgabe des *National Enquirer.* Eine schäbige Ansammlung von Jeans, Hemden und Jacken hing an Nägeln an der Wand. Es gab keine Fenster, keine Tür zu einem Badezimmer, kein fließendes Wasser, keine Heizung.

Ich trat weiter in das Zimmer und wrang mein Haar aus. Das Wasser platschte auf die Bodenbretter. Sofort schämte ich mich, weil ich Max' Behausung so mißachtete. Es war keine großartige Bleibe, aber sie gehörte ihm, während er darauf wartete, daß seine Frau vernünftig wurde und ihn wieder zu Hause aufnahm. Und dann schämte ich mich noch mehr für meine Schwester und ihre

Freunde, weil sie einen Angestellten so wohnen ließen, obwohl es im Herrenhaus so viele leerstehende Zimmer gab. Warum konnte Max nicht –

Von draußen war ein Geräusch zu hören. Ein Ziehen und Grunzen. War das Max? Ich ging zur Tür und sah hinaus. Alles wieder still. Kein Mensch weit und breit.

Aber irgend etwas war dort draußen los. Und wo war Max eigentlich? Nach dem Stilleben auf dem Tisch zu urteilen, war er dabeigewesen, sich sein Abendessen zu machen.

Normalerweise hätte ich ihn laut gerufen, doch mein Instinkt riet mir, mich still zu verhalten. Ich glitt durch die Tür und hielt mich im Schatten des Dachs nahe der Hauswand. Den Regen, der auf mich herabrauschte, bemerkte ich fast nicht. Die Sichtverhältnisse waren nicht gut, aber ich bildete mir ein, auf der Rampe links von der Fähre einen Schatten zu sehen. Er war gebeugt und schien an etwas zu zerren, das auf dem Boden lag.

Ich schob mich weiter die Hüttenwand entlang und spähte in den Regen. Dann sah ich einen Mann – groß, mit langem Haar, das ihm feucht unter einem Schlapphut hervorquoll.

»He!« schrie ich. Was für eine Dummheit! Der Mann ließ seine Last los und rannte auf die Fähre.

Ich begann, hinter ihm herzulaufen. Doch plötzlich wirbelte ich herum, weil mir klargeworden war, was ich auf dem Boden liegen gesehen hatte. Ich rannte zur Rampe, ließ mich neben der leblosen Gestalt nieder und berührte ihr warmes, feuchtes Gesicht. Es war Max Shorkey.

Er lag auf dem Rücken, sein gutes Auge starrte leer in den Himmel. Der Regen strömte ihm über das Gesicht. Das Wasser, das unter seinem Kopf die Zementrampe hinunterfloß, war dunkel verfärbt.

Mit ungeschickten Fingern zerrte ich an seinem Ausschnitt und versuchte, den Puls an seinem Hals zu fühlen. Es war keiner da. Trotzdem, vielleicht konnte ich noch etwas für ihn tun. Ich machte das Sprechgerät von seinem Gürtel los. Ich würde die Insel rufen und Hilfe holen. Vielleicht war der Notarzt . . .

Aber ich wußte, daß es keinen Zweck mehr hatte. Ich habe zu oft den starren, kraftlosen Blick eines gerade Gestorbenen gesehen, um mich zu täuschen. Aber selbst wenn in seinem Körper noch ein Lebensfunke war, so würde er erlöschen, ehe Hilfe kommen konnte.

Mit klopfendem Herzen erhob ich mich und blickte zur Fähre, wo

der Mann, den ich überrascht hatte, verschwunden war. Nichts bewegte sich, nichts war zu hören als der Wind und das Rauschen des Regens. Ich betrachtete die Sprechanlage, fand die richtige Taste und wollte sie gerade drücken, als ich einen Laut hörte und auch Bewegung – drüben, wo ich das Boot liegen gelassen hatte. Es war ein Planschen und Schürfen. Jemand versuchte, mit dem kleinen Boot zu fliehen.
Ich ließ das Sprechfunkgerät fallen und rannte zur Fähre. Ich lief um das Heck, während ich am Ende des Rückens einen heftigen schmerzenden Stich verspürte, dort, wo ich mich beim Anlandziehen des Bootes verrenkt hatte.
Auf der anderen Seite der Fähre prallte ich auf eine Gestalt, die dort auf mich gewartet hatte. Ich wich zur Seite aus, schlug einen Haken und rannte die Rampe hinauf. Da packten Hände meine Beine und rissen mich um. Und dann stürzte ich mit dem Gesicht voran auf den feuchten Zement ...

10

Mein Gott, wie elend ich mich fühlte! Der Kopf tat mir weh, und alles drehte sich und wackelte hin und her. Bald würde ich mich übergeben. Wie zum Teufel hatte ich mich so betrinken können?
Alle meine Muskeln waren verkrampft. Ich mußte auf dem Fußboden eingeschlafen sein, denn mein Rücken schmerzte, und irgend etwas bohrte sich in meine Rippen. Und überall war es naß, als läge ich in einer Pfütze.
Ich öffnete die Augen und sah nur Schwärze. Ich versuchte, mich aufzurichten, und spürte neben mir eine Wand, gegen die ich mich lehnte. Das Drehen und Wackeln hörte nicht auf. Es war, als bewegte sich die Wand selbst. Es regnete, und ich war bis auf die Haut naß. War ich im Freien eingeschlafen?
Ich konnte noch immer nichts sehen. Ich ließ die Hände neben mir ins Wasser sinken und spürte Metall, mit Nieten und Ecken, einige Zentimeter unter der Wasseroberfläche. Ich tastete die Wand ab, gegen die ich lehnte, sie war geschwungen und kaum mehr als fünfzig Zentimeter hoch – ein Boot?
Da erinnerte ich mich – an den toten Max, den großen Mann, daß ich stürzte. Aber wie war ich hierhergekommen?
Ich zog mich auf die Knie hoch und sah mich um. Ich konnte Was-

ser erkennen, unruhiges, schnell fließendes Wasser – das Boot trieb auf einem breiten Wasserarm, es schaukelte und kreiste, als würde es in einen Abfluß gesogen.
Abfluß? Mit klopfendem Herzen ließ ich mich auf Hände und Füße nieder und tastete im steigenden Wasser verzweifelt auf dem Schiffsboden herum, um das Abflußloch zu finden. Ich schluchzte verzweifelt auf. Meine Finger wurden eisig, fast taub. Ich klammerte mich an den Mittelsitz, atmete ein paar Sekunden tief und ruhig, und als ich mich wieder in der Gewalt hatte, schob ich die Hände wieder ins Wasser und zum Heck. Dort hielt ich sie ganz ruhig und bemühte mich, eine Strömung im Wasser zu erkennen.
Plötzlich spürte ich sie ganz deutlich. Das Abflußloch war genau vor dem Hintersitz. Der an einer Kette befestigte Stöpsel schwamm frei herum. Ich packte ihn und schaffte es, ihn in das Abflußloch zu stecken. Mit meiner ganzen Kraft drückte ich darauf. Jetzt war keine Strömung mehr zu erkennen.
Mit weichen Knien setzte ich mich auf den hinteren Sitz. Hoffentlich brachte das unruhige Wasser das Boot nicht zum Kentern. Als ich mich umblickte, konnte ich am fernen Ufer Bäume ausmachen. Das Boot hatte viel Wasser übernommen, aber ich hatte keine Möglichkeit, es auszuschöpfen. Das hatte ich schon festgestellt. Trotzdem würde ich es sicherlich bis zur Anlegestelle schaffen. Falls ich die Richtung dorthin fand! Falls das Boot nicht kenterte! Die Nacht war noch immer schrecklich dunkel, nirgends ein Licht. Und keine markanten Punkte, die mir bei der Navigation hätten helfen können. Nur die feine Baumzeilensilhouette in der Ferne.
Ich zog den Starter des Außenbordmotors. Er wollte nicht anspringen. Er stotterte und hustete. Kein Treibstoff. Ich tastete unter dem Sitz nach dem Reservekanister. Nicht da. Auch die Schwimmweste nicht. Ich trieb in einem halbvoll gelaufenen Boot auf einem unbekannten Wasserarm und hatte nicht einmal eine Schwimmweste. Ohne ...
In Panik tastete ich wieder auf dem Schiffsboden umher, fand das Ruder. Ich packte es und lotete die Wassertiefe damit aus. Es stieß nicht auf Grund. Mutlos ließ ich es auf den Schiffsboden gleiten.
Der Wind war viel heftiger geworden, das Boot drehte sich und schaukelte stärker. Ich schloß die Augen und sank in mich zusammen, eine Welle der Übelkeit bekämpfend. Als sie vorüber war, starrte ich wieder zu den fernen Bäumen, ob ich nicht doch irgend etwas entdeckte, das mir verriet, wo ich war.
Der Wasserarm erschien mir jetzt schmaler, die Strömung schnel-

ler. Unregelmäßig geformte Gegenstände tauchten an der Wasseroberfläche auf. Das Boot scharrte gegen eines, und ich sah, daß es ein Haufen alter Zweige war, die sich in einer Sandbank verfangen hatten. Das Boot blieb einen Augenblick darin hängen und riß sich dann los. Es wackelte bedenklich.
Ich holte wieder das Ruder heraus und wartete auf den nächsten Haufen Zweige, um mich damit daran festzuhalten. Als er auftauchte, holte ich mit dem Ruder aus, aber die Strömung war zu stark, und es wurde mir von einer Astgabel aus der Hand gerissen.
Ich schrie verzweifelt auf und sank auf die Knie, während das Boot herumschwang und in der entgegengesetzten Richtung weitertanzte. Es rammte einen Pfahl, der aus dem Wasser ragte, und ich wurde gegen die Bootswand geschleudert. Als ich mich gefangen hatte, entdeckte ich, daß noch mehr Pfähle oder Pfeiler da waren. Sie mußten von der früheren Transportbahn stammen.
Das Boot rammte einen anderen Pfahl. Beinahe wäre ich über Bord gegangen. Ich klammerte mich an den Bootsrand und spähte zum Ufer. Es schien nicht mehr so weit weg zu sein. Etwa zehn Meter. Die Strömung war sehr stark. Sollte ich es wagen?
Das Boot riß sich vom Pfeiler los, schlug einen wilden Haken und prallte gegen einen anderen. Und plötzlich war ich im Wasser.
Es war eisig. Ich keuchte vor Schreck, schluckte Wasser und mein Kopf ging unter. Ich trat mit den Füßen, um Grund zu finden – nichts. Die Strömung zerrte mit aller Kraft an mir.
Ich schoß mit dem Kopf zur Oberfläche. Ich wischte mir das Wasser vom Gesicht und blickte mich um. Das Boot war nicht mehr auszumachen, aber vor mir ragte ein bösartig aussehendes verdrehtes Eisenstück aus dem Wasser. Ich trat wie wild um mich und begann zu kraulen. Ich verfehlte das Eisending nur um ein paar Zentimeter.
Ich kraulte weiter, doch die Strömung trug mich mehr parallel zum Ufer, ich kam nicht näher. Die Kälte des Wassers war betäubend, Tennisschuhe und Kleidung zogen mich nach unten. Ich schluckte wieder Wasser, meine Lungen fühlten sich an, als würden sie jeden Augenblick explodieren. Das Blut klopfte mir im Kopf, im einen Bein bekam ich einen Krampf.
So ist es, wenn man stirbt, dachte ich.
In der Strömung war plötzlich ein Wirbel, weil sie um ein Gewirr aus Ästen herumführte, und ich wurde mit dem Oberkörper auf das Hindernis geschleudert. Mit der wenigen Kraft, die mir noch

geblieben war, breitete ich die Arme aus und klammerte mich fest. Keuchend hing ich da und umarmte es wie ein Kind die Mutter nach einem Alptraum. Ich hörte auf, Wasser zu treten, und ließ die Beine hängen.

Und spürte Boden unter den Füßen.

Nie zuvor war mir Erde so willkommen gewesen. Trotzdem blieb ich noch eine Weile in den Ästen hängen, bis ich mich etwas erholt hatte. Erst dann watete ich, mich von Pfeiler zu Pfeiler ziehend, ans Ufer. Einmal verfing sich mein Fuß in irgendeinem Eisenstück, und ich verstauchte mir den Knöchel.

Erst oben auf dem Deich brach ich zusammen und streckte Arme und Beine von mir, ohne auf Schlamm und Regen zu achten. Ich würde mich ein wenig ausruhen und dann quer über die Insel zum Herrenhaus marschieren ...

Einen Augenblick später begann ich, zurückzudenken – an die Anlegestelle, an Max' Leiche und den großen Mann. Mir war jetzt klar, was geschehen war. Ich war auf den Zement gestürzt und bewußtlos geworden. Der Mann hatte mich in das Boot geschafft und den Stöpsel herausgezogen. Er hatte Reservetank und Schwimmweste entfernt und das Boot davontreiben lassen, damit ich ertrank. Und wenn ich nur ein paar Minuten später das Bewußtsein wiedererlangt hätte, würde er Erfolg damit gehabt haben.

Ob man mich im Herrenhaus schon vermißte? Wie spät war es eigentlich? Ich sah auf das Leuchtziffernblatt meiner Uhr. Die Zeiger waren auf neununddreißig Minuten nach fünf stehengeblieben.

Aber es mußte schon viel später sein. Sicherlich nach sieben, Cocktailzeit. Da würden sie gemerkt haben, daß ich nicht da war. Hatten sie erkannt, daß etwas nicht stimmte, oder angenommen, ich sei auf Spurensuche irgendwo unterwegs? Aber mein Wagen stand auf der Insel. Und wenn sie Max mit dem Sprechfunkgerät zu erreichen versuchten, um ihn zu fragen, ob er mich übergesetzt hätte, würden sie begreifen, daß etwas nicht in Ordnung war. Denn Max würde sich nicht melden. Sie würden nach uns suchen.

Aber wieso wußten sie, wo sie suchen sollten? Und was das betraf, wie sollte ich eigentlich das Herrenhaus wiederfinden? Die Insel war vierzehn Hektar groß und dicht bewachsen. Ich wußte nicht, in welche Richtung ich mich wenden sollte, und konnte nicht meilenweit laufen. Ich fühlte mich schwach, mir war kalt. In

der Dunkelheit konnte ich stürzen und mir ein Bein brechen. Oder ich holte mir eine Lungenentzündung ...
Schluß jetzt! befahl ich mir. Was ist mit dir los? Du willst doch jetzt nicht aufgeben?
Ich schloß die Augen, versuchte, die Schmerzen in meinen Muskeln nicht zu spüren, und stellte mir im Geist eine Karte der Insel vor. Da war die Anlegestelle der Fähre. Dort der Baum, in dem die Puppe gehangen hatte. Dort die Geräteschuppen, die ich vom Boot aus entdeckt hatte. Und weiter unten die Brückenreste.
Okay, überlegte ich, dann gehört das Herrenhaus etwa hierhin. Und wenn du jetzt aufstehst und in diesem Winkel losmarschierst, wirst du früher oder später Lichter sehen.
Ich richtete mich auf und atmete tief durch. Dann erhob ich mich und marschierte los.

11

Wie man mir später erzählte, war es Evans, der im dunklen Obstgarten über meinen zusammengesunkenen Körper praktisch stolperte. Das war kurz vor neun Uhr gewesen. Seit Viertel vor acht hatten sie mich gesucht. Die besorgte Patsy hatte tatsächlich versucht, Max über das Sprechfunkgerät zu erreichen, als ich zur Cocktailzeit nicht auftauchte, und keine Antwort erhalten. Stephanie hatte sich erboten, mit einem der Außenbordmotorboote hinüberzufahren, doch als sie ins Bootshaus kamen, waren beide nicht da. Und dann hatte Denny sich erinnert, daß ich eine Ausfahrt vorgehabt hatte. Er und Stephanie ruderten mit dem Ruderboot hinüber zu Max' Hütte, die verschlossen und einsam dalag. Max' Laster stand noch da, und da beide Motorboote fehlten, nahmen sie an, ich sei zu lange ausgeblieben und Max mich suchen gefahren. Sie waren zurückgerudert und hatten den andern im Herrenhaus berichtet, und man beschloß, einen eigenen Suchtrupp zu Lande loszuschicken.
Natürlich war ich anfangs nicht in der Verfassung, diese Einzelheiten in mich aufzunehmen. Sie hatten mich ins Herrenhaus getragen – man hatte mich etwa einen halben Kilometer entfernt gefunden –, mir die nassen Kleider abgenommen und mich in Decken gehüllt auf eine Couch im Wohnzimmer gelegt. Ich kam zu mir, als Patsy mir Brandy in den Mund goß. Das meiste davon

tropfte auf die Platzwunde am Kinn, wo ich auf die Zementrampe gefallen war. Ich hatte in Panik um mich geschlagen und geschrien, man solle den Sheriff rufen. Patsy hatte mich festgehalten und zu Evans gesagt, daß ein Arzt jetzt wohl das richtigere sei. Er ging, um anzurufen. Patsy hielt mich immer noch fest, als er zurückkehrte und meldete, die Leitung sei tot.
An diesem Punkt wurde ich wieder völlig wach. Das erste, was ich sah, war Patsys aschgraues Gesicht mit den besorgt blickenden Augen und den zusammengebissenen Lippen. Evans blickte ihr über die Schulter und versuchte, ruhig zu bleiben, was ihm nicht ganz gelang. Denny und Sam gelang das schon besser. Stephanie spielte die Tüchtige und scheuchte die Kinder aus dem Zimmer. Angela war ungerührt wie immer. Neal verhielt sich genau, wie es ihm entsprach – er rang die weißen plumpen Hände, rollte die Augen und machte Kommentare, die niemand beachtete.
Als ich sie alle so sah, wurde mein Kopf plötzlich ganz klar. Ich schob Patsy weg und stützte mich auf den einen Ellbogen auf.
»Was – das Telefon ist tot?« fragte ich.
Evans nickte.
»Dann muß jemand hinüberrudern, um den Sheriff zu holen.«
»Den . . .« Patsy blickte Evans an. Es war klar zu erkennen, daß beide dachten, ich halluzinierte.
»Den Sheriff«, wiederholte ich nachdrücklich. »Ich nehme an, die Insel gehörte rechtlich gesehen zum County.«
»Hm, ja«, sagte Denny.
»Gut. Dann alarmiert die nächste Station.«
»Warum?« fragte Sam.
»Weil Max Shorkey ermordet wurde.«
Alle schwiegen betreten und machten ungläubige Gesichter. Offensichtlich dachten sie, ich sei nicht mehr ganz richtig im Kopf.
»Woher wissen Sie das?« fragte Sam schließlich.
»Ich habe seine Leiche gesehen, bei der Anlegestelle der Fähre. Er lag auf der Rampe, und ein Mann – ich glaube, es ist der, der die Arbeiter erschreckte – versuchte, ihn wegzuschaffen. Als er mich sah, lief er weg, und als ich ihn verfolgte, schlug er mich bewußtlos. Er packte mich ins Boot, entfernte den Reservekanister und die Schwimmweste, zog den Stöpsel aus dem Abflußloch und schob mich in die Strömung hinaus, damit ich ertrinken sollte.«
Das klang nicht nach dem hysterischen Geplapper einer fieberkranken Frau, trotzdem sahen alle zweifelnd drein.
»Hören Sie, Sharon«, sagte Denny unbehaglich. »ich möchte Ih-

nen Ihre Idee nicht ausreden, aber als Steff und ich gegen halb acht Uhr drüben waren, lag keine Leiche auf der Rampe. Es war kein Mensch da.«
Ich schwieg eine Weile. »Dann hat der Mann sie weggebracht, nachdem er mich ins Boot setzte.« Ich schob eine Hand aus meinem Deckenkokon und machte Patsy ein Zeichen, sie solle mir das Brandyglas geben. Ich trank einen Schluck.
Sam runzelte nachdenklich die Stirn. Er war wohl der einzige, der mir halbwegs glaubte. »Wie ist er die Leiche losgeworden?« fragte er.
»Warum, glauben Sie, ist auch das andere Motorboot verschwunden?«
Sein Gesicht war einen Augenblick ganz still, dann nickte er. »Gehen Sie lieber den Sheriff holen«, sagte er dann zu Denny.
Neal schob sich nach vorn. »Augenblick mal, Sam. Wer hat hier die Verantwortung? Das ist mein Haus. Es ist an mir, den Sheriff zu holen.« Er schwieg heftig atmend. »Falls wir ihn holen.«
»Offensichtlich hat Sharon etwas gesehen, das von der Polizei überprüft werden sollte.«
»Sie ist hysterisch.«
»Sieht sie so aus?«
»Außerdem ist es an mir, Befehle zu erteilen. *Ich* sage, wer hier was tut! *Ich* müßte den Sheriff holen. Denny ist nur der Baufachmann.«
Sams Stimme klang erschöpft. »Die Fähre liegt auf der anderen Seite des Wassers. Kannst du ein Boot rudern, Neal?«
»Nein, aber –«
»Denny schon. Und ich finde, er sollte sich sofort auf den Weg machen.«
»In Ordnung.« Denny schien froh zu sein, verschwinden zu können. Ehe er noch seine Windjacke angezogen hatte, legte Angela plötzlich den Kopf schief und sagte: »Was ist das?« Wir sahen sie fragend an. »Ich höre eine Hupe, drüben, auf der anderen Seite.«
»Ich kann nichts hören«, erklärte Neal.
»Ich schon.« Patsy stand auf.
Jetzt hörte ich sie auch. Eine Wagen- oder Lasterhupe, die jemand hartnäckig ertönen ließ. Nach etwa zehn Sekunden hörte sie auf, und kurz darauf wurde der Motor der Fähre angelassen.
Patsy und Sam liefen zu den Fenstern an der Vorderseite. Die anderen sahen mich an. »Ich denke, Max ist tot, Sharon«, sagte Angela.

»Ist er auch.«
»Wer kommt dann mit der Fähre rüber?« Ihre sorgfältig nachgemalten feinen Augenbrauen wölbten sich triumphierend in die Höhe. Ihre Lippen verzogen sich zu einem unangenehmen Lächeln.
In diesem Augenblick haßte ich sie. Ich haßte sie, weil ich wußte, daß sie zu den Leuten gehörte, die die Schwäche oder Unsicherheit eines anderen ausnützten, um zu beweisen, daß sie recht hatten.

Wie sich herausstellte, war es Tin Choy Won, Angelas Großvater, der die Fähre bedient hatte. Er trug schweres gelbes Ölzeug. Trotzdem war er durchweicht, als er in die Empfangshalle hereinkam und Wasser und Schmutz auf den blauen chinesischen Teppich verteilte. Er hustete rauh. Denny, der hinausgegangen war, um ihn zu holen, trat nach ihm ein und richtete ähnlichen Schaden an.
»Der Putzlappen, Patsy!« rief Neal, vorstürzend. »Wo ist der Putzlappen, um Gottes willen?«
Da eilte Angela herbei und schob Neal zur Seite. »Großvater!« rief sie, und dann sprach sie nur noch chinesisch mit ihm. Sie versuchte, ihm das Ölzeug abzunehmen.
Der Alte schob ihren Arm weg und redete heftig auf sie ein. Sie schüttelte den Kopf und packte wieder den Ölmantel. Nach einem Moment des Zögerns ließ er ihn sich abnehmen. Angela gab ihn Denny. Großvater und Enkelin hielten eine kurze Beratung ab, dann wandte sich Angela zu uns um und erklärte: »Mein Großvater ist hergekommen, weil er mich dringend sprechen muß. Wenn ihr uns jetzt entschuldigen wollt.«
Während sie auf die Treppe zugingen, die ins Untergeschoß führte, sagte ich: »Augenblick noch!«
Sie drehten sich um – Angela ungeduldig, ihr Großvater neugierig. Dann erkannte er mich und verzog das Gesicht zu einem kleinen ironischen Lächeln.
»Mr. Won«, sagte ich, »als Sie eben rüberkamen, haben Sie die Fähre selbst bedienen müssen.«
»Ja. Ich habe lange gehupt, aber niemand ist erschienen. Eine Delta-Fähre zu bedienen, ist nicht so schwierig, Miss McCone. Die meisten, die hier aufgewachsen sind, können es.«
»Ach so.«
»Wenn das alles ist – dürfen wir dann gehen, Sharon?« Angelas Stimme klang kühl, ein leichter nervöser Unterton schwang mit.
Ich beobachtete, wie sie die Treppe hinunter verschwanden. Dann

bemerkte ich, wie Sam mir einen fragenden Blick zuwarf. Was nun, schien er zu besagen.

Ehe ich sprechen konnte, erklang Stephanies rauhe Stimme von irgendwo hinter mir. »Was soll das Ganze? Der Großvater hat Angela hier noch nie besucht.«

»Wahrscheinlich ein Familienproblem«, meinte Patsy. »Ich glaube nicht, daß es uns etwas angeht.« Ihre Stimme klang rauh vor Erschöpfung und Anspannung. »Im Augenblick ist Sharons Gesundheit wichtiger. Wir brauchen einen Arzt – und holen wohl besser auch den Sheriff.«

»Bin schon unterwegs«, sagte Denny rasch. »Jetzt, da die Fähre hier liegt, geht es viel schneller.« Er ging zur Tür hinaus. Ehe er sie schloß, konnte ich den Regen draußen schwach rauschen hören. Offenbar hatte er nachgelassen.

Neal inspizierte immer noch die Flecken auf dem blauen Teppich. »O Gott!« rief er. »Hoffentlich ist er nicht verdorben! Das Essen ist verdorben! Alles ist verdorben, o Gott!«

Einen Augenblick lang dachte ich, Sam würde seinen Bruder schlagen. Doch statt dessen strich er sich über seinen Schnurrbart und tat einen tiefen Atemzug. Dann trat er zu Neal und legte ihm den Arm um die Schultern. »So schlimm ist es nicht, mein Lieber. Nichts ist verdorben.«

»Alles ist hin!« Neals Stimme klang leer.

»Unsinn. Wir haben schon Schlimmeres durchgestanden.«

»Wirklich?«

»Erinnerst du dich, als Mom und Dad starben? Damit sind wir auch fertig geworden – gemeinsam.«

»Aber ich –«

»Scht!« Sam klang wie ein Vater, der seinen kleinen Sohn tröstet.

»Aber Sam – das Essen ist verdorben.«

»Das bezweifle ich. Es ist noch alles da.« Sam sah Evans an.

Evans ließ Patsy los, die er im Arm gehalten hatte, und stand energisch auf. »Nichts ist verdorben, Neal. Du und ich, wir sollten uns jetzt darum kümmern, daß das Essen in einer halben Stunde auf den Tisch kommen kann.«

Auf Neals rundem Gesicht regte sich ein Hoffnungsschimmer. Evans lächelte ihm aufmunternd zu und deutete in Richtung Küche. Sam stieß einen Seufzer aus und marschierte zum Getränkewagen.

Ich lehnte mich in meinem Deckenkokon zurück. Alle Muskeln meines Körpers taten mir weh. Kopf und Kinn schmerzten hef-

tig. Ich hatte immer noch das Gefühl, nicht ganz da zu sein. Häufig verschwamm mir die Umgebung vor den Augen. Trotz des Feuers im Kamin war es im Zimmer sehr kalt. Ich nieste.
Patsy beugte sich über mich und spähte mir ins Gesicht. »Bleib liegen!« befahl sie überflüssigerweise. »Bin gleich wieder da.«
Ein paar Minuten später erschien sie wieder, vier große weiße Kapseln in der Hand. »Nimm die!«
»Ich will keine Schlaftabletten. Ich bin schon erschöpft genug. Außerdem will ich mit dem Sheriff reden . . .«
»Es ist Vitamin C. Sie werden dich stärken, bis der Arzt eintrifft – ein Zaubermittel.«
»Ich brauche keinen Arzt. Ich will den Sheriff sprechen.«
»Sie werden beide kommen. Nimm das Vitamin C!«
Ich hasse es, Befehle zu bekommen. Ich habe deswegen schon mehrmals meinen Job verloren.
»Ich muß sie mit was runterspülen«, brummte ich mürrisch.
»Ich hol dir Wasser.«
»Nein, Brandy!« sagte ich und lehnte mich zurück, um auf den Sheriff zu warten.

Der Hilfssheriff hieß Benjamin Ma. Er war Chinese, hatte dichtes schwarzes Haar, das ihm in die Stirn fiel, und ein rundes, jungenhaftes Gesicht. Er konnte fünfundzwanzig, aber auch vierzig Jahre alt sein. Der Sicherheit seines Auftretens nach zu urteilen war er nicht mehr ganz jung.
Er trug einen Regenmantel wie Tin Choy Won, nur war der seine dunkelblau. Er trat sich die Füße sorgfältig auf dem Lappen ab, den Patsy Neal zu Gefallen hingelegt hatte, und reichte Stephanie sein nasses Ölzeug, als sei sie das Dienstmädchen. Stephanie rümpfte hinter seinem Rücken die Nase und verschwand damit in Richtung Küche.
Während er durch das Wohnzimmer auf mich zukam, dachte ich, daß Mas schwere Arbeitsstiefel, sein Wollhemd und die Jeans ihn in dieser eleganten Umgebung fehl am Platz erscheinen ließen. Doch dann erkannte ich, daß Ma für das Delta besser gerüstet war als das Herrenhaus und seine Dekoration. Seine Art, sich zu kleiden, verriet, daß er sich der Unberechenbarkeit der Elemente sehr wohl bewußt war. Sein fester Schritt und die zuversichtliche Gelassenheit, mit der er sich bewegte, ließen erkennen, daß er mit ihrer Gefährlichkeit sehr wohl umgehen konnte. Alles in allem wirkte der Raum in seiner Gegenwart dumm und leblos.

Er lehnte den weißen Sessel ab, den Patsy ihm anbot, zog statt dessen einen dunkelblauen Hocker zur Couch und setzte sich. »Okay, Miss McCone«, begann er. »Mr. Kleinschmidt hat mir kurz berichtet, was Sie ihm und den anderen erzählt haben. Und daß Sie ein Privatdetektiv aus San Francisco sind. Sie haben mich in meiner dienstfreien Zeit und bei diesem Sturm aus meinem Haus gelockt – da muß Ihre Geschichte schon besonders gut sein.«

Ich mag keine großsprecherischen Polizisten, die sich beweisen müssen, nur weil ich Privatdetektiv bin. Aber ich spürte, daß Mas Haltung mehr mit der Tatsache zu tun hatte, daß man ihn von seinem eigenen gemütlichen Kamin weggeholt hatte, als mit meinem Status. »Ich danke Ihnen, daß Sie gekommen sind, Hilfssheriff«, sagte ich deshalb nur. »Und was ich Ihnen zu erzählen habe, ist wirklich eine gute Geschichte – wenn Sie Geduld haben. Ich bin müde und habe überall Schmerzen und fühle mich etwas schwach. Doch wenn Sie mich sie langsam erzählen lassen, ergibt alles einen Sinn.«

Er nickte. Und ich berichtete. Ma nickte verschiedentlich, stellte gelegentlich eine fachmännische Frage, aber sonst unterbrach er mich nicht.

Als ich geendet hatte, wurde mir die entsetzliche Stille bewußt, die im Raum herrschte. Jetzt glaubten mir auch die anderen. Ma schwieg eine Weile nachdenklich. Dann meinte er: »Sie haben recht, es ist wirklich eine glaubwürdige Geschichte, Miss McCone. Ich danke Ihnen, daß Sie so offen zu mir waren. Ich werde mir die Anlegestelle und die Hütte ansehen. Auch Shorkeys Laster. Möglicherweise ist seine Leiche damit weggeschafft worden und nicht per Boot, wie Sie annehmen. Dann können wir ihn vielleicht finden. Doch wenn er tatsächlich mit einem Boot ausgesetzt wurde, haben wir bei diesem Wetter kaum eine Chance.«

»Aber der Regen hat doch aufgehört. Als Sie eintraten, habe ich es nicht mehr rauschen gehört.«

»Im Augenblick wohl. Aber das Wasser ist sehr bewegt, das Boot kann weit getrieben sein. Die Leiche kann lange Zeit nicht auftauchen.« Ma sah Denny an. »Sie sagten, Shorkey wohnt in der Hütte?«

»Ja. Aber er hat eine Frau in Walnut Grove.«

»Wir sprechen mit ihr. Und werden auch feststellen, ob er Feinde hatte.«

»Aber ich sagte Ihnen doch«, warf ich ein, »daß sein Tod mit den Schwierigkeiten zusammenhängt, die sie hier auf der Insel haben –«

»Vielleicht. Aber es ist nur eine Vermutung.«

Er hatte recht. Max' Mörder war ein großer Mann, aber das heißt nicht unbedingt, daß er auch derjenige war, der den »Geist« gespielt hatte. Ich hatte es nur vermutet, weil mir der Gedanke gefiel und weil die Geschichte so ordentlich aussah.

»Aber was ist«, sagte Patsy, »wenn Sharon recht hat und der Mörder tatsächlich etwas gegen uns hat?«

»Das werden wir auch nachprüfen.«

»Ich meine damit nur – wie sicher sind wir hier?«

Ma schwieg. Sein Gesicht legte sich in mitfühlende Falten. Er sah jetzt wirklich mehr wie vierzig aus.

»Ich kann Ihnen keinen Schutz anbieten«, antwortete er, »wenn Sie darauf hinauswollen. Wir sind nur eine kleine Hilfsstation mit einem großen Gebiet, um das wir uns kümmern müssen. Und offen gestanden haben wir bei diesem Wetter sowieso alle Hände voll zu tun.«

Patsy ließ einen mißbilligenden Ton hören.

Ma lächelte beruhigend. »Sie brauchen sich keine Sorgen zu machen, jedenfalls nicht heute abend. Das Haus sieht sehr fest aus; wenn Sie ein paar Vorsichtsmaßnahmen treffen, könnten Sie ganz unbesorgt sein. Morgen wissen wir vielleicht schon Genaueres, und wenn nicht, so wird das Wetter höchstwahrscheinlich in den nächsten paar Tagen jeden Versuch, sie zu belästigen, verhindern.«

»Wieso ein paar Tage?« fragte ich.

»Ich fürchte, das war nur der erste Sturm einer ganzen Kette.«

Ein paar andere stöhnten nun auch auf. »Mein Gott, wir werden die Bootsrampe nie fertig bekommen, wenn der Regen nicht aufhört«, sagte Denny.

»Was macht das schon?« bemerkte Stephanie erbittert. »Wir haben sowieso keine Boote mehr.«

Ma stand auf und sah sich suchend nach seinem Ölzeug um. Stephanie ging hinaus, um es zu holen. Denny zog seine Windjacke wieder an und fragte: »Wie können wir Verbindung mit Ihnen aufnehmen? Das Telefon ist gestört.«

»Morgen früh dürfte es wieder in Ordnung sein, soviel ich gehört habe. Es ist kein schwerer Schaden. Man arbeitet bereits daran. Ich rufe Sie sowieso an, um Sie von dem Fortschritt unserer Er-

mittlungen zu unterrichten. Und wenn es wieder eine Unterbrechung gibt, komme ich persönlich her.« Ma wandte sich zu mir um. »Und Sie sollten sich jetzt besser ausruhen, Miss McCone.«
Denny begleitete den Hilfssheriff zur Fähre und kehrte etwa eine Viertelstunde später mit dem Arzt zurück – einem schmächtigen, zänkischen Mann, der sich beschwerte, daß Patsy ihn bei einem solchen Wetter hatte holen lassen. Dann nörgelte er an mir herum, weil ich in einem solchen Zustand war, maß meine Temperatur und gab mir eine Spritze mit Antibiotika ins Gesäß. Er steckte Patsys großzügige Bezahlung ein und hackte im Hinausgehen auf Denny herum, weil die Überfahrt mit der Fähre so bewegt gewesen war.
Dann trug Evans mich hinauf in mein Zimmer, ohne auf meinen Protest zu hören, daß ich gehen könnte. Ich war zu benommen und müde, um zu bedauern, daß ich das Essen versäumte, das verspätet im Eßzimmer serviert wurde. Nachdem Patsy mich zugedeckt hatte, kamen alle drei Kinder herein und küßten mich und überzeugten sich, daß Tante Sharon doch nicht tot war. Ich hätte schwören können, daß Andrew etwas ärgerlich war, weil ich ihm die Schau gestohlen hatte. Aber vielleicht war es nur Einbildung. Dann gingen alle hinaus, und ich war endlich allein.
Ich schlief schnell ein, und lange Zeit war es ein sanfter Schlaf, traumlos, fließend. Dann begann ich zu träumen, von häßlichen Formen und Gestalten: Birnenbäume griffen mit ihren krummen Zweigen ärgerlich nach mir, die Pfähle der alten Transportbahn tauchten auf, dann Max' durchweichte Leiche. Wellen leckten an meinen Füßen und drohten mich zu verschlingen. Dunkle Wolken jagten mich, der Regen peitschte. Ich schreckte auf und döste ein und wachte immer wieder kurz auf. Ich hörte Stimmen. Zuerst konnte ich sie nicht verstehen, und als es mir schließlich gelang, hallte ihr Echo in meinem Kopf nach: das Auge des Orkans. Du bist genau im Auge des Orkans.

12

Der Sonntagmorgen war kalt und feucht. Ich verkroch mich tiefer unter die Decken. Das Bett war weich und angenehm. Ich bewegte mich vorsichtig, denn alle Muskeln und Gelenke schmerzten. Immer wieder schluckte ich, damit das kratzige Gefühl im

Hals verschwand, doch es ging nicht weg. Aber es wurde auch nicht schlimmer. Schließlich stand ich auf und zog den wollenen Bademantel an, den jemand freundlicherweise für mich hingelegt hatte. Dann zog ich die Vorhänge auf und blickte hinaus.
Dicker weißlicher Nebel verhüllte die Insel. Man konnte keinen Meter weit sehen. Er legte sich wie Blei auf meine Nerven.
Seit ich erwacht war, hatte ich versucht, mich nur auf meine körperlichen Probleme zu beschränken. Jetzt kehrten die Ereignisse des Vortags in mein Bewußtsein zurück, und ich wußte, daß ich mich bald mit ihnen auseinandersetzen mußte. Vor weiteren Grübeleien bewahrte mich das Klopfen an der Tür. Da ich niemanden sehen wollte, lief ich ins Badezimmer, stellte die Dusche an und rief: »Wer ist da?«
Die Zimmertür öffnete sich, und Patsy rief: »Ich bin's. Ich bring dir Kaffee und möchte wissen, was du zum Frühstück willst.«
Frühstücken! Der Magen drehte sich mir um. »Ich kann nichts essen!«
Ich ließ Bademantel und Nachthemd fallen und stellte mich unter die Dusche. Ich machte viel Lärm und stöhnte, als das warme Wasser die Platzwunde am Kinn traf.
»Du mußt doch essen, Sharon!« rief Patsy.
»Ich werde lieber noch etwas schlafen und dann zum Mittagessen kommen.«
»Es ist schon halb eins!« Sie schwieg eine Weile und fügte dann hinzu: »Ich komm gegen drei wieder. Laß dir den Kaffee schmekken.« Die Zimmertür schloß sich, nicht allzu sanft.
Ich nahm die Shamponflasche, goß etwas Flüssigkeit in die Hand und begann, mir das Haar zu waschen, das völlig verfilzt war.
Max Shorkey war tot und lag vermutlich auf dem Grund des Wasserarms. Ein Mörder lief frei herum, vermutlich sogar hier auf der Insel. Ich war mit knapper Not dem Tod entronnen und nicht sicher, ob ich nicht eine Lungenentzündung bekommen würde. Andrew hatte sich den Arm gebrochen, Stephanies kostbare Boote waren weg. Aber meine kleine Schwester ärgerte sich, weil ich nicht frühstücken wollte und nicht aus der Dusche gekommen war.
Ich kämmte mir das Haar aus, was ziemlich mühsam war, und trocknete es mit dem Fön, den ich im Badezimmerschränkchen entdeckte. Dann verbrachte ich noch eine gute Stunde im Bett, trank den starken Kaffee und dachte über die gestrigen Ereignisse nach. Ich mußte mir eine Strategie für meine weiteren Nachfor-

schungen zurechtlegen. Bei dem Nebel würde ich nicht von der Insel wegkommen, aber das war auch nicht notwendig. Meiner Überzeugung nach konnte ich von den Menschen hier im Haus mehr erfahren.
Ich überlegte, wie wehrlos wir eigentlich alle waren, falls der Mörder noch einmal wiederkam. Mir fiel die Waffe ein, die ich im Handschuhfach des MG eingeschlossen hatte. Vielleicht sollte ich sie holen ...
Nein, das ging nicht. Gewöhnlich trage ich meine 38er im Außenfach meiner Handtasche, aber ich konnte schließlich nicht die Tasche überall mit herumschleppen. Und sie einfach in den Hosenbund stecken – das würde bei Erwachsenen wie Kindern Panik erwecken. Im Zimmer konnte ich sie auch nicht unbewacht zurücklassen. Eines der Kinder konnte die Waffe finden. Nein, besser, ich ließ sie, wo sie war. So kritisch war die Lage nicht – zumindest nicht am hellen Tag.

Als ich hinunterkam, ging ich den Klängen klassischer Musik nach, die aus dem Wohnzimmer drangen. Sam lag mit ausgestreckten Beinen, die Arme über der Brust gefaltet, mit geschlossenen Augen in einem Sessel. Entweder schlief er, oder er war in die Musik vertieft. Denny hatte sich auf einer Couch ausgestreckt. Seine breite Brust hob und senkte sich rhythmisch. Die Comics-Seite der Sonntagszeitung von San Francisco lag auf seinem Gesicht, der Rest der Zeitung auf dem Boden. Ich hob sie auf und betrachtete die Schlagzeilen. Sie waren nicht besonders fesselnd, und so ließ ich die Zeitung wieder fallen. Sie hatte sich feucht angefühlt. Wahrscheinlich war jemand nach Walnut Grove gefahren, um sie zu holen, und sie hatte sich mit der Nässe des Nebels vollgesogen.
Keiner der beiden Männer reagierte auf mein Erscheinen. Dann sah ich, daß die Tür zur Bibliothek offenstand, zum erstenmal seit ich hier war. Ich ging hinüber und warf einen Blick hinein. Der Raum war voll altmodischer Ledersessel und Bücherregale mit Hunderten von schön gebundenen Bänden. Unter den Regalen waren Schubläden und Schränkchen, genauso reich geschnitzt wie die Tür. Im grauen Licht, das durch die mit schäbigen, einfachen Gardinen geschmückten Fenstertüren fiel, sah ich, daß die Tapete verschossen war und das Leder von Sofa und Sesseln Risse hatte. Auf dem Schreibtisch lag eine dicke Staubschicht.

»Hallo, Sharon!« rief eine Stimme.
Ich blickte zum Sofa vor dem Kamin. Ein Kopf war über seiner Kante aufgetaucht.
»Hallo, Neal«, sagte ich.
Er starrte mich mit gerunzelter Stirn besorgt an. Sein Gesichtsausdruck, zusammen mit den schlafenden Schönheiten im Wohnzimmer, erinnerte mich an Szenen aus englischen Clubs, wie man sie in alten Filmen sieht.
»Dürfen Sie schon aufstehen?« fragte Neal nach einer Weile.
»Warum nicht?«
»Sie sind doch krank. Ich meine, Sie haben viel durchgemacht und sollten sich ausruhen und –«
»Bitte, Neal, bemuttern Sie mich nicht.«
»Oh.« Sein Kopf verschwand abrupt hinter der Sofalehne. Ich ging um das Sofa herum und sah auf ihn hinunter. Er trug einen zerdrückten schwarz-weiß karierten Bademantel und ebenso zerdrückte Kordhosen und Socken. Aus dem Ausschnitt des Bademantels sah der Rollkragen eines roten Pullovers hervor.
Ich setzte mich ans andere Ende des Sofas, neben einen großen Riß im Leder, und sagte zu dem schmollenden Neal: »Ich bin Ihnen für Ihr Mitgefühl sehr dankbar, aber meine Schwester bemuttert mich schon genug.«
»Ich möchte nur nicht, daß Sie sich erkälten und eine Lungenentzündung kriegen.«
»Mir geht es gut, wirklich.«
Neal nickte und starrte lange in den leeren Kamin.
»Warum machen Sie kein Feuer?« fragte ich.
»Es macht zuviel Mühe. Außerdem haben dieser Kamin hier und der im Wohnzimmer denselben Abzug, und der Schornstein wurde noch nicht gekehrt. Zwei Feuer könnten gefährlich sein.«
»Sie sollten ihn wirklich kehren lassen.«
»Ich weiß. Aber Angela sagt, wir können es uns nicht leisten.«
Ich fing an, mich über die Art von Ausgaben zu wundern, die für dieses Unternehmen gemacht wurden. Sie hatten genug Geld für einen Computer und die Renovierung der Empfangsräume. Evans hatte eine ganz moderne Kücheneinrichtung bestellt, zwei neue Boote, die erst zur nächsten Saison nötig gewesen wären, waren gekauft worden und schon wieder verloren. Am Freitag hatte Patsy noch mehr Tapeten und Gardinen in Auftrag gegeben. Aber der Schornstein wurde nicht gekehrt, die Leitungen im Untergeschoß leckten.

Wieviel Kontrolle hatte Neal über Angela, die die Schecks ausstellte? Oder über die Leute, die diese extravaganten Dinge bestellten, wie Denny, Evans, Stephanie, meine Schwester? Ich hätte ihn gern deswegen gefragt, aber ich hatte das Gefühl, das Thema würde ihn entweder entsetzlich nervös oder völlig unzugänglich machen. Das beste würde sein, die anderen vorsichtig auszuhorchen und dann Neal gegebenenfalls direkt zur Rede zu stellen.
Im Augenblick hatte ich aber auch wegen der Bibliothek ein paar neugierige Fragen. »Warum wurde dieser Raum nicht renoviert, Neal?« fragte ich. »Er ist wunderschön.«
Seine Züge hellten sich auf. »Nicht wahr? Ich glaube, deswegen habe ich die Insel überhaupt nur gekauft. Die Bücher – es gibt Sammler und Händler, die würden viel darum geben, wenn sie hier reinkönnten. Man hat es auch schon versucht. Aber der Besitzer hatte testamentarisch festgelegt, daß die Bücher zum Haus gehören. Das war mein Glück.«
»Der Besitzer – das war Stuart Appleby? Der sich umbrachte?«
Neal straffte sich. »Ja. Er hat sich in diesem Zimmer erschossen. Der Makler erzählte mir, er hätte sowieso nicht mehr lange gelebt – Krebs. Vor dem Kamin, unter dem Teppich, ist noch ein Blutfleck im Holzboden. In der Wand konnte man noch die Einschlagstelle einer Kugel sehen, weil er beim erstenmal danebenschoß. Denny hat sie zugegipst. Mir ist gleich, was hier passierte. Der Raum ist trotzdem großartig.« Es klang nicht ganz echt. Immer wieder kehrte sein Blick zu dem orangefarbenen Wollteppich zurück, der vor dem Kamin lag und überhaupt nicht hereinpaßte.
Neals Beteuerung, daß ihm die Vorfälle in der Bibliothek gleichgültig seien, überzeugte mich nicht. Vielleicht liebte er die Bibliothek tatsächlich, aber ich spürte auch, daß ein Teil ihrer Anziehungskraft mit den morbiden Gedanken an Stuart Applebys Selbstmord zusammenhing. Vielleicht war das der Grund, warum er abschloß. Dann konnte er allein hier drin sitzen und grübeln. Bei seinem labilen psychischen Gleichgewicht eine unbehagliche Vorstellung. Um mich abzulenken, fragte ich: »Was sind das für Bücher?«
»Es ist alles mögliche da. Hauptsächlich Belletristik, Klassiker, eine Menge über den alten Westen, Seegeschichte und viel Zeug über Gartenbau. Schränke und Schubladen sind voll alter Spiele und Spielsachen und solchem Zeug.«
Die Klassiker interessierten mich nicht besonders. Aber der Inhalt der Schubladen und Schränke schien faszinierend zu sein.

»Hätten Sie was dagegen, wenn ich mal ein wenig darin herumkramte?«
Er wandte ruckartig den Kopf zu mir um und starrte mich mißtrauisch an. »Warum? Sie glauben doch nicht, daß irgend etwas in diesem Zimmer mit Max und dem, was passiert ist, zu tun hat?«
»Nein. Mir gefällt der Raum einfach, und alte Sachen interessieren mich. Oben unter dem Dach ist auch so ein Zimmer – eine Abstellkammer, die ich gern erkunden würde.«
Einen Augenblick lang musterte er mich forschend, als wolle er sich überzeugen, daß ich es ehrlich meinte, dann sagte er: »Natürlich können Sie sich alles ansehen. Ich habe nichts dagegen.«
Er stand auf, raffte den Bademantel um sich und marschierte auf die Tür zu. Auf halbem Weg drehte er sich um und fragte mit angespanntem Gesicht: »Hat Denny Ihnen verboten, sich die Abstellkammer anzusehen?«
»Nein.«
»Hat irgend jemand versucht, Ihnen vorzuschreiben, was Sie tun oder lassen sollen?«
»Natürlich nicht.«
»Auch Evans nicht?«
»Ich bin kaum mit ihm in Berührung gekommen. Warum?«
»Ich sage Ihnen, warum: Dies ist *mein* Haus. Ich – und nur ich allein – habe hier das Recht, vorzuschreiben, wer was tut. Ich habe mir Evans' hochnäsige Art oft genug gefallen lassen. Jetzt ist Schluß damit. Wenn er das Spielchen weiter spielen will, muß er sich an die Spielregeln halten.«
»Was für ein Spielchen?«
Neal schwieg. Meine Frage hatte ihn aus dem Konzept gebracht. »Sein Spielchen als Koch natürlich, was sonst?« erklärte er nach einer Weile. »Hören Sie: Wenn sich irgend jemand darüber aufregt, was Sie tun oder wohin Sie gehen – schicken Sie ihn zu mir. Ich regle das dann schon.«
Ich wußte nicht, was ich darauf antworten sollte, und nickte nur. Nachdem er gegangen war, lehnte ich mich mit einem großen Seufzer zurück. Hatte Neal Wahnvorstellungen, oder hatte er recht, wenn er glaubte, seine Autorität würde untergraben? Aber reagierte er dann nicht zu heftig?

Die Schallplatte war abgelaufen, als ich das Wohnzimmer wieder betrat. Eine Reihe von Schnarch- und Grunztönen aus Dennys

Ecke ersetzte die Musik. Sam machte die Augen auf und sagte: »Sollten Sie nicht im Bett sein?«
Ich würde diese Worte vermutlich noch oft zu hören bekommen und sie bald satt haben. »Ja«, erwiderte ich kurz.
»Gut.« Er schloß die Augen wieder.
Ich wollte eine Menge Dinge mit ihm besprechen, aber jetzt war eindeutig nicht der geeignete Augenblick dazu. »Soll ich die Platte umdrehen?« fragte ich.
»Ja, bitte. Sie wird die unharmonische Symphonie von dort drüben übertönen.« Er winkte in Richtung Denny.
»Wo ist Angela?«
»In ihrem Büro.«
»Ist ihr Großvater noch da?«
»Ja. Sie streiten sich. Als ich nach dem Lunch unten war, hörte ich deutlich Wurfgeräusche.«
»Sie hat nach ihrem Großvater geworfen?«
»Nein. Sie hat die Bürowand benützt. Er liegt im Bett und hat Temperatur. Aber die Dinge müssen da unten schlecht stehen. Stephanie ging mal runter, um zu sehen, ob sie etwas helfen könnte, und kam mit weißem Gesicht wieder. ›Soll sie alle der Teufel holen‹, hat sie gemurmelt. ›Ich brauche Luftveränderung.‹«
Ich lächelte. Mir gefiel Stephanies Direktheit. Dann drehte ich die Platte um und ging ins Untergeschoß. Die Bürotür war zu. Ich klopfte, und Angela rief: »Herein.« Wie immer sah sie gelassen und tüchtig aus, doch zwischen ihren Brauen stand eine Falte, die ich früher nicht bemerkt hatte.
»Was wollen Sie?« fragte sie kurz.
»Man hat mich angeheuert, um gewisse Nachforschungen anzustellen.«
»Angeheuert? Für Leute wie Sie ist kein Geld in der Kasse.«
Ich blieb kühl. »Ich bin gekommen, Angela, um Sie zu fragen, ob Sie schon Gelegenheit hatten, die Quelle für das andere Gebot auf das Haus festzustellen.«
»Welches Gebot? Ach so. Ich habe den Makler gestern angerufen. Es gab tatsächlich noch ein Gebot, durch einen Anwalt in Antioch. Ich habe versucht, ihn zu erreichen, aber er ist erst am Montag wieder da.«
»Konnte Ihnen der Makler irgendwelche Details erzählen?«
»Das Gebot war sehr niedrig. Die Nachlaßverwaltung lehnte es ab. Es wurde um ein paar tausend Dollar erhöht, aber das genügte nicht.«

Ich dachte an die seltsamen Bücher in der Bibliothek und Neals Bemerkung, daß Sammler und Händler scharf auf sie waren. Vielleicht waren sie der Grund für das Gebot gewesen. Aber das alles würde ich erst morgen nachprüfen können.
Angela beschäftigte die Frage meines Honorars immer noch. »Wie bezahlt man Sie eigentlich für dieses ... dieses Herumschnüffeln? Wie ich schon erklärte, ist dafür kein Geld im Budget vorgesehen.«
»Meine Schwester bezahlt mich«, antwortete ich. Natürlich würde ich das Geld nicht annehmen, aber das ging Angela nichts an.
»Aber ihr Vermögen dient als Bürgschaft –«
Ich wartete, daß sie weitersprach, aber offensichtlich hatte sie erkannt, daß sie einen Fehler gemacht hatte. »Was ist mit Patsys Geld?« fragte ich deshalb.
Schweigen.
»Weiß sie davon?«
»Sie ... es ist noch nichts Definitives. Wir brauchen ihr Geld nur, wenn das Projekt wirklich in Schwierigkeiten gerät.«
»Es ist doch schon in Schwierigkeiten.«
Angela starrte mich wütend an.
»Sie brauchen sich doch nur umzusehen: Sie haben einen Computer, ein paar Samtsofas, chinesische Teppiche und ein paar kaputte Kanus. Und ein Ofen mit sechzehn Brennstellen ist in Auftrag. Außerdem haben Sie Pfützen auf dem Boden, weil die Installation tropft, Schornsteine sind nicht gekehrt, und mit dem Elektrischen stimmt es auch nicht. Sie wollen zur Segelsaison eröffnen – aber wo ist der Hafen?«
»Das Wetter –«
»Haben Sie schon irgendwelche Baupläne dafür gesehen?«
»Nein, aber –«
»Was ist mit den Arbeitern. Wer baut ihn?«
»Die Arbeiter sind gegangen. Das wissen Sie.«
»Warum sind nicht mehr Leute eingestellt worden?«
Angela nahm einen Bleistift und hielt ihn zwischen zwei Fingerspitzen. Ihre Nägel waren in einem seltsamen, unfreundlichen Purpur lackiert.
»Und noch etwas – der Computer«, fuhr ich fort. »Sie erzählten mir, Neal wollte ihn haben, weil er verrückt auf Technik ist. Mir ist noch nie jemand begegnet, der alles andere ist als das. Er gehört eher in ein früheres Jahrhundert.«
Die Spitze des Bleistifts brach ab. Sie betrachtete den Stift und

schleuderte ihn durchs Zimmer. »Verdammt! Begreifen Sie eigentlich, wie schwierig es ist, so ein Projekt zu koordinieren? Vor allem wenn man es mit Idioten zu tun hat, die von Finanzen überhaupt nichts verstehen. Ich brauchte den Computer unbedingt, um diesen Job überhaupt machen zu können.«
»Warum haben Sie den Kauf dann auf Neal geschoben?«
»Weil kein Mensch hier begreift – Sie eingeschlossen –, wie dringend ich ihn brauchte. Ich habe so getan, als wollte Neal es, daß ich ihn kaufte, damit die anderen mir nicht im Nacken saßen. Sie sind alle mißgünstig, weil nicht genug Geld für die Dinge da ist, die *sie* für wichtig halten.«
»Wie zum Beispiel das Dach zu decken oder die Installation und die Lichtleitung zu reparieren.«
»Na gut.« Angela stand auf und verschränkte die Arme vor der Brust. »Ich habe genug von Ihren Beleidigungen. Sie haben keine Vorstellung, was für Probleme sich mir in den Weg stellen, warum –«
Ein heller Ton erklang wie der einer Dinnerglocke. Er kam aus dem Gang und war schwach, aber deutlich zu hören. Angela neigte den Kopf. »Verdammt, das ist mein ehrenwerter Großvater.«
»Neal sagte, er sei krank und liege im Bett.«
»Ja. Der alte Dummkopf fuhr mit dem Laster im Regen hierher. Unterwegs hatte er einen Plattfuß und mußte ihn flicken. Er wollte auch den Arzt nicht sehen, als er kam, um Sie zu behandeln. Großvater hat einen Horror vor Ärzten. Und jetzt ist er krank. Er liegt im Zimmer zwischen meinem und dem von Patsy und Evans, und den ganzen Tag renne ich zu ihm und gebe ihm Aspirin und Suppe –«
»Warum ist er hergekommen?«
»Weil er Chinese ist.«
»Was?«
»Weil er Chinese und daher überfürsorglich ist. Er muß als Vertreter der großen Familie Won handeln und seine Enkelin schützen.«
»Vor was?«
Sie war so wütend, daß sie mich ein paar Minuten begriffsstutzig anstarrte.
»Vor was muß er Sie schützen?«
»Natürlich vor dem Sturm. Vor was sonst?« Ihre eine Hand fuhr in die Höhe, und ich hatte das Gefühl, daß sie nahe daran war, die

Beherrschung zu verlieren und wieder mit etwas um sich zu werfen. Außerdem spürte ich, daß sie mir nicht die ganze Wahrheit erzählte.
Die Glocke läutete wieder, nachdrücklicher.
»Ich habe noch ein paar Tabletten, die der Arzt dagelassen hat. Ich brauche sie nicht mehr, weil ich mich besser fühle. Ich werde sie Ihnen holen. Vielleicht nützen sie Ihrem Großvater etwas.«

13

Ich lieferte die Tabletten bei Angela ab und ging den Gang entlang zu Patsys Zimmern. Nur Andrew war da, aber das paßte mir ausgezeichnet. Denn mit ihm hatte ich mich sowieso unterhalten wollen. Er saß im Bett, einen großen Zeichenblock auf dem Schoß, und zeichnete mit fahlen Filzstiften unheimlich saurierähnliche Geschöpfe. Sie erinnerten an die Illustrationen der Comic-Bücher, die er so liebte, und waren für einen Elfjährigen technisch gesehen gar nicht einmal so schlecht.
»Gut, daß du dir nicht den rechten Arm gebrochen hast, was?«
Er sah überrascht hoch. »Ma sagte, du würdest den ganzen Tag im Bett bleiben.«
Ich setzte mich auf die Bettkante. »Was beweist, daß auch Mütter nicht alles wissen.«
»Ganz bestimmt nicht.«
»Wieso bist du im Bett?«
Er zuckte mit den Achseln.
»Na ja, es ist kein schlechter Ort. Es gab Zeiten, da habe ich ganze Tage im Bett verbracht, obwohl ich gar nicht krank war.«
»Tatsächlich? Und was hast du da getan?«
»Gelesen. Ferngesehen. Geschlafen.« Das war eine für Kinder leicht gereinigte Fassung jener vergnügten, faulen Tage. »Aber gezeichnet habe ich nicht. Ich habe kein Talent. Deine Mutter auch nicht. Woher, glaubst du, hast du es?«
» Von meinem Vater.«
Andrew hatte seinen Vater nie gekannt. Er hatte Patsy verlassen, als sie im sechsten Monat schwanger war. »Wer hat dir das erzählt?«
»Niemand. Ich weiß es einfach.« Er malte einen Flügel in Fuchsienrot und begann, ihn blaßgrün auszufüllen.

»Was hat Patsy dir von ihm erzählt?«
»Daß er nett war und sie ihn geliebt hat. Aber Tom und Jeremy hat sie auch geliebt. Und die sind auch weggegangen. Und jetzt liebt sie Evans, Und wir sollten ihn als unseren Vater betrachten.«
Ich begann zu ahnen, wo die Wurzeln für Andrews neueste Feindseligkeit zu suchen waren. »Und was hältst du davon?«
»Überhaupt nichts. Ich bin zu alt für einen neuen Vater.«
»Vielleicht könnte er dein Freund sein.«
»Nein, dafür ist *er* zu alt. Außerdem ist er der Grund, warum wir auf dieser blöden Insel sind.«
»Es gefällt dir hier nicht?«
»Ich hasse die Insel.«
»Warum?«
»Immer ist es kalt und feucht, und es gibt keine Geschäfte, in die man gehen kann. Man kann hier so wenig unternehmen, und ich habe keine Freunde.«
»Gehst du nicht in die Schule?«
»Doch. Ich fahr mit dem verdammten Bus und muß nachher sofort nach Hause kommen. Wie soll ich da Freunde finden?«
»Weiß ich auch nicht. Muß hart sein.«
Er beäugte mich einen Augenblick mit ernster Miene. »Du müßtest eigentlich sagen, daß ich mich glücklich schätzen sollte, hier leben zu dürfen, und solchen Unsinn mehr.«
»Warum denn? Ich bin mir nicht sicher, ob es stimmt.«
»Jetzt wirst du mir wohl ein paar Ratschläge geben.« Es klang, als hielte er eine Grabrede.
»Nein, ich habe keine. Sicher ist es das beste, wenn du im Bett bleibst.«
Meine Worte schienen ihm zu gefallen. »Hör mal«, sagte er nach ein paar Sekunden. »Gestern hast du mich was gefragt, und ich war auf alle so wütend, daß ich dir nicht antworten wollte. Wenn du möchtest, kannst du mich jetzt noch mal fragen.«
»Du meinst, wegen dem, was vor deinem Sturz passiert ist?«
»Ja.«
»Also, was ist passiert?«
Er mußte unwillkürlich lächeln. »Es war so. Ich schlief, und dann war da so ein Klopfen am Fenster. Das weckte mich. Ich ging hin, und alles, was ich sehen konnte, war eine Hand. Sie winkte, als sollte ich rauskommen. Also zog ich Hosen und Parka an und lief raus. Und die Gestalt bewegte sich durch den Garten mit den Wäschestangen. Ich folgte ihr durch das Loch in der Hecke und hin-

auf zur Terrasse. Sie verschwand um die Hausecke, als ich auf den Stufen ausrutschte.«
»Du sprichst von einer ›Gestalt‹. War es ein Mann oder eine Frau?«
»Ein Mann, ein großer Mann mit auffallend langem Haar, das ihm unter einem riesigen Hut hervorhing.«
»Was hatte er an?«
»Zerlumptes Zeug, schwarze Hosen, glaube ich, und einen braunen Regenmantel.«
Das klang nicht nach den Kleidungsstücken, die ich im hohlen Obstbaum gefunden hatte, obwohl der Mann bei der Fähre gestern abend auch so einen Hut getragen hatte. Vielleicht hatte der »Geist« des verrückten Alf eine komplette Garderobe irgendwo versteckt.
Andrew beobachtete mich. Er hatte die Rolle des starken Mannes aufgegeben und sah mich ängstlich an. »Es war der Einsiedler, nicht wahr?«
»Der Einsiedler ist tot.«
»Ich meine, sein Geist.«
»So was gibt es nicht.«
»Wie willst du das wissen?«
»Da mußt du mir schon vertrauen, Andrew. Ich weiß es einfach.«
»Dann war es ein richtiger Mensch.«
»Ja.«
»Und er hat mich rausgelockt.«
Das stimmte, und es gefiel mir gar nicht. Ein Mann, der Erwachsene einzuschüchtern versuchte, vielleicht sogar einen Erwachsenen getötet hatte, war eine Sache. Aber sich Kinder als Beute auszusuchen . . .
Ich wollte nicht, daß Andrew merkte, wie besorgt ich war, doch ehe ich noch etwas dagegen unternehmen konnte, sagte er schon: »Du hast Angst.«
»Ein wenig.«
»Ich auch.«
»Das ist schon in Ordnung. Eigentlich ist es sogar sehr gerissen. Wenn man Angst hat, bleibt man wachsam, und so etwas wie gestern morgen kann nicht wieder passieren. Wenn du diese Gestalt wiedersiehst, rufst du sofort einen Erwachsenen.«
»Okay.«
»Und inzwischen versuche ich, ihn zu fangen.«
Das schien ihn zu beruhigen, denn er begann wieder zu zeichnen.

Während ich zusah, wie Andrew die Form eines alten, grotesken Baums zeichnete, kam mir eine Idee. »Hör mal«, sagte ich. »Könntest du nicht den Mann zeichnen, den du gesehen hast?«
Er machte ein erstauntes Gesicht, antwortete aber: »Klar.«
»Mach ein paar Zeichnungen von ihm: Mal alles, an das du dich erinnern kannst.«
»Du meinst, wie diese Polizeizeichner, die Zeichnungen von Verdächtigen machen müssen, die irgendein Zeuge beschreibt?«
»Genau so.«
»In Ordnung.« Er riß das Blatt mit den Sauriern vom Block ab. »Ich fange sofort an.«
Ich stand auf. »Vielen Dank. Ich komme später wieder, um sie zu holen.«
Ehe ich bei der Tür war, rief er zögernd: »Tante Sharon?«
»Ja?«
»Ich hasse Evans nicht und auch Mom nicht, weißt du. Es ist nur . . . Mir fehlt bloß das Leben auf der Farm . . .«
»Ich weiß. Ach, übrigens, Andrew, warum läßt du das ›Tante‹ nicht weg? Du bist alt genug, um mich nur Sharon zu nennen.«
Er lächelte scheu vor Freude und beugte seinen Kopf über den Zeichenblock.

Auf dem Weg hinauf verspürte ich plötzlich ein schwaches, aber bohrendes Hungergefühl, und deshalb wandte ich mich in Richtung Küche. Wie beim erstenmal, als ich den Raum betrat, saß Stephanie am Tisch und rauchte und trank Kaffee, die Seite mit den Kleinanzeigen der Sonntagszeitung vor sich ausgebreitet.
»Soso«, bemerkte sie, »die verloren Geglaubte hat sich von ihrem Schmerzenslager erhoben . . .«
Mir war nicht ganz klar, was sie mit dieser Bemerkung beabsichtigte, und so nickte ich nur und ging zum Kühlschrank. Viel frisches Gemüse lag darin, ein paar teuer aussehende Flaschen kühlten im unteren Fach, und eine Schüssel mit eingelegtem Fleisch stand da. Doch ich konnte nichts finden, was sich für einen kurzen Imbiß hätte verwenden lassen. Während ich die Tür zuwarf, dachte ich, daß es noch ein Gebiet gab, bei dem die Ausgaben nicht zu stimmen schienen: beim Essen.
Stephanie beobachtete mich. »Ziemlich kärglich, was?«
»Ja. Ich bin halb verhungert und nichts zu naschen da.«
»Versuchen Sie's in der Anrichte. Ich glaube, da hat es Cracker.«
Ich ging durch die Tür, auf die sie wies, in eine altmodische An-

richte, wie sie früher für einen Butler eingerichtet wurden. Auf einem Regal in Augenhöhe lag eine Schachtel Triscuits. Ich nahm eine Handvoll heraus, dann zuckte ich die Achseln und nahm die ganze Schachtel mit. Als ich in die Küche zurückkam, schenkte mir Stephanie gerade eine Tasse Kaffee ein. Das konnte bedeuten, daß sie mir wegen des Verlusts des Motorboots nicht mehr grollte. Trotzdem begann ich: »Ich möchte mich entschuldigen, weil –«

»Ist nicht Ihre Schuld.«

»Wegen des Bootes, meine ich.«

»Ist nicht Ihre Schuld. Max hätte Sie bei dem sich zusammenbrauenden Sturm nicht weglassen dürfen. Aber keiner von Ihnen beiden konnte wissen, daß er ermordet würde und Sie beinahe ertrinken würden. Denken Sie nicht mehr dran!«

Ich setzte mich zu ihr an den Tisch und knabberte ein Triscuit.

»Wie ich hörte, hatten Sie eine Auseinandersetzung mit Angela.«

»Sie war gemein wie immer. Ich mag nicht drüber reden.«

»Eigentlich habe ich ein paar ganz andere Fragen auf dem Herzen. Wie viele Leute haben Zugang zum Bootshaus?«

»Wir alle. Und Max auch. Aber es ist immer abgeschlossen. Denny und ich haben einen Schlüssel. Und Max hatte einen. Außerdem gibt es zu allen Schlössern Reserveschlüssel, die in der Anrichte hängen.«

»Können Sie mir etwas über Max erzählen?«

»Er stammte aus Walnut Grove. Hat dort sein ganzes Leben lang gelebt. Er war verheiratet und hat ein paar erwachsene Kinder, soviel ich weiß.«

»Wer hat ihn eingestellt?«

»Max hat immer die Fähre für Stuart Appleby gefahren und gewartet. Als Neal die Insel kaufte, fand er, es sei besser, Max zu halten, weil er die Fähre reparieren konnte. Und da der alte Stuart ihm ein bißchen Geld hinterlassen hatte, war Max bereit, auch für geringen Lohn zu arbeiten. Dann warf ihn seine Frau hinaus, und er war froh, in der Hütte Unterschlupf zu finden.«

Wieder beschäftigte mich die Frage, warum Max in der Hütte gewohnt hatte und nicht ins Herrenhaus gezogen war. Ich fragte Stephanie deswegen.

Sie zuckte mit den Achseln und langte nach einer Zigarette. Ihre schlanken Finger – schön geformt, aber mit ein paar Narben, wahrscheinlich entstanden durch ihre lebenslange Arbeit mit Booten – spielten mit dem Bic-Feuerzeug. Sie wartete, bis sie sich

die Zigarette angezündet hatte, ehe sie antwortete. »Er wollte dort bleiben. Er mochte das Herrenhaus nicht. Als wir ihm ein Zimmer anboten, lehnte er ab. Vielleicht aus Aberglauben. Stuart Applebys Selbstmord gefiel ihm nicht. Außerdem sagte er immer wieder, daß ihn seine Frau bald wiederaufnehmen würde.«
»Wie lange wohnte er in der Hütte?«
»Ein paar Monate. Er zog etwa zu der Zeit ein, als ich auf die Insel kam.«
»Warum hat ihn seine Frau eigentlich hinausgeworfen?«
»Keine Ahnung. Vielleicht weiß Denny darüber Bescheid. Sie haben ein paarmal in der Woche zusammen Karten gespielt und was getrunken.«
Ich setzte meine Kaffeetasse ab. Ich wußte, wo ich Denny finden konnte – unter der Comics-Seite der Sonntagszeitung auf der Wohnzimmercouch.

Als ich ins Wohnzimmer kam, war Sams Sessel leer. Als einziges war Dennys Schnarchen zu hören. Einen Augenblick überlegte ich, ob ich ihn in Ruhe lassen sollte, doch dann fand ich, daß meine Fragen wichtiger waren als sein Schönheitsschlaf. Außerdem lag er schon seit über einer Stunde so da. Ich legte eine Hand auf seinen locker herabhängenden Arm und schüttelte ihn sanft.
»Hm? Hu? Marianne?« sagte er.
»Ich bin's, Sharon.«
Er hob den Kopf, und die Comics-Seite glitt von seinem Gesicht, das sich verzogen hatte wie das eines protestierenden Babys. »Mein Gott«, sagte er. »Ich dachte, Sie seien meine Exfrau.« Er schwang die Füße auf den Boden und richtete sich auf. Ich setzte mich neben ihn. »Aber ich hätte es besser wissen müssen. Sie hätte mich nämlich wachgetreten.«
»Der brutale Typ?«
»So ungefähr. Wie spät ist es?«
»Viertel nach drei.«
»Mein Gott, ich bin wirklich weggesackt.«
»Sind Sie wach genug, um ein paar Fragen zu beantworten?«
»Ja. Aber wieso sind Sie nicht im –«
»Weil ich vollkommen in Ordnung bin. Im Augenblick versuche ich, mehr über Max Shorkey herauszufinden. Er lebte von seiner Frau getrennt. Wissen Sie, warum?«
»Das übliche: Sie erwischte ihn mit einer anderen und warf ihn raus. Kurz darauf hatte sie es dann mit einem seiner Freunde.«

»Aber Max schien zu glauben, daß er bald wieder zu ihr zurückkommen könnte.«
»Das bildete er sich ein, weil er sonst das Leben in der Holzhütte nicht ertragen hätte.«
»Sie glaubten es nicht?«
»Nein. Der neue Freund seiner Frau war kein Verlierer, wie Max behauptete, sondern besaß ein Restaurant im Porkpie Tract und hatte eine Menge Geld.«
»Wie heißt er?«
»Ich habe keine Ahnung. Aber sein Restaurant nennt sich ›Water Witch‹.«
Ich machte mir in Gedanken eine Notiz, um diese Information später an Benjamin Ma weiterzugeben. Obwohl es eine Spur in dem Mordfall sein konnte, war ich doch nicht sehr glücklich darüber. Mir gefallen ordentliche Fälle, wo alle losen Fäden sauber verknüpft sind, und wenn Max' Mörder zu einer Dreierbeziehung gehörte, schwächte das die Theorie, die ich aufzustellen versuchte.
»Laut Stephanie haben Sie öfters Karten mit ihm gespielt.«
»Ja, er war ein interessanter Bursche. Für einen Kleinstädter ohne viel Erziehung wußte er eine Menge.«
»Was zum Beispiel?«
»Er kannte sich mit Booten aus, in Naturkunde. Beim Militär war er viel herumgekommen. Ich kam gut mit ihm aus, besser als mit Neal oder Evans.«
»Sie mögen sie nicht besonders?«
»Ach, Evans ist in Ordnung. Aber er redet immer bloß vom Essen und ich immer vom Abnehmen.« Er klopfte anzüglich auf seinen Bauch.
»Und Neal?«
»Neal ist schlecht. Er versucht, Freundschaften zu erkaufen. Die meine will er seit fünf Jahren haben, seit er in San Francisco ein großes Haus kaufte und mich anheuerte, um es zu renovieren. Das Problem ist, daß er nicht weiß, was Freundschaft eigentlich heißt. Für mich zum Beispiel ist es ein Vertrag. Man kommt dem anderen fünfzig Prozent entgegen. Natürlich nicht ständig. In manchen Jahren investiert man achtzig Prozent und der andere nur zwanzig und umgekehrt. Am Ende gleicht es sich aus.«
Mir gefiel diese Vorstellung, so schien es auch in meinem Leben zu funktionieren, ohne daß es mir bewußt war. »Aber Neal hält sich nicht an den Vertrag?«

»Nein. Er weiß nicht mal, daß er existiert. Entweder nützt er Sie aus, und er gibt für Sie verschwenderisch viel Geld aus und tut alles mögliche für einen. Wie das Essen und der Wein hier – für all das bezahlt er, und für die meisten anderen Ausgaben kommt er auch auf. Aber das ist nur seine Methode, Einfluß auf einen zu nehmen, damit man ihm dann um so mehr verpflichtet ist.«
»Und trotzdem sind Sie hergekommen.«
»Natürlich. Ich brauchte einen Job, und ich gehe dorthin, wo es Arbeit gibt. Außerdem kauft Neal nur mein Können und meine Zeit. Kein Mensch kann einen anderen Menschen kaufen, und das traurige ist, daß er das nicht begreift.«
Es hatte keinen Zweck, auf diesen Punkt näher einzugehen. So fragte ich: »Haben Sie eine Ahnung, warum er getötet wurde?«
»Max?« Denny überlegte eine Minute, dann antwortete er: »Nein. Max war ein guter Kerl. Es tut mir leid, daß er tot ist. Aber richtig gekannt habe ich ihn eigentlich nicht.«

14

Sam war zum Ausgehen angezogen und trug Pullover, Jacke und Jeans und schwere Stiefel. Als er mich sah, rief er: »Gut, daß ich Sie treffe. Ich habe den anonymen Brief dabei.« Er holte ein zusammengefaltetes Blatt Papier aus seiner Jackentasche. Es war billiger Qualität, und man konnte die rauhe Kante erkennen, an der es von einem Block gerissen worden war. Ich machte es auf und las die getippte Nachricht: »Es wäre klug von Ihnen, wenn Sie sich im Haus Ihres Bruders Neal auf Appleby Island einmal die Finanzen ansehen würden. Die Investition ist nicht gut. Es könnte schiefgehen, wenn Sie nicht bald etwas unternehmen – ein wohlmeinender Freund.«
Als erstes fiel mir auf, daß der Verfasser es nicht gewöhnt war, Geschäftsbriefe zu schreiben. Die Sätze klangen steif und unbeholfen. Der Brief war sauber, aber ungleichmäßig getippt, mehrmals hatte man sorgfältig verbessert. Vermutlich war es keine elektrische Schreibmaschine gewesen, vielleicht eine Reiseschreibmaschine. Die Typen hatte man offenbar längere Zeit nicht geputzt, das Farbband hätte längst ausgewechselt gehört.
»Wann haben Sie ihn erhalten?« fragte ich.
»Donnerstag vor zwei Wochen.«

»Und wo war er abgestempelt?«
»Ich weiß es nicht. Er traf ein, als ich verreist war, meine Sekretärin hat den Brief geöffnet und den Umschlag fortgeworfen.«
»Wird er nicht gewöhnlich aufgehoben, wenn keine Adresse auf dem Bogen steht?«
»Ja. Es war eine Aushilfe, sie hatte nicht viel Erfahrung. Und als ich es merkte, waren die Papierkörbe schon ausgeleert worden.«
Ich drehte das Blatt um. Es war leer und hatte auch kein Wasserzeichen. Es war schon durch zu viele Hände gegangen, als daß es noch Zweck gehabt hätte, es auf Fingerabdrücke zu untersuchen. Ich war überzeugt, ein Polizeilabor würde auch nicht mehr feststellen können als ich. Trotzdem fragte ich: »Kann ich den Brief behalten?«
»Natürlich.« Sam ging auf die Haustür zu.
»Wo gehen Sie hin?« fragte ich.
»Nur spazieren. Trotz der Größe der Insel komme ich mir etwas eingesperrt vor.«
»Wo sind Evans, Patsy und die Mädchen?«
»Zum Einkaufen in Rio Vista.«
Ich hatte vorgehabt, jetzt mit Patsy und Evans zu sprechen, und wußte nun nicht, wohin mit mir. »Hätten Sie etwas dagegen, wenn ich mitkomme«, fragte ich.
Sam zögerte kurz. »Wenn Sie sich warm anziehen.«
»Schön. Ich bin gleich wieder da.« Ich ging nach oben in mein Zimmer, vertauschte die leichten Slipper mit gefütterten Stiefeln und zog die blaue Wolljacke über meinen dicken Pullover.
Sam wartete auf dem Rasen vor dem Haus, und wir marschierten durch den Nebel los in Richtung Deich und Bootshaus.
»Hat Ihnen der Brief genützt?« fragte Sam.
»Nicht viel. Er klingt etwas naiv, und ich frage mich, ob der Verfasser von Finanzen überhaupt etwas versteht. Eigentlich bin ich erstaunt, daß Sie ihn ernst genommen haben.«
»Habe ich auch nicht. Aber wenn es um Neal geht, fühle ich mich verpflichtet, alles nachzuprüfen.«
Als wir oben auf dem Deich standen, war ich ziemlich außer Atem. Sam war so taktvoll zu tun, als bemerke er es nicht. Oder vielleicht war er auch von dem Nebel so beeindruckt. »Es ist, als stünde man auf einem Gipfel zwischen zwei Tälern aus Schnee«, sagte er.
Es war eine passende Beschreibung. Zu beiden Seiten des Deichs lag der Nebel dicht und schwer und verdeckte den Boden und das

Wasser. Das Flachdach des Bootshauses und ein paar größere Bäume ragten aus der weißen Decke seltsam verloren hervor.
»Ist es hier oft so?« fragte Sam.
»Zu dieser Jahreszeit vermutlich schon.«
Ich begann, den Deich entlangzuwandern, und stellte fest, daß ich mich automatisch von der Anlegestelle der Fähre weggewandt hatte. Max war zwar auf der anderen Seite getötet worden, aber ich wollte dem Schauplatz seines Todes möglichst nicht nahe kommen. »Sind Sie viel älter als Neal, Sam?« fragte ich.
»Zwei Jahre jünger. Warum?«
»Ich wollte es genau wissen. In mancher Hinsicht wirken Sie jünger – so wie Sie sich anziehen und aussehen. Aber die Art, wie Sie sich ihm gegenüber verhalten – wie ein älterer Bruder.«
»Die Rolle habe ich bei ihm immer gespielt.«
»Warum?«
»Neal brauchte immer Schutz, und so ist mir diese Rolle zugefallen. Als Kind war er nicht sehr kräftig, schon in der Schule mußte ich mich um ihn kümmern. Und auch heute noch mache ich mir Sorgen um ihn.«
»Weil er psychisch so instabil ist?«
»Ja.«
»Wissen Sie über seine Fixierung auf die Bibliothek Bescheid?«
»Sie meinen, weil er sie abgeschlossen hat und niemand hineinläßt? Ja, wir haben uns darüber unterhalten. Ich habe ihn davon überzeugt, daß er die anderen verärgert, und er hat versprochen, sie von nun an offenzulassen.«
»Sagte er, es sei wegen der kostbaren Bücher gewesen?«
»Meiner Meinung nach nicht ganz.«
Ich erzählte ihm von meinen Vermutungen, die mir während meines Gesprächs mit Neal gekommen waren. Als ich geendet hatte, schwieg Sam eine ganze Weile.
»Suchen wir uns etwas zum Hinsetzen«, sagte er schließlich.
Ich blieb stehen und blickte mich um. Auf der Seite zum Wasser lag ein umgefallener Baum genau an der Nebelgrenze. Ich deutete auf ihn, und wir kletterten hinunter und setzten uns.
»Ich wollte Sie nicht beunruhigen«, sagte ich.
»Das konnten Sie nicht wissen.«
»Aber ich dachte, Sie sollten es erfahren.«
»Ich bin Ihnen auch dankbar dafür.« Er verschränkte die Hände und ließ die Arme zwischen den Knien baumeln. Nach einiger Zeit meinte er: »Neals Schwierigkeiten hörten mit der Schule

nicht auf. Er hatte nur wenig Freunde und Pech bei den Mädchen. Er bemühte sich gar nicht, einen Freund zu finden. Vielmehr legte er sich eine dicke Haut zu und wurde ein großer Spötter.«

»Evans war aber ein Freund von ihm, nicht?«

»Einer von den wenigen, ja.« Sam räusperte sich. »In der High-School hatte Neal gute Noten, er kam nach Harvard. Ein paar Jahre lang schien er okay zu sein. Er konnte sich behaupten. Dann erschien ich auf der Bildfläche, der kleine normale und fröhliche Bruder. Seine Freunde mochten und akzeptierten mich. Neal verschanzte sich wieder hinter seinem Spott, weil er sich verstoßen fühlte, und seine Freunde begannen, ihn zu meiden. Er ließ in seinen Leistungen nach, und schließlich warf man ihn hinaus.«

»Haben Sie Ihr Examen in Harvard gemacht?«

»Ja. Neal ging nach Boston und nahm sich ein möbliertes Zimmer. Er lebte von dem Erbe seiner Großmutter. Damit war er bei meinen Eltern endgültig unten durch. In ihrem Testament verfügten sie –«

»Patsy hat es mir erzählt. Wie ich hörte, sind sie etwa zur gleichen Zeit gestorben.«

»Ja.«

»Wie kam das?«

Er zögerte, öffnete die Hände und betrachtete sie. »Sie haben sich umgebracht«, antwortete er leise. »Mein Vater war unheilbar krank, und meine Mutter wollte nicht ohne ihn weiterleben. Bei ihm wirkten die Tabletten sofort, aber meine Mutter lag noch fünf Tage im Koma. Neal und ich waren völlig gebrochen. Es erschien uns wie Verrat. Und dann erfuhr er, was im Testament stand.« Er preßte die Hände zusammen, und ich spürte, wie seine Arme vor Anspannung zitterten.

»Wie reagierte er?«

»Er hatte einen Zusammenbruch. Er glaubte, daß sein Versagen irgendwie an ihrem Entschluß, sich umzubringen, mit schuld war. Ich war zwar selbst in keiner besonders guten Verfassung, aber ich schaffte es, ihm durchzuhelfen. Ich brachte ihn in einer psychiatrischen Klinik bei Ann Arbor unter, wo ich ihn häufig besuchen konnte. Wir redeten stundenlang. Wir besuchten sogar Seminare zur Trauerbewältigung.« Er lachte bitter auf. »Wie das klingt!«

»Ich glaube, ich verstehe jetzt, warum Neals Vorliebe für die Bibliothek Sie so erregt hat. Was werden Sie nun tun?«

Er schüttelte den Kopf. »Ich weiß es nicht. Vielleicht verliert sie

an Anziehungskraft, wenn sie allen zugänglich ist.« Es klang nicht überzeugend. Er stand auf und hielt mir die Hand hin. »Gehen wir jetzt lieber nach Hause. Meinen Informationen nach soll das Spezialdinner von gestern heute nachgeholt werden. Das bedeutet: Cocktails um sieben Uhr. Und kommen Sie ja nicht zu spät!«
Ich nahm die dargebotene Hand und ließ mich von ihm hochziehen. »Es ist erst fünf.«
«Ich glaube, Sie brauchen Ruhe. Sie sehen etwas blaß aus.«
Wir kletterten den Deich hinauf und machten uns schweigend auf den Heimweg. Als wir über den nebelverhüllten Rasen gingen, mußte ich mir eingestehen, daß Sam recht hatte. Ich fühlte mich erschöpft, meine Kehle war rauh, und der Kopf begann, mir weh zu tun.
»Was ziehen Sie zum Essen an, Sam?« fragte ich.
»Gestern abend hätte ich im Anzug erscheinen sollen. Aber heute bleibe ich bei meinen Jeans.«
»Ich auch.«

Ich verabschiedete mich von Sam im Wohnzimmer und ging in die Pantry, wo ich einen Telefonapparat hatte stehen sehen. Wie Benjamin Ma vorausgesagt hatte, war das Telefon wieder in Ordnung. Ich rief in der Station an, aber er war nicht da und würde erst in ein paar Stunden zurück sein. Ich bat, ihn zu benachrichtigen, daß er mich anrufen sollte. Dann ging ich nach oben, um etwas zu schlafen.
Als der Wecker um Viertel vor sieben Uhr klingelte, fühlte ich mich viel besser. Das rauhe Gefühl in der Kehle und mein Kopfweh waren verschwunden. Muskeln und Gelenke schmerzten noch. Offensichtlich bekam ich keine Erkältung. Vielleicht, überlegte ich, hatte Patsy mit ihrer Bemerkung über die Zauberkraft des Vitamin C doch recht.
Fünf Minuten später stand ich auf und sah in den Schrank. Jemand hatte meine Sachen ordentlich aufgehängt, vermutlich Patsy. Auch das Eisgrüne war da, doch ich schob es zur Seite und wählte ein Paar ziemlich neue Jeans und ein altrosa Kordhemd. Dann bürstete ich mir kräftig das Haar, legte etwas Make-up auf die Platzwunde am Kinn auf und ging zu Sams Tür nebenan. Er öffnete auf mein Klopfen sofort. Er trug einen Skipullover und Kordhosen.
»Ich dachte, ich begleite Sie hinunter«, sagte ich.
»Oh, vielen Dank, Ma'am.«

Er reichte mir den Arm, und ich legte zeremoniell meine Hand darauf, und wir schritten würdevoll die Treppe hinab. Leider war Andrew der einzige, der unsere Clownerie bemerkte. Er grinste spöttisch. Die anderen standen um den Getränkewagen, auch sie hatten sich nicht feingemacht. Sam und ich stellten uns in die Schlange, bekamen unsere Drinks und hatten uns gerade mit Neal an den Kamin gesetzt, als Kelley heraufkam und meldete, ich würde am Telefon verlangt.

»Benützen Sie den Apparat in der Bibliothek, wenn Sie möchten«, sagte Neal.

Ich bedankte mich erfreut, nahm mein Glas und ging in die Bibliothek.

Es war Benjamin Ma, der meine Nachricht erhalten hatte. »Nun, Miss McCone«, sagte er, »was kann ich für Sie tun?«

»Ich würde gern wissen, was Sie über Max Shorkey herausgefunden haben.«

Es entstand eine Pause. Vermutlich fiel Ma erst jetzt ein, daß er versprochen hatte, mir Bericht zu geben. »Sie müssen eine gute Konstitution haben, Miss McCone. So wie Sie gestern abend aussahen, dachte ich nicht, daß Sie schon wieder auf und munter sind.«

»Das verdanke ich dem Vitamin C.«

»Aha, ja.« Ich hörte Papier rascheln. »Also, Miss McCone, ich fürchte, ich habe nicht viel zu berichten. Wir haben den Anlegesteg und die Hütte genau untersucht, aber keine Beweise für Ihre Geschichte gefunden. Mr. Shorkeys Laster stand neben der Hütte geparkt wie üblich. Man hätte gar nicht mit ihm fahren können, weil die Batterie kaputt ist.«

»Was bedeutet, daß seine Leiche mit dem Boot ausgesetzt wurde.«

»Vermutlich.«

»Sicherlich wird sie nicht so schnell auftauchen.«

»Es ist zweifelhaft, ja. Wie ich gestern bereits erwähnte, zieht eine neue Sturmfront herauf, die die Auffindung der Leiche noch komplizierter machen wird.«

»Haben Sie mit Max' Frau gesprochen?«

»Ja. Sie hat seit einer Woche nichts mehr von ihm gehört.«

»Ich habe etwas erfahren, das sie wissen sollten. Sie hat einen Freund – namens Cal Williams, den Besitzer des ›Water Witch‹. Ich habe schon mit ihm gesprochen. In der kritischen Zeit arbeiteten beide im Restaurant. Angestellte und Kunden können es bezeugen. Mrs. Shorkey arbeitet dort als Kellnerin.«

»Aha.« Ich war nicht enttäuscht. Es bedeutete vielmehr, daß ich noch immer mit der Theorie arbeiten konnte, Max' Mörder stünde mit den Vorfällen auf der Insel in Zusammenhang. »Nun, vielen Dank, daß Sie zurückgerufen haben«, sagte ich dann. »Ich glaube, daß wäre wohl alles.«

Mas Stimme klang bei seiner nächsten Frage persönlicher und mitfühlender. »Wie geht es Ihnen allen denn?«

»Gut, danke.«

»Keine Streuner oder verdächtige Vorfälle?«

»Nein.«

»Gut. Aber ich glaube, Sie sollten sich klar sein, daß der Wetterbericht nicht vielversprechend aussieht.«

»Wie schlimm ist es?«

»Im Augenblick ist noch alles offen. Aber meinen Erfahrungen nach sollten Sie sich auf einen Orkan gefaßt machen.«

Ich hängte ein und lehnte mich in dem rissigen Ledersessel zurück. Von nebenan klang fröhliches Gläserklirren. Ich dachte an Max und warum er getötet worden war. Er mußte etwas gesehen haben. Aber bei diesem Regen, bei diesem Sturm? Alle Anzeichen wiesen darauf hin, daß er in der Hütte gewesen war und sich ein Abendessen machte, kurz ehe er starb. Hatte er ein Geräusch gehört und war hinausgegangen, um nachzusehen, was los war? Oder hatte jemand ihn herausgelockt, um ihn zu ermorden? Wenn ja, warum? Hatte er etwas gewußt, das dem Mörder gefährlich werden konnte? Vielleicht. Es gab keine Möglichkeit, das zu erfahren – noch nicht.

Lautes Gelächter aus dem Wohnzimmer riß mich aus meinen Gedanken. Sie schienen sich wirklich gut zu amüsieren, fand ich, wenn man bedachte, daß seit den Ereignissen an der Anlegestelle erst vierundzwanzig Stunden vergangen waren. Ein paar hatten ihr Bedauern über Max' Tod ausgedrückt, aber keiner schien sich sehr darüber aufgeregt zu haben. Vielleicht, weil er nicht zu ihnen gehört hatte, trotzdem war es gefühllos. Es war beinahe so, als hätte er nie existiert.

Ich blieb noch etwas sitzen, weil ich keine Lust hatte, hinüberzugehen und höflich zu plaudern. Die Wahrheit war, daß mir die Leute von Appleby Island – vielleicht mit Ausnahme von Sam – auf die Nerven zu gehen begannen. Je länger ich über sie nachdachte, desto mehr beschäftigte mich die Frage, was für Motive sie hierhergeführt hatten, wie ihre Vergangenheit aussah. Und dann kam mir plötzlich die Idee, daß es nützlich sein könnte, den Lebenslauf aller Bewohner überprüfen zu lassen. Ich nahm den

Hörer ab und rief meinen Verehrer Greg Marcus zu Hause in San Francisco an.
Er war überrascht, von mir zu hören, und ich erklärte ihm den Grund.
»Wie viele Leute sollen denn überprüft werden?«
»Sechs«, antwortete ich. Ich hatte auch Sam dazugerechnet, aber Patsy und die Kinder weggelassen.
»Mein Gott, du verlangst aber viel von einem alten Verehrer, was?«
»Ich lade dich zum Abendessen ein, wenn ich zurück bin.«
»Abgemacht. Nenn mir die Namen.« Ich zählte sie auf. Als ich fertig war, fragte er: »Sie stammen alle aus Kalifornien?«
»Sam Oliver ist aus Michigan, und Stephanie Jorgenson zog erst kürzlich aus der Gegend von Seattle hierher.«
»Ich werde sehen, was sich machen läßt. Bis morgen nachmittag habe ich Antwort von der Informationsstelle des Kriminalgerichts, sicher auch vom Informationscenter der Countys. Aber das FBI ist in letzter Zeit nicht sehr auskunftsfreudig gewesen.«
»Ich bin froh um jede Information, die du kriegen kannst. Ich rufe dich wieder an. Es soll niemand mithören.«
Er zögerte. »Ist alles okay bei dir?« Die Frage klang ehrlich und besorgt, und so nahm ich ihm den väterlichen Unterton nicht übel. »Ja, mach dir keine Sorgen. Ich melde mich morgen.«

15

Wie sich herausstellte, war das Abendessen nicht so schlimm, wie ich befürchtet hatte. Die Vorspeise, Scampi mit Knoblauchsauce, tröstete mich mehr als genug über die Gesellschaft hinweg. Neal war ziemlich still und beschränkte seine Kommentare über die verschiedenen Weine auf ein Minimum. Evans' Piccata erntete großes Lob, und zum Nachtisch gab es Erdbeeren in Grand Marnier, eine ziemliche Extravaganz, denn sie mußten aus einem wärmeren Klima eingeflogen worden sein.
Als wir nach dem Essen alle beim Barwagen standen, fragte ich Neal, ob ich mir ein Buch aus der Bibliothek holen könnte.
Er zögerte, dann begann sich sein Gesicht aufzuhellen. »Ich habe genau das richtige für Sie. Ich habe es gerade ausgelesen.« Er verschwand in der Bibliothek und kehrte ziemlich schnell mit einem

alten Lederband zurück. Er trug den Titel *Familiengeschichte des Sacramento-Deltas.* »Ein ganzes Kapitel geht ausschließlich über die Applebys«, sagte er. »Bis etwa zur Jahrhundertwende.«
Das Thema gefiel mir. Ich würde noch einige Zeit hierbleiben, und da konnte ich mich genausogut auch noch mit den Örtlichkeiten hier beschäftigen und den Leuten, die sie bewohnt hatten. Ich nahm das Buch, ein paar Vitamintabletten, die ich mir von Patsy erbeten hatte, und mein Brandyglas mit hinauf in mein Zimmer, und als ich gemütlich im Bett lag, begann ich das Kapitel *Die Applebys von Appleby Island* zu lesen. Unglücklicherweise kam ich nur bis zum Untertitel *Der Krieg mit dem Einsiedler,* dann fielen mir die Augen zu. Das gute Essen, der Brandy und mein immer noch geschwächter Körper taten ihre Wirkung. Ich konnte gerade noch das Buch auf den Nachttisch legen und das Licht ausschalten, dann war ich eingeschlafen.

Das erste Geräusch, das mir bewußt wurde, war ein Scharren. Ich stöhnte und trat gegen die dicke Zudecke. Ratten, dachte ich. In der Stadt waren die Ratten ein Problem, und ich hörte sie oft auf dem Dachboden über meinem Schlafzimmer herumlaufen. Die Geräusche kamen näher und hörten auf. Links von mir entstand ein schleifendes Geräusch, dann wieder das Scharren, gefolgt von einem leisen Türschließen.
Ich schreckte benommen hoch und langte nach rechts, um die Nachttischlampe anzuschalten. Sie stand nicht dort. Dann war ich ganz wach und begriff, daß ich nicht in meinem eigenen Bett lag, sondern in einem Gästezimmer auf Appleby Island. Ich langte nach links, meine Hand stieß gegen etwas, das zu Boden fiel. Dann fand ich den Schalter der Nachttischlampe. Es wurde hell, und ich blickte auf den Boden. Das Brandyglas war heruntergefallen und zerbrochen. Aber noch etwas anderes war nicht mehr auf dem Nachttisch: Das Buch fehlte.
Mit einem Satz sprang ich aus dem Bett und trat prompt in die Scherben. Einen Schrei unterdrückend, hinkte ich zur Tür und sah hinaus. Der Gang war dunkel und leer. Ich kehrte zum Bett zurück und inspizierte die Fußsohle. Es war kein tiefer Schnitt. Im Badezimmerschränkchen fand ich Pflaster und verarztete mich.
Auf dem Wecker war es halb drei. Jemand hatte das Buch so dringend haben wollen, daß er zu nachtschlafender Zeit hereingeschlichen war, um es zu stehlen. Warum? Neal konnte es

nicht sein, er hatte mir das Buch ja geliehen. Hatte jemand von den anderen Interesse gezeigt, als er es mir gab? Mir war nichts aufgefallen.
Ich überlegte, was ich vor dem Einschlafen gelesen hatte. Eigentlich nur den Titel des Kapitels und den Untertitel: *Der Krieg mit dem Einsiedler.*
Ich zog den dicken wollenen Bademantel an und trat in den Gang hinaus. Nichts war zu hören, außer einem schwachen Schnarchen aus Sams Zimmer. Unten in der Empfangshalle brannte eine kleine Lampe. Ihr Schein genügte, um den Weg ins Wohnzimmer und zur Bibliothekstür zu finden, die offenstand. Ein hin und her zuckender Lichtstrahl war im Dunkel dahinter zu erkennen.
Ich bewegte mich, so leise ich konnte, doch dann stieß ich gegen etwas, Glas klirrte, und das Licht in der Bibliothek ging aus.
Der verdammte Getränkewagen. Ich schob ihn weg und stürzte in die Bibliothek. Die Fenstertür hinter dem Schreibtisch krachte auf, und eine Gestalt rannte hinaus. Ich rannte hinüber, umrundete den Schreibtisch, doch als ich die Fenstertür erreichte und hinausblickte, war niemand mehr zu sehen. Wie hatte der Eindringling so schnell verschwinden können. Ich ging noch um die Hausseite bis zur Terrasse, aber alles war still.
Zurück in der Bibliothek, verschloß ich sorgfältig die Fenstertür und machte Licht. Alles sah so aus wie bei meinem Telefonat früher am Abend. Ich wartete einen Augenblick, weil ich dachte, die anderen hätten den Lärm gehört und würden herunterkommen, doch das ganze Haus schien in tiefem Schlaf zu liegen. Die gediegene Konstruktion dieser alten Gebäude hatte seine Vor- und Nachteile.
Ich ging ins Wohnzimmer und schaltete ebenfalls alle Lichter ein. Ein schwaches Klopfen war zu hören. Ich erstarrte. Es klopfte wieder. Vermutlich ein Zweig, der gegen das Haus schlug. Aber mir war nicht ganz wohl in meiner Haut. Mir fiel die 38er wieder ein, die im Handschuhfach meines MG lag. Ich ging sie holen.
Sie schußbereit in der Hand haltend, erforschte ich den oberen Gang und lauschte an den Türen zu Neals, Stephanies, Dennys und Sams Zimmer. Sam schnarchte immer noch. Dennys lautes Atmen war deutlich zu vernehmen. Stephanies Tür war nur angelehnt, bei einem Blick ins Zimmer konnte ich ihre Umrisse im Bett erkennen. Neal hatte abgeschlossen. Tat er das immer oder nur, seit sich auf Appleby so seltsame Dinge zutrugen?
Im Untergeschoß war nur das regelmäßige Tropfen der Wasser-

leitung zu hören. Die provisorische Abdichtung hatte also nicht gehalten. Die Tür zu den Räumen meiner Schwester stand offen, und ich stellte fest, daß Andrew und die Mädchen friedlich in ihren Betten lagen. Patsy und Evans wollte ich nicht stören, aber bevor ich ging, hörte ich meine Schwester im Schlaf stöhnen.
An der entgegengesetzten Seite des Ganges lagen das Zimmer, in dem der Großvater schlief, und Angelas Zimmer und ihr Büro. Alles war abgeschlossen.
Erleichtert darüber, daß der Eindringling offenbar nur in meinem Zimmer und in der Bibliothek gewesen war, ging ich die Treppe hinauf. Auf halbem Weg wurde mir bewußt, daß in meinen logischen Überlegungen ein Fehler war. Die ganze Zeit hatte ich angenommen, daß die Person, die so makabre Spielchen auf der Insel trieb und die Max getötet hatte, ein Außenseiter war. Doch mein Verhalten verriet, daß ich unbewußt die Hausbewohner verdächtigte. Sonst hätte ich nicht die Fragen gestellt, die ich gestellt hatte, und Greg Marcus nicht gebeten, die Lebensläufe zu überprüfen.
Wenn der Eindringling in mein Zimmer *kein* Fremder war, überlegte ich nun. Er war mit den Räumlichkeiten des Hauses vertraut gewesen, sonst hätte er mein Zimmer nicht gefunden. Und er hatte gewußt, daß ich das Buch mit hinaufgenommen hatte. Auffallend war auch, wie schnell die Person verschwand. Vielleicht kannte sie noch andere Hauseingänge, so daß sie unbemerkt in ihr Zimmer hatte schlüpfen können.
Ich kehrte in die Bibliothek zurück und betrachtete die Regale, auf die meiner Erinnerung nach der Strahl der Taschenlampe gefallen war. Sicherlich hatte man noch mehr Informationen über die Applebys gesucht.
Aber warum – und warum mitten in der Nacht? Ein Außenseiter hätte sich in jeder Stadtbibliothek informieren können, er hätte nicht mit einem Boot zur Insel fahren und in das Herrenhaus einbrechen müssen. Und ein Insider hätte den Inhalt der Bibliothek in aller Ruhe –
Nein, das stimmte nicht. Bis gestern nachmittag war die Bibliothek verschlossen gewesen. Und sicherlich behielt sie Neal auch jetzt noch im Auge, so daß niemand unbemerkt dort herumstöbern konnte.
Warum wollte der Unbekannte die Informationen haben? Als Grundlage für weitere makabre Scherze? Oder wollte er nicht, daß wir Näheres über die Familie erfuhren?

Ich ging zum Getränkewagen, goß mir einen großen Brandy ein und kehrte in die Bibliothek zurück. Ich setzte mich auf das Sofa, stopfte die Waffe zwischen zwei Kissen und zog meine eisigen Füße unter mich. Während ich einen Schluck Brandy nahm, betrachtete ich den orangefarbenen Wollteppich, der den Blutfleck auf dem Boden verdeckte. Unwillkürlich wanderte mein Blick dann zu der frisch zugegipsten Stelle in der Wand, wo die Kugel eingeschlagen hatte. Ich begann zu verstehen, warum Neal – vor allem, wenn man seine Lebensgeschichte bedachte – so auf dieses Zimmer fixiert war. Es hatte anmutige Proportionen und strahlte gediegene Würde aus, aber es beherbergte auch Erinnerungen an die dunklere Seite des Lebens, und eine unterschwellige Atmosphäre von Wildheit und Verzweiflung war zu spüren.

Neal mußte sie auch gespürt haben, so wie ich jetzt. Angenommen, eine dritte Person ebenfalls. Und diese Person beschloß, sie gegen Neal auszuspielen. Die seltsame Erscheinung des Einsiedlers im Birnengarten konnte geplant gewesen sein, um Neal für die Geschichte der Insel zu interessieren, damit er sich immer häufiger in der Bibliothek aufhielt, um Nachforschungen über den ausgestorbenen Familienklan anzustellen. Und wenn man Neals Probleme bedachte, war eine Leidenschaft für diesen Raum das letzte, was er brauchte.

Mein Brandyglas war leer. Ich setzte es ab und begann, die Regale zu erkunden. Ich las jeden Buchtitel, nach irgendeinem Hinweis suchend, wonach der Eindringling geforscht hatte. Ich entdeckte keinen. Dann stöberte ich in den Schubladen unter den Regalen. Da lagen alte Spiele, alte Schachfiguren und brüchige Spielkarten. Eine alte Teedose war voll verschiedener Knöpfe. Es gab Schellackschallplatten von Glenn Miller und Benny Goodman, eine blau-rot gesteppte Nähschatulle mit Stoffresten – Samt, Seide, getupfter Batist, Organdie. Auch ein Spielzeughund war da, braun mit weißen Flecken und einem blauen und einem gelben Auge.

Auf meiner Uhr war es zwanzig Minuten nach drei, als ich in das letzte Schrankfach sah, das einen Stoß Fotoalben und alte Briefe enthielt. Ich trug alles zum Sofa, holte mir noch einen Brandy und begann, die Sachen durchzusehen.

Folgendes hatte sich zugetragen: Ende 1866 traf William Appleby im Delta ein, entschlossen, ein landwirtschaftliches Imperium zu errichten. Er stammte aus dem Süden, aus Georgia, und hatte im Sezessionskrieg tapfer gekämpft. Nach Beginn der Neuordnung der politischen Verhältnisse verließ er seine Familie und ging nach Kalifornien (an seine zurückgelassene Frau schrieb er, er könne Grausamkeit und Würdelosigkeit der Sieger nicht ertragen). Es wurde viel von dem reichen Ackerboden in Kalifornien geredet und daß damit ein Vermögen gemacht werden konnte. Appleby kannte sich mit dem Boden aus und hatte eine gärtnerische Begabung. Daß er Frau und Tochter im Schutz des jüngsten seiner vier Söhne zurückgelassen hatte, war nicht von Belang. (Nach seinem Eintreffen im Sacramento-Delta schrieb er: »Wir werden bald wieder vereint sein in diesem schönen und fruchtbaren Land.«)
Er machte seinen Anspruch auf die Insel rechtsgültig und begann mit Hilfe seiner Söhne Jed, Caleb und Adam die Obstgärten anzulegen, die der Grundstock zu seinem späteren Vermögen wurden. Ein Haus wurde errichtet (»roh zusammengezimmert«, schrieb er seiner Frau, »aber fest, es wird uns vor den Winterregen schützen«). 1867 schickte er nach seiner Frau Eleanor, Tochter Louise und Sohn Matthew. Doch die Reise in den Westen war anstrengend, und Eleanors durch den Krieg angegriffene Gesundheit den Strapazen nicht gewachsen. Nur William Applebys Kinder kamen in Kalifornien an. Neben den sorgfältig gestopften Kleidern und der Familienbibel lagen Williams Briefe in Eleanors Koffer. Sie hatte sie alle aufgehoben.
Von dem Verlust seiner Frau schwer getroffen, suchte Appleby Trost bei seiner Arbeit auf dem Land. Er verbrachte die meiste Zeit in den Obstgärten, zusammen mit seinen Söhnen. (Eine Kusine in Macon schrieb, offensichtlich als Antwort auf einen Brief von Appleby: »Ich weiß, wie schlimm es für Dich ist und daß Dir die Arbeit mit der Erde Trost gibt. Aber vernachlässige Louise nicht. Sie hat ihre Mutter sehr geliebt und sie gepflegt, bis sie starb. Sie braucht einen Vater.«)
Aber auf der Insel gab es Probleme, die Appleby von seiner sechzehn Jahre alten Tochter Louise ablenkten. Alf Zeisler, der Einsiedler, wurde immer frecher. Er riß junge Setzlinge aus, brannte Schuppen nieder, riß Wäsche von der Wäscheleine in den Dreck.

Appleby befürchtete, daß der Einsiedler ihm eines Tages das Dach über dem Kopf anzündete. (»Der Kerl, der Deinen Besitz bedroht«, schrieb die Kusine, »warum erschießt Du ihn nicht?«) Doch Appleby war ein friedliebender Mann und bereit, dem Einsiedler seine Hütte und sein Stück Land zu lassen. Seine Angst ließ ihn jedoch immer weniger tolerant sein.
Während dieser Schreckenskampagne trug Louise die ganze Last des Haushalts. (»Du läßt sie zu schwer arbeiten«, stellte eine Tante in Savannah fest. »Sie hat mir geschrieben, und ihr Brief ist voll Verzweiflung und dem Gefühl des Verlassenseins. Wenn Du Dir keine neue Frau nehmen willst, sorge doch, bitte, dafür, daß einer Deiner Söhne heiratet. Es ist nicht gut, wenn ein junges Mädchen solche Bürde tragen muß und von Angehörigen ihres Geschlechts isoliert ist.«) Und Appleby machte sich tatsächlich Sorgen wegen seiner Tochter. Obwohl sie das viele Kochen, Waschen und Putzen mitnahm, stellte er eine gewisse Wildheit bei ihr fest. Sie streifte oft noch spät abends über die Insel und schien einen Zorn in sich zu tragen, der direkt unter der Oberfläche ihres sanften Äußeren zu brodeln schien. (»Wenn Du ihr Temperament so fürchtest, daß Du es mit dem Losbrechen der Wassermassen in der Flutzeit vergleichst«, schrieb die Tante in Savannah, »dann schick sie her, ehe etwas Schlimmes passiert.«)
William Appleby fand eine bessere Lösung. Ein entfernter Verwandter hatte sich mit seiner Familie in San Francisco niedergelassen, allem Anschein nach vermögende Leute. Er würde Louise zu ihm schicken, bis er seine Schwierigkeiten mit dem Einsiedler gelöst hatte.
Doch zu seinem Erstaunen wollte Louise die Insel nicht verlassen. Nach wochenlangem Streit verlor der Vater die Geduld und befahl der Tochter zu packen. Louise bekam einen Wutanfall, und der Vater sperrte sie in ihr Zimmer, aus dem sie spät nachts entwischte. Drei Tage blieb sie verschwunden. Nachdem sie zurückgekehrt war – schmutzig, verwahrlost und trotzig –, verkündete sie, sie sei beim Einsiedler gewesen. Und sie war schon früher häufig bei ihm gewesen. Und sie trug sein Kind. (»Louise hat mir die Neuigkeit auch mitgeteilt«, schrieb die Tante später an Appleby, »und mein Herz weint mit Dir. Wie schrecklich, wenn man die einzige Tochter sein Lebenlang nicht wiedersehen wird. Und wie viel schlimmer noch für das ungeborene Kind. Was wirst Du in dieser Beziehung unternehmen?«)
Doch an jenem Abend war das Wohl des ungeborenen Kindes

das letzte, an das William Appleby dachte. Matthew wurde zurückgelassen, um seine Schwester zu bewachen, die anderen Söhne zogen mit dem Vater los, um den Einsiedler zu finden. Sie hängten ihn an der großen Ulme beim heutigen Herrenhaus auf. (Appleby berichtete später seinem Vetter in Macon alle Einzelheiten, der ihm dazu gratulierte, daß nach einem solch monströsen Verbrechen die Gerechtigkeit wiederhergestellt sei.)
Innerhalb von vierundzwanzig Stunden war Louise auf dem Dampfer, unterwegs zu den wohlhabenden Verwandten in San Francisco. (»Sie ist gefaßt«, schrieb einer von ihnen an Appleby, »und scheint um den Einsiedler nicht zu trauern.«) Appleby schickte Geld, aber er besuchte seine Tochter nicht.
Am 23. April 1870 wurde das Kind geboren, es war ein Junge und wurde auf den Namen James Alexander getauft. Vater Appleby wollte weder mit seiner Tochter noch mit dem Kind etwas zu tun haben. (»Natürlich verstehen wir Deine Gefühle«, schrieben die Verwandten. »Louise und James können bei uns bleiben, solange sie wollen.«)
Applebys Birnenimperium begann zu gedeihen. Mit den Erträgen aus dem Getreideanbau hielt er sich über Wasser, bis die Bäume zu tragen begannen. Später kaufte er weiteres Land. Die drei älteren Söhne heirateten, blieben aber in der Gegend. William fand eine zweite Frau, die Tochter eines wohlhabenden Maklers aus Stockton, und begann, das Herrenhaus zu bauen. Ehe es fertig war, starb seine junge Frau 1874 an Influenza und hinterließ Appleby ein beträchtliches Vermögen.
Im August 1875 kam die Nachricht aus San Francisco, daß Louise mit dem Baby verschwunden sei. Offenbar hatte sie sich schon länger mit einem schwedischen Matrosen getroffen, der bei der Northern Pacific Line arbeitete. Eines Abends hatte sie ihre und die Sachen ihres Sohnes gepackt und war mit ihm fortgegangen. (»Wir wußten nichts von dieser Verbindung«, schrieb der Vetter aus San Francisco, sich verteidigend. »Unsere Informationen stammen von den Dienstboten. Aber Louise hat eine Mitteilung hinterlassen, daß man sie nicht suchen solle. Wie sollen wir uns verhalten?«)
Appleby wollte nicht, daß irgend etwas unternommen würde. Er hatte sich von seiner Tochter bereits früher losgesagt und war froh, daß er auf diese Weise nichts mit seinem illegitimen Enkel zu tun bekam. Er setzte eine Klausel in sein Testament, die Louise und alle ihre Nachfahren enterbte, und bat seine Söhne, das glei-

che zu tun. (»Du hast richtig gehandelt«, schrieben die Verwandten, »es ist besser, wenn wir Louise als tot und begraben betrachten. Du mußt über das Ende dieser unglücklichen Affäre erleichtert sein.«)

Ob Appleby tatsächlich erleichtert war, blieb offen. Aber was er unternahm, hatte Hand und Fuß. Er errichtete eines der reichsten landwirtschaftlichen Imperien im Delta. Doch an dem fertigen Herrenhaus konnte er sich nicht mehr lange erfreuen. Im September 1886, kurz nach seiner Fertigstellung, wurde seine Leiche im Hochwasser des Hermit's Slough gefunden. Es gab viel Gerede darüber, wie er ertrunken war, und mehr als einer der Delta-Bewohner stellte die Vermutung an, daß dies »göttliche Vergeltung« war oder der »Fluch des Einsiedlers«.

Nach dem Tod seines Vaters lebte Matthew weiter im Herrenhaus und heiratete ein paar Jahre später. Die Obstgärten trugen viele Früchte, aber die Ehe nicht, er hatte nur einen Sohn, Stuart, den er in späten Jahren mit seiner viel jüngeren Frau 1920 zeugte. Den anderen Appleby-Söhnen ging es gut, bis der Birnenmarkt in den zwanziger Jahren zusammenbrach. Doch es gab immer wieder eine Familientragödie: Jeds Söhne kamen bei einem tödlichen Torffeuer um, die sich häufig im Flachland des Deltas selbst entzünden. Calebs Söhne zogen von Kalifornien weg, und man hörte nie wieder etwas von ihnen. Adams einzige Tochter starb im Kindbett, und seine Enkel wurden im Ersten Weltkrieg getötet.

Jedesmal wenn es einen Todesfall im Appleby-Klan gab, berichteten die Zeitungen in Sacramento oder Stockton darüber und gruben die alte Familiengeschichte wieder aus. Immer wieder war von »einem seltsamen Fluch« die Rede, der die Familie getroffen habe. Wenn William Appleby gedacht hatte, daß die Geschichte mit dem Einsiedler mit Louises Verschwinden zu Ende sei, so hatte er sich getäuscht.

Schließlich war nur noch Matthews Sohn Stuart übrig, der im Herrenhaus wohnte. 1940 heiratete er eine Lehrerin aus Walnut Grove. Sie und ihre fünfundzwanzigjährige Tochter kamen bei der entsetzlichen Flutkatastrophe von 1972 durch einen Autounfall ums Leben. Und Ende 1985, allein und unheilbar krank, beendete Stuart sein Leben mit einer Kugel. Er war der letzte der Applebys.

17

Ich saß bis kurz vor sieben in der Bibliothek, dachte über das Gelesene nach und lauschte darauf, wie das Haus zum Leben erwachte. Gestern morgen waren mir diese Geräusche als die fröhlichen und üblichen Zeichen dafür erschienen, daß sich der Haushalt auf einen neuen Tag vorbereitete. Heute war alles, was ich hörte, durch mein eigenes Gefühl des Unbehagens beeinträchtigt. Gestern hatte es noch »wir« gegen »ihn« geheißen, gegen den Außenseiter. Jetzt befürchtete ich, daß Max Shorkeys Mörder mit uns unter einem Dach wohnte.

Schließlich stand ich auf und legte die Alben wieder an ihren Platz zurück. Die Briefe versteckte ich in einem Schrank hinter alten Spielen. Ich wußte, was sie enthielten, und würde das nicht so schnell vergessen. Es spielte keine Rolle, ob die Person, die heute nacht in der Bibliothek gewesen war, sie fand oder nicht. Außerdem war ich mir nicht sicher, ob Einzelheiten aus der Geschichte der Applebys in irgendeiner Weise mit dem in Zusammenhang standen, was hier passiert war.

Als nächstes mußte ich mich entscheiden, was ich mit meiner Waffe tun wollte. Am besten war es wohl, wenn ich sie erst einmal in die tiefe Tasche des Bademantels steckte.

In der Küche war Evans beim Kaffeemahlen. Er grinste mich fröhlich an und sagte: »Sie sind früh auf. Der Kaffee ist in ein paar Minuten fertig.«

Ich setzte mich an den Tisch und raffte den Bademantel so um mich, daß die Wölbung in der Tasche nicht zu sehr auffiel. Ich fühlte mich beschwingt und etwas abgehoben, aber ich hatte keine Lust, jetzt ins Bett zu gehen und den verlorenen Schlaf nachzuholen. Mein Kopf war voll mit der Geschichte der Applebys und den Dingen, die ich heute vorhatte.

Um Evans etwas besser kennenzulernen, sagte ich: »Sie werden froh sein, wenn Sie in einer richtigen Restaurantküche arbeiten können.«

Er reagierte mit einem breiten Lächeln. »Das können Sie mir glauben. Es wird die Küche meiner Träume. Neal hat mir völlig freie Hand gelassen.«

Ich trank die Tasse Kaffee, die er vor mich hinstellte. Während er den Schinken briet, erzählte er von seinen Erfahrungen in Paris, wo er bei einem Küchenchef gearbeitet hatte, der ein großer Perfektionist gewesen war. »Wenn man etwas falsch machte, hätte er einen am liebsten vergiftet.« Seiner fröhlichen Erzählung und seiner ganzen Erscheinung nach zu urteilen, war Evans ein glücklicher Mensch – selbstbewußt, unkompliziert, voll Lebensfreude. Aber warum fühlte ich mich dann bei ihm so unbehaglich?

Ich beobachtete Evans bei seinen Frühstücksvorbereitungen und versuchte, ihn mir als Mörder vorzustellen. Als den Mann, der den Geist gespielt und die makabre Puppe in den Baum gehängt hatte. Ich wies den Gedanken als lächerlich von mir.

»Wer hat denn Ihre neue Küchenausrüstung bestellt, Evans?« fragte ich, während er Butter und Marmelade aus dem Kühlschrank nahm. »Sie haben die Sachen ausgewählt, aber wer hat den Auftrag erteilt?«

»Angela.«

»Und wenn sie eintreffen, wer kontrolliert die Rechnung?«

»Auch Angela. Natürlich sage ich ihr, ob auch alles eingetroffen ist und ob ich Mängel festgestellt habe.«

»Und dann?«

Evans machte ein etwas erstauntes Gesicht. »Wieso? Sie stellt einen Scheck aus und bezahlt damit.«

»Wer unterzeichnet den Scheck?«

»Neal und Angela. Neal kontrolliert die Rechnungen, wenn wir anderen sie in Ordnung gefunden haben, und wenn alles stimmt, unterschreibt er, und Angela schickt die Schecks ab.«

Es schienen die üblichen Geschäftsmethoden zu sein, mit Gegenkontrolle und zwei Unterschriften. Vielleicht, dachte ich, bin ich einfach von Natur aus mißtrauisch. Vielleicht kenne ich die Leute nicht genug, um ihnen zu trauen und um die Dynamik der Gruppe zu verstehen. Trotzdem hatte ich das Gefühl, daß Neal betrogen wurde.

Ich stand auf und füllte meine Tasse neu. »Schwierigkeiten mit dem Wachwerden?« fragte Evans.

»In gewisser Weise.«

»Das Problem habe ich nicht mehr – nicht mit den kleinen Monstern dort unten.« Er deutete mit dem Schneeschläger, den er in der Hand hielt, um damit in den aufgeschlagenen Eiern zu rühren, auf den Küchenboden.

»Die Kinder stehen früh auf, nicht wahr?«

»Ja. Sogar heute, wo sie nicht in die Schule gehen.«

»Warum nicht?«

»Patsy muß mit Andrew zum Arzt und dachte, es täte den Kindern gut, wenn sie mal eine Abwechslung hätten.«

»Sie mögen die Kinder, was?«
»Ja. Ich wollte immer eine Familie haben. Eine Zeitlang hatte ich Angst, die Zeit dafür wäre vorbei. Und dann traf ich Patsy, und sie brachte sozusagen eine fertige Familie mit.« Seine Worte klangen so offen und herzlich, daß er mir immer mehr gefiel.
Evans trat zum Herd und stellte eine Eisenpfanne aufs Feuer. »Sind Sie hungrig?«
»Noch nicht.« Mein Verdauungssystem war für das Frühstück nicht bereit. Schließlich hatte ich noch vor einer Stunde einen Brandy getrunken. »Ich gehe erst mal rauf und ziehe mich an.«
In meinem Zimmer schloß ich die Tür ab und nahm die Waffe mit ins Badezimmer. Ich duschte mich ausgiebig und massierte mich mit dem Massagekopf. Unter der Dusche kommen mir meistens die besten Gedanken. So war es auch heute. Als ich mich abtrocknete, hatte ich einen Plan – zumindest für den Vormittag.
Die Frage, was ich anziehen sollte, wurde allmählich zum Problem. Ich reise gern mit leichtem Gepäck, und durch meine Abenteuer auf dem Wasser waren ein Paar Jeans und mein grüner Lieblingspullover verdorben. Dann entdeckte ich zu meiner Erleichterung, daß sie nicht im Schrank lagen. Patsy hatte sie wohl mitgenommen, um sie zu waschen und zu bügeln.
Die Jeans vom Vortag waren durchaus noch ansehnlich, und dann hatte ich noch den rosafarbenen Häkelpullover, den mir Tante Margaret aus Minnesota letztes Jahr geschickt hatte. Die warme Farbe tat meinem Gesicht gut, denn ich sah wirklich sehr blaß aus.
Die Waffe war immer noch ein Problem. Schließlich schob ich sie in das Außenfach meiner Handtasche. Ich hatte nicht vor, sofort wegzugehen, aber es würde nicht komisch aussehen, wenn ich sie mitnahm, weil ich irgendwann ausgehen wollte.
In der Halle unten traf ich auf Denny, der gerade hereinkam. Ich wünschte guten Morgen und fragte, ob er Angela gesehen habe.
»Ja, ich habe sie eben mit der Fähre hinübergebracht. Ihr Großvater braucht irgend etwas aus seinem Haus in Locke.«
»Wie geht es Mr. Won?« Wegen ihm hatte ich Angela sprechen wollen, weil ich dem alten Mann gern noch ein paar Fragen gestellt hätte, falls er sich kräftig genug fühlte, sie mir zu beantworten. Ich hatte den Eindruck, daß er bei unserer ersten Begegnung mit irgend etwas hinter dem Berg gehalten hatte. Außerdem hätte ich gern erfahren, wie viele Leute im Delta von

Louise Applebys illegitimen Sohn und ihrem Verschwinden wußten.
Denny machte ein besorgtes Gesicht. »Nicht so gut, sagt Angela. Als er das Rad seines Lasters wechseln mußte, ist er tropfnaß geworden. Und in seinem Alter –«
»Sollen wir den Arzt holen?«
»Angela hat versucht, ihn zu erreichen. Er ist in einem Notfall unterwegs. Wahrscheinlich würde sich der Alte sowieso nicht untersuchen lassen. Angela sagt, er haßt Ärzte.«
»Geben Sie mir Bescheid, wenn sie zurück ist? Und ich würde gern später zur anderen Seite hinüberfahren, wenn es Ihnen nichts ausmacht.«
»Natürlich nicht. Ich habe nichts zu tun.«
»Wieso nicht?«
»Ich habe noch nicht das Material kaufen können, das ich für die Innenreparaturen brauche. Das nächste Projekt war der Bau der Schiffslände, aber ich habe keine Arbeiter. Außerdem ist bei diesem Regen sowieso nichts zu wollen.«
»Wieso, regnet es schon wieder?«
»Noch nicht.«
»Bejamin Ma war besorgt, daß es einen Orkan geben könnte.«
»Der muß es ja wissen. Er hat mir erzählt, daß er sein ganzes Leben hier verbracht hat. Seine Familie gehörte zu den ersten Siedlern in der Walnut Grove, später zog sie nach Locke.«
»Hält das Haus einem schlimmen Sturm stand?«
»Warum nicht – es steht schon seit hundert Jahren da.« Denny grinste beruhigend und ging ins Wohnzimmer.
Inzwischen war es halb neun Uhr geworden. Ich ging in die Küche und zwang mich, ordentlich zu frühstücken. Patsy, Kelley und Jessamyn waren auch da, und wir schwatzten eine Weile über so unverdächtige Themen wie die Schule, Evans' und Patsys erste Begegnung, ihren Plan, einen neuen Bus zu kaufen, sie waren wirklich eine richtige Familie. Das einzige Familienmitglied, das mir Sorgen machte, war Andrew.
Als ich nach ihm fragte, sagte Patsy: »Er ist im Bett und trotzt wieder. Ich glaube, es ist deine Schuld, weil du gestern wegen der Zeichnungen nicht wiedergekommen bist.«
»Mein Gott, das hatte ich ganz vergessen!«
Auf meinem Weg hinunter begegnete ich Angela und Denny. Angela trug eine Plastiktüte und sah besorgt und müde aus. »Wie geht es Ihrem Großvater, Angela?« fragte ich.

»Nicht sehr gut.«
»Sollten wir noch einmal nach dem Arzt telefonieren?«
»Ich weiß es nicht. Ich werde sehen.« Sie eilte die Treppe weiter hinunter, ehe ich etwas erwidern konnte.

Andrew las in einem Comics-Buch. Mir schien, daß er ungewöhnlich viel Zeit im Bett verbrachte. Für einen elfjährigen Jungen war es nicht gesund, sich mit Kissen, Laken und Decken vor der Welt zu verschließen. Das war ein gefährliches Fluchtverhalten, das er besser den Erwachsenen überließ.
Als er mich in der Tür stehen sah, sagte er voll Verachtung: »Ach, du bist es.«
»Bist du wütend auf mich?«
»Warum sollte ich?«
»Weil ich die Zeichnungen nicht holen gekommen bin.«
Er zuckte mit den Achseln. »Nein. Mom sagte, du hättest dich nach dem Abendessen gestern nicht gut gefühlt, und außerdem sind es ja nur ein paar dumme Zeichnungen von mir.«
»Ich will mich nicht entschuldigen, Andrew. Ich fühlte mich nicht wohl, und ich hab's vergessen. Tut mir leid.«
»Ach, es ist schon gut.« Seine Worte klangen als habe er sie in seinem kurzen Leben schon oft gesagt, und plötzlich erkannte ich schlagartig, was mit Andrew los war. Er war das älteste Kind einer alleinerziehenden Mutter, der Bruder der frühreifen Kelley und der charmanten Jessamyn. Als Patsy keinen Mann im Haus hatte, wurde Andrew diese Position übertragen, und vermutlich mußte er eine Menge Verantwortung für seine beiden Schwestern auf seinen knochigen Schultern tragen. Als Patsy Evans begegnete, wurde Andrew in eine niedrige Klasse zurückversetzt, und die Aufmerksamkeit seiner Mutter wandte sich von ihm ab und ihrer neuen Liebe zu. Da zog sich der introvertierte Junge noch mehr in sich selbst zurück und verbarg seine Verletzlichkeit hinter einem Wall aus Bettdecken und Comics-Büchern und gelegentlich auch hinter Feindseligkeit. Es tat mir in der Seele weh, aber ich wußte, daß Mitleid das letzte war, was er wollte.
»Ich brauche deine Zeichnungen«, sagte ich. »Sie sind jetzt noch wichtiger als vorher.«
»Wieso?«
»Es muß unser Geheimnis bleiben.«
»Ich werd es nicht verraten.«
Ich war überzeugt, daß das stimmte. Es war ein gutes Gefühl, ihn

zum Verbündeten zu haben, obwohl er noch so jung war. »Also – ich habe den Einsiedler heute nacht gesehen. Ich meine, ich sah die Person, die ihn spielt.«
»Wo?«
»In der Bibliothek.« Ich erzählte, was ich erlebt hatte, und schloß mit den Worten: »Jetzt verstehst du, warum deine Zeichnungen so wichtig sind.«
Andrews schmales Gesicht war vor Aufregung gerötet. Er sprang aus dem Bett und holte den Zeichenblock aus einer Schublade. Ich setzte mich auf die Bettkante und blätterte in ihm.
Die Zeichnungen waren bemerkenswert gut, die Gestalt sehr lebensnah. Sie ähnelten dem Mann, der mich am Landesteg angegriffen hatte: groß, in einem weiten Regenmantel mit Schlapphut. Das Problem war nur, sie verrieten mir nichts Neues.
Ich wollte Andrew meine Enttäuschung nicht anmerken lassen. Deshalb betrachtete ich alle Zeichnungen noch einmal aufmerksam. Dann sagte ich: »Ich habe eine Idee. Kannst du noch mehr Zeichnungen machen? Fang mit dem Augenblick an, als du ihn am Fenster sahst.«
»Das war nur eine Hand.«
»Zeichne die Hand! Wenn du sie erst mal auf dem Papier hast, siehst du vielleicht das Gesicht dazu.«
»Du meinst, als hätte man ein Gesicht vergessen, das dann wiederauftaucht?«
»Ja.«
»Okay.«
Als ich aus dem Zimmer ging, holte Andrew schon eine große Schachtel mit Filzstiften und einen neuen Block aus der Schublade.
Ich wanderte den Gang entlang zu Angelas Büro und klopfte. Ihr »Herein« klang kurz angebunden, und als sie sah, daß ich es war, warf sie mir einen zornigen Blick zu.
»Ich störe Sie nicht lange«, sagte ich. »Ich brauche nur Name und Telefonnummer des Anwalts in Antioch – der das andere Gebot auf den Besitz machte.«
»Oh.« Sie wandte sich ihrer Kartei zu, schrieb dann etwas auf einen Block und reichte mir den Zettel. Ich bedankte mich, erkundigte mich nach dem Großvater, erhielt eine Abfuhr und machte, daß ich davonkam. Was hat Sam über sie gesagt? Irgend etwas in der Richtung, daß sie nicht offen sein könnte. Er hatte recht.
Ich benützte den Apparat in der Bibliothek, um den Anwalt – Ed-

ward Peeples – anzurufen. Seine Sekretärin teilte mir mit, daß er auf dem Gericht sei. Sie gab mir einen Termin für drei Uhr. Ich war erleichtert, daß sich die Sache nicht am Telefon besprechen ließ, denn ich hatte große Sehnsucht, einmal eine Weile von der Insel zu verschwinden. Doch jetzt, beschloß ich, würde ich weiter nach dem Plan vorgehen, den ich heute morgen entworfen hatte. Also machte ich mich auf die Suche nach Denny und fand ihn schließlich im Bootshaus.

Der alte Wellblechschuppen war wie eine Höhle, groß und dunkel und zugig. Das Trommeln des Regens auf das Dach schien von den Wänden zurückgeworfen zu werden. Trotz der Größe wirkte das Innere unordentlich. Teilweise aufgerollte Taue lagen in einem Haufen bei der Tür, Rettungswesten, Plastikmatratzen, Reservekanister, zusammengerollte Planen und anderes Seezeug waren wahllos in provisorische Regale gestopft. Mitten auf dem Zementboden waren ein Aluminiumboot und ein paar zerbrochene Kanus deponiert worden. Der Boden selbst war voll Schmutz und Zigarettenkippen. Das Durcheinander und der Schmutz paßten zu dem Bild, das ich mir von einem von Stephanie verwalteten Platz gemacht hatte – obwohl ich nicht wußte, warum ich angenommen hatte, sie sei faul.

Denny saß am anderen Ende des Gebäudes bei der Bootsschleuse. Sie war zwei Meter tief, Stufen führten hinunter, und das Tor zum Wasser konnte hochgezogen werden, so daß ein Boot hereinkommen oder hinausfahren konnte. Bei meinen Schritten wandte er den Kopf. Seine himmelblauen Augen waren wie mattleuchtende Lampen. Beim Näherkommen gewahrte ich, daß er einen Joint rauchte, und roch es auch.

Er klopfte neben sich auf den Boden, und ich ließ mich mit gekreuzten Beinen nach Indianerart an seiner Seite nieder. Er bot mir den Joint an, doch ich schüttelte den Kopf. Denny zuckte philosophisch die Achseln. »Das ist das Problem hier – kein Mensch, mit dem man zusammen high werden kann.«

»Und meine Schwester? Sie hat jahrelang ihren eigenen Stoff gezogen.«

»Nein, nicht mehr, seit sie Evans kennt. Und der ist auf dem Weg nach oben. In ein paar Jahren wird sein Restaurant ›Zum verrückten Alf‹ so gut sein wie das ›Chez Panisse‹ in Berkeley. Wußten Sie, daß er es so nennen wird? Ich finde es makaber.«

Ich fand den Namen geschmacklos, vor allem, wenn man ihn im Licht der Familienbriefe betrachtete. Denny rauchte weiter, den

Joint mit seiner kräftigen, sommersprossigen Hand beschützend, als sei er ein kleiner Vogel. Nach einem Augenblick merkte ich, daß ich ihn anstarrte, und sah weg in den düsteren Raum. Neben den Regalen stand ein Außenbordmotor auf einem Holzgestell mit einem Stück Segeltuch abgedeckt.
»Wieso sind Sie an jenem Abend hinübergerudert, Denny, als Sie nach Max suchten, wenn ein Außenbordmotor da ist?«
»Weil es ihn da noch nicht gab. Steff fand ihn gestern durch eine Anzeige in der Zeitung. Sie meint, wir müßten unbedingt einen Außenbordmotor haben, falls die Fähre kaputtgeht.«
Ich erinnerte mich, wie sie am Küchentisch gesessen hatte, die Kleinanzeigenseite vor sich ausgebreitet. »Ein guter Gedanke, vor allem, da wieder ein Sturm droht.« Ich schwieg und fragte ihn dann, wie er seine Bestellungen machte und wie sie bezahlt wurden. Er erzählte mir mehr oder weniger das gleiche wie Evans.
»Glauben Sie, daß jemand die Bücher frisiert?« fragte er.
»Ich bin mir nicht sicher.«
Denny wartete und sah schließlich etwas beleidigt aus, weil ich ihn nicht einweihte. Er zog an seinem Joint und sah in die leere Schleuse hinab, in der eine trübe, gelblichbraune Brühe schwamm. Sie roch nach Öl und verfaulenden Planzen.
»Hatten die Applebys eine Menge Boote?«
Er zuckte die Achseln. »Ich versteh nicht viel von Booten, Lady.«
Ich hatte ihn tatsächlich verärgert. Oder gab es einen bestimmten Grund, warum er sich in das einsame Bootshaus zurückgezogen hatte? »Die Fähre können Sie bedienen.«
»Das ist einfach. Max hat es mir gezeigt, falls ihm was zustoßen sollte . . . komisch, wenn man bedenkt, was dann passiert ist.«
»Er hat das doch nicht wirklich ernst gemeint, oder?«
»Nein. Max machte sich nur Gedanken darüber, wer die Fähre bediente, wenn er mal nicht da war, wenn er in einer Bar war oder seine Frau bespitzelte.«
»Seine Frau bespitzelte?«
»Ja, das tat er manchmal. So war Max eben – er wollte immer gern wissen, was sich abspielte und wo. Ich wette, er wußte mehr von uns allen, als wir ahnten.«
»Sie meinen, er hat die Leute auf der Insel bespitzelt?«
»Nicht richtig. Er war nur ein guter Beobachter.«
Konnte es möglich sein, daß Max etwas gesehen oder gehört hatte, das er nicht hätte hören oder sehen sollen? Und daß er deshalb umgebracht worden war?

»Könnten Sie mich jetzt wohl übersetzen?« fragte ich dann.
»Ach ja, Sie haben ja gesagt, daß Sie zur anderen Seite wollen.« Er stand auf, machte den Joint aus und reichte mir die Hand, um mich hochzuziehen.
Auf der Überfahrt sprachen wir wenig, weil sich Denny um den Motor kümmern mußte, der nicht regelmäßig lief. Drüben angekommen, half mir Denny, die schwere Kette aufzuhaken. »Und was nun?« fragte er.
»Ich möchte mich in Max' Hütte umsehen. Es dauert nicht lange.«
»Lassen Sie sich Zeit. Ich werde inzwischen festzustellen versuchen, warum der Motor bockt.«
Ich sprang von der Fähre und ging die Zementrampe hinauf und auf die Hütte zu. Die Tür war immer noch nicht abgeschlossen, aber die alte Bodenlampe brannte nicht, und es war stockdunkel im Innern. Ich tastete mich an der Wand entlang, bis ich sie fand, und schaltete sie ein. Der Raum sah genauso aus wie zwei Abende vorher, sogar das Essen lag noch auf dem Tisch. Ich begann, umherzugehen und die Gegenstände zu betrachten. In einer Ecke, hinter dem zusammengerollten Feldbett, stand ein braun-weiß karierter Kasten wie der einer Reiseschreibmaschine. Ich starrte darauf und versuchte, mich zu erinnern, ob er bei meinem ersten Besuch schon dagewesen war. Es gelang mir nicht.
Ich kniete davor nieder und öffnete ihn. Eine Schreibmaschine kam zum Vorschein, wie ich und Tausende anderer Studenten meiner Generation sie seinerzeit mit ins College genommen hatten. Die Buchstaben waren verschmutzt, das Kohleband abgewetzt.
Ich kramte in meiner Tasche und holte den anonymen Brief von Sam und einen Notizblock hervor. Ich tippte ein paar Buchstaben auf einen Zettel, den ich von ihm abriß, und verglich sie mit denen in dem anonymen Schreiben. Sie stimmten genau überein.
Ich ließ mich zu Boden sinken und dachte verblüfft: Max – der Absender dieses Briefes? Max – so besorgt um Neal, daß er seinen Bruder benachrichtigt? Das paßte irgendwie nicht.
Nach ein paar Minuten stand ich auf und machte mich an die gründliche Durchsuchung des Raumes. Ich fand nichts von Bedeutung, bis ich das Feldbett öffnete. Zwischen zwei rauhen grauen Decken lag eine kleine Pappschachtel, wie man sie erhält, wenn man sich bedrucktes Briefpapier machen läßt. Ich trug die Schachtel zum Tisch und öffnete sie. Ein Block mit dem billigen Schreibpapier, auf dem auch der anonyme Brief getippt worden

war, kam zum Vorschein. Dazu Umschläge, einfache und mit Fenster, und Rechnungsformulare.
Ich zog den Klappstuhl an den Tisch, setzte mich und ging die Rechnungsformulare durch. Sie waren ungebraucht und trugen verschiedene Briefköpfe: Ace Plumbing Supplies, Buy-Mor Paints und noch viele andere. Ein Name stach mir besonders ins Auge: The Galleria. Das war das Geschäft, in dem Patsy bei dem Besuch bei mir eingekauft hatte.
Ich saß eine Weile da, spielte mit den Formularen und ließ meine Gedanken wandern. Allmählich formte sich eine Idee, vielmehr eine Vorstellung, wie die Geldunterschlagungen, die ich vermutete, tatsächlich ausgeführt worden waren. Natürlich fehlten mir noch eine Menge Details, vor allem, weil ich wenig von den Prinzipien der Buchhaltung verstand. Aber deswegen machte ich mir keine Sorgen. Ich würde schon die richtige Hilfe finden, um das zu klären.
Was ich nicht begriff, war, wie Max ein solches Unternehmen hatte durchziehen können. Oder warum seine Schreibmaschine auch die Schreibmaschine war, auf der der anonyme Brief geschrieben wurde. Falls er aus der nachlässigen Verwaltung der Finanzen der Insel Profit hatte schlagen wollen – wieso hatte er dann auf der anderen Seite Sam gewarnt?
Es klopfte an der Tür – Denny. Ich stopfte die Rechnungsformulare in die Schachtel, klemmte sie mir unter den Arm und ergriff im Hinausgehen den Schreibmaschinenkasten mit der Schreibmaschine.
»Haben Sie gefunden, was Sie suchten?« fragte Denny.
»Schwer zu sagen, weil ich gar nicht weiß, was ich hätte finden können. Haben Sie festgestellt, was mit dem Motor nicht in Ordnung ist?«
»Nein. Da weiß ich auch nicht, wonach ich suchen soll. Ich kann es nicht feststellen.«
Wir gingen auf die Fähre, und er ließ den Motor an. Durch sein unregelmäßiges Tuckern rief er: »Da ist ein Geräusch – hören Sie es?«
Ich lauschte. Es war eine Art Knirschen und konnte etwas mit dem Zugkabel zu tun haben. Doch die Fähre machte selbst soviel Krach, daß Einzelheiten schwer zu unterscheiden waren. Ich zuckte die Achseln, stellte die Schreibmaschine neben das Maschinenhaus und ging nach vorn, um zu beobachten, wie das Herrenhaus in Sicht kam.

Es regnete jetzt heftiger – große, dicke Tropfen, die auf meiner Jackenkapuze landeten und meine Nase entlangliefen. Die weiße Fassade des Herrenhauses verschmolz mit dem dichter werdenden weißen Nebel. Ich fing an, Regen, Feuchtigkeit und Nebel zu hassen. Ich konnte nur hoffen, daß das Wetter bis zu meiner Fahrt nach Antioch wieder besser würde.
Hinter mir schrie Denny: »Verdammt!«
Ich drehte mich um. Das knirschende Geräusch hatte sich beträchtlich verstärkt. »Was ist los?«
»Keine Ahnung.«
Das Geräusch wurde noch lauter. Dann kam ein Ton, als risse Metall. Die Fähre brach aus, ruckte mehrmals und beschrieb einen Halbkreis.
Ich taumelte und klammerte mich an die Reling. Die Schachtel entglitt mir. Ich wirbelte herum, um sie aufzufangen, und verlor völlig den Boden. Ich stürzte auf das Deck, während die Fähre wieder ruckte und drehte.
Ehe ich versuchen konnte, mich auf die Beine zu ziehen, rief Denny: »Bleiben Sie, wo Sie sind!«

18

Ich gehorchte Denny und blieb auf dem Deck sitzen. Er stellte den Motor ab, und plötzlich war es ganz still. Das Rauschen des Wassers und das Klopfen der Regentropfen waren im Vergleich zu dem Lärm, der geherrscht hatte, wie Musik. Die Fähre legte sich in die Strömung und schien ein wenig abzutreiben.
»Was ist passiert?« fragte ich.
Er schüttelte den Kopf. »Wenn ich das wüßte. Hat mir einen schönen Schrecken eingejagt. Sind Sie in Ordnung?«
»Ja. Es klang, als sei etwas mit dem Kabel.«
»Vielleicht. Ich weiß nicht, wie das Seil funktioniert. Jedenfalls riskiere ich es nicht, die Maschine noch mal anzulassen. Ich schwimme rüber und hole das Boot.«
»Dafür wäre ich Ihnen natürlich sehr dankbar. Wenigstens haben wir wieder einen Außenbordmotor.«
»Der war eine Gelegenheit, und Steff wird erst ein wenig an ihm herumbasteln müssen, ehe er läuft.«
Denny ging zum Ende der Fähre, das zur Insel wies, löste die

Kette und glitt nach kurzem Zögern ins Wasser. Er schrie laut: »O mein Gott!« und begann kraftvoll zu kraulen.
Ich beobachtete ihn ein paar Sekunden, dann blickte ich auf das Deck. Die Rechnungformulare aus der Schachtel klebten auf der feuchten Oberfläche. Ich sammelte sie ein. Neben dem Maschinenhaus lag die Schachtel mit dem restlichen Inhalt, und der war trocken. Ich packte alles zusamnmen, ergriff die Schreibmaschine und stand wartend am Fährenende, als Denny mit dem Boot auftauchte. Mit vereinten Kräften brachten wir es längsseits, und er konnte es kaum halten, während ich mit meinem Gepäck einstieg.
Als wir die Insel erreichten, war ich erstaunt, daß niemand zu unserem Empfang gekommen war. Ich hatte gedacht, daß der ungewohnte Lärm, den die Fähre gemacht hatte, die anderen aufgescheucht hätte, doch offensichtlich war auf diese Entfernung der Lärm nicht so betäubend gewesen, und der Landeplatz war unter Bäumen versteckt. Man konnte ihn nur von den Fenstern im zweiten Stock aus sehen.
Wir zogen das Boot an Land und marschierten zur Auffahrt. Als wir oben ankamen, sagte ich: »Ich muß noch etwas erledigen«, und schwenkte zu meinem Wagen ein.
»Ich werde mich ordentlich heiß duschen und was Trockenes anziehen«, rief Denny hinter mir her. »Lassen Sie mich den anderen den Vorfall mit der Fähre erklären.«
»Gern.«
Ich holte die 38er aus der Tasche und legte sie ins Handschuhfach, an das ich ein Spezialschloß hatte machen lassen. Die Waffe war hier besser aufgehoben als im Haus, wo ich sie nicht sicher verstecken konnte – vor allem nicht vor neugierigen Kindern. Bis jetzt war es mir noch nie passiert, daß sie in falsche Hände geraten war.
Nachdem ich den Wagen abgeschlossen hatte, marschierte ich mit Schachtel und Schreibmaschine hinauf in mein Zimmer, ohne einer Menschenseele zu begegnen. Die Schreibmaschine versteckte ich im Schrank hinter meinem Koffer, die Schachtel kam unter die Matratze, wie Max das auch getan hatte. Dann machte ich mich frisch und ging mit dem Zettel, auf den Angela die Telefonnummer des Anwalts in Antioch geschrieben hatte, in die Bibliothek, um zu telefonieren.
Edward Peeples war aus dem Gericht zurückgekehrt, und nachdem ich ihm erklärt hatte, daß ich nicht zu ihm kommen könne, da ich keine Fahrmöglichkeit hatte, war er bereit, meine Fragen we-

gen des Gebots am Telefon zu beantworten. Doch es war nicht viel, was ich erfuhr. Das Gebot wurde von einem anderen Anwalt, Bob Barnes, in Sacramento veranlaßt, ohne den Namen des Bieters zu nennen, der anonym bleiben wollte. Da Peeples mit Barnes befreundet war, tat er ihm den Gefallen. Peeples gab mir die Telefonnummer in Sacramento und schlug vor, daß ich mit seinem Kollegen direkt sprechen sollte.
Barnes war zum Essen weg, doch seine Sekretärin versprach, er würde in fünfzehn Minuten zurückrufen, dann sei er wieder da. Ich bedankte mich, hängte ein und wartete. Es regnete jetzt wieder stärker. Einer der Fensterrahmen hatte einen Riß im Holz, das Wasser sickerte herein und lief in dicken Rinnsalen über die Scheibe. Ich schrieb »Eimer« in den Staub auf der Schreibtischplatte. Schließlich klingelte das Telefon, und ich hob ab.
Die Verbindung war schlecht, doch Bob Barnes' Stimme war durch die knackenden Geräusche im Telefon deutlich zu hören. Er hatte einen Südstaatenakzent. Ich trug ihm mein Anliegen vor, und er sagte: »Und warum haben Sie nun so großes Interesse an Appleby Island, kleine Lady?«
Ich kann es nicht leiden, wenn mich Männer, die ich nicht einmal kenne, mit einem Diminutiv belegen, doch ich blieb gelassen und erwiderte: »Ich bin Privatdetektiv und wurde angeheuert, um im Zusammenhang mit der Insel ein paar Probleme zu klären.«
Eine Pause. »Aha. Und was interessiert Sie nun speziell?«
»Das Gebot, das Mr. Peeples in Ihrem Auftrag abgab.«
»Gebote . . . mal sehen – Gebote.« Trotz der schlechten Verbindung merkte ich, daß er mich nur hinhalten wollte.
»Sicherlich erinnern Sie sich noch daran, Mr. Barnes. So etwas kammt doch bei Ihnen auch nicht alle Tage vor.«
Er lachte glatt. »Da haben Sie recht, kleine Lady.«
»Was können Sie mir über den Klienten sagen?«
»Nichts.«
»Weil Sie von Berufs wegen zum Schweigen verpflichtet sind?«
»Wenn Sie es so ausdrücken wollen, ja.«
»Obwohl Ihr Klient in ein Verbrechen verwickelt sein könnte?«
Wieder eine Pause. »Was für ein Verbrechen?«
»Hier ist ein Mord passiert, das Büro des Sheriffs untersucht den Fall, und ich arbeite mit den Leuten zusammen.«
Diesmal dauerte das Schweigen sicherlich fünfzehn Sekunden. Und als Barnes wieder sprach, hatte seine Stimme jede Spur von

Jovialität verloren. »Dann soll der Sheriff mit mir Kontakt aufnehmen.«
»Ich werde es ihm sagen. Noch eine letzte Frage: Hat Ihr Klient mit seltenen Büchern zu tun?«
»Hm.« An dieser einen Silbe konnte ich nicht erkennen, ob er überrascht war oder ob ich völlig danebengetroffen hatte. »Ich möchte diese Frage nicht beantworten«, sagte Barnes nun. »Und auch keine andere.« Er hängte ein.
Ich legte den Hörer auf die Gabel und zeichnete ein großes Fragezeichen auf die staubige Schreibtischplatte. Gut, daß ich nicht nach Antioch hatte fahren können. Das Ergebnis der beiden Telefonate war mehr als mager. Vielleicht hatte ich bei Greg Marcus mehr Glück, und er hatte etwas Sensationelles über einen der Inselbewohner ausgegraben.
Ich wählte seine Nummer in der »Hall of Justice« in San Francisco. Schon nach dem ersten Läuten hob er ab.
»Gut, daß du anrufst«, sagte er. »Ich habe in einer halben Stunde eine Sitzung, und ich weiß nicht, wie lange sie dauert. Nicht alle Informationsstellen haben bis jetzt geantwortet.«
»Was Interessantes dabei?«
»Eigentlich nicht. Über Sam Oliver habe ich natürlich nichts, weil er aus einem anderen Staat kommt. Auch negativ, was die Jorgenson anbetrifft, und Angela Won und Neal Oliver. Denny Kleinschmidt wurde zweimal wegen Besitz von Marihuana eingelocht, aber aus Mangel an Beweisen wieder freigelassen. Außerdem hat er Kontaktverbot mit seiner Exfrau. Evans Newhouse wurde dreimal wegen Trunkenheit am Steuer verwarnt, hat eine Entziehungskur gemacht und ist seitdem sauber.«
»Das ist alles?«
»Ja. Du schuldest mir eine Einladung zum Abendessen. Wie wär's im ›Star‹?« Das war eines der teuren In-Lokale der Stadt.
»Versuchen wir's lieber mit dem ›Golden Mirror‹«, antwortete ich, »ein nettes italienisches Restaurant, und sowohl für meinen Geldbeutel wie für unsere Mägen das richtige.«
»Abgemacht. Paß schön auf dich auf, ja?«
»Natürlich. Und vielen Dank.«
Nach einem Augenblick des Nachdenkens kam ich zu dem Schluß, daß es auch gut wäre, mich bei All Souls zu melden. Ich wählte die vertraute Nummer. Die Verbindung, die dann mit Hank zustande kam, war noch schlechter als die vorherigen.

»Wo bist du?«
»Noch im Delta.«
»Wann kommst du?«
»Ich weiß es nicht. Ein Sturm braut sich zusammen –«
»Hier auch – aber im Büro.« Er berichtete, daß das Datum für eine Verhandlung, bei der ich zugegen sein sollte, auf einen früheren Termin vorverlegt worden sei, daß ein Kunde sich beklagt habe, weil mein Bericht nicht gründlich genug gewesen sei, und ein neuer Kunde gestern für mich dagewesen sei. »Jetzt les ich dir noch deine telefonischen Mitteilungen vor.«
Sie schienen alle von Leuten zu stammen, die etwas brauchten. Sogar die von Don. »Bist du schon früher in Urlaub gefahren, oder was ist los?« fragte er an.
»Die Dinge stehen nicht gut zwischen euch, was?« sagte Hank.
»Das geht dich nichts an.«
Er blieb ungerührt. »Ach, übrigens, deine Mutter rief an.«
»Im Büro?«
»Ja, weil sie dich zu Hause nicht erreichte und es satt hatte, in ›dieses lächerliche Gerät‹ zu sprechen. Sie hat mir erzählt, daß sie Patsy nicht erreichen kann, weil das Telefon abgemeldet wurde. Sie befürchtet, ihr könnte etwas passiert sein.«
»O Gott. Du hast nicht verraten, wohin ich gefahren bin?«
»Nein. Aber sie klang ziemlich aufgeregt. Ruf sie lieber an.«
»Okay. Noch etwas?« Es gab ein lautes Knacken in der Leitung.
»Hank?«
». . . bis Freitag . . . Gericht . . . Richter . . .« Ich verstand nur noch Bruchstücke, dann zischte es in der Leitung, und sie war tot. Ich drückte mehrmals auf die Gabel, aber nichts rührte sich mehr. Na, wenigstens brauche ich jetzt nicht sofort unserer Mutter erklären, was mit Patsy los ist, dachte ich.
Erst jetzt wurde mir bewußt, daß im Nebenraum ein heftiger Streit im Gange war. Ich hörte Dennys und Stephanies ärgerliche Stimmen, eine dritte gehörte Neal. Ab und zu mischte sich Sam beruhigend ein, doch seine tröstenden Worte gingen im allgemeinen Durcheinander unter. Die wichtigsten Worte waren »Fähre«, »Unglück«, »beruhige dich« und »du Idiot«. Ich stand auf und ging nach nebenan.
Die vier standen mitten im Raum. Angela hatte sich in einem Sessel hinter ihnen ausgestreckt und beobachtete sie mit amüsiertem Gesicht. Stephanie war weiß um den Mund. Neal hatte rote Flekken im Gesicht und wedelte mit den Händen, als wolle er sie

trocknen. Denny war derjenige, der sich am meisten aufregte. Sein Gesicht war hochrot, sein Atem ging stoßweise.
»Ja«, sagte Neal zu Denny, »ich habe dich Idiot genannt. Du bist ein Idiot, daß du mit der Fähre losgefahren bist, obwohl das Seil morsch war.«
»Mein Gott!« rief Denny. »Wir wissen doch nicht mal, ob das die Ursache ist.«
»Das ist es eben«, mischte sich Stephanie ein. »Du hast keine blasse Ahnung, was die Fähre betrifft. Max hätte mir zeigen sollen, wie man mit ihr umgeht, aber nein, du wußtest ja schon alles!«
»Max hat dir nicht getraut –«
»Max war ein Idiot.«
»Hört doch auf«, mischte sich Sam ein. »Setzen wir uns, und besprechen wir die Sache vernünftig.«
»Halten Sie endlich den Mund!« rief ich energisch.
Empört wandten sie sich nach mir um. Ich hätte schwören können, daß sich Angela ein Lächeln verkniff. In der Halle waren Schritte zu hören, und Patsys und Evans' besorgte Gesichter tauchten im Torbogen auf.
»Sie können uns doch nicht einfach den Mund verbieten«, protestierte Neal.
»Jemand mußte es tun. Sie klangen schlimmer als die Kinder.«
Aus einer Ecke des Zimmers, wo ich ihn nicht bemerkt hatte, sagte Andrew: »Wie, bitte?«
Durch seine Worte entspannte sich die Lage etwas. Sam warf die Hände hoch und ließ sich in einen Sessel fallen. Denny und Stephanie lächelten sich verlegen an. Nur Neal blieb mit geballten Fäusten steif stehen. Ich trat zu ihm und geleitete ihn zu einem Sofa. »Besprechen wir noch mal alles in Ruhe, okay?«
Er setzte sich steif. Patsy und Evans kamen ins Zimmer und nahmen auf dem gegenüberstehenden Sofa Platz. »Was ist passiert?« fragte Patsy.
»Die Fähre ist zusammengebrochen«, erklärte Denny. »Sie hängt mitten auf dem Wasserarm fest, und ich mach mir Sorgen, ob wir sie noch an Land kriegen, ehe der Sturm losbricht.«
Meine Schwester machte ein langes Gesicht und sah Evans an. Evans legte tröstend den Arm um sie, aber auch er wirkte jetzt deprimiert.
»Ich habe nachgedacht«, sagte Stephanie. »Es muß eine Handwinde vorhanden sein.«

»Eine was?«
»Eine Art Rückversicherung. Wenn der Motor versagt, kann man die Fähre per Hand ans Ufer ziehen.«
»Warum hast du das nicht schon früher erwähnt?«
»Weil es mir nicht eingefallen ist.«
Ich hörte schweigend zu und überlegte: Was, wenn das Versagen des Motors absichtlich zu einem strategisch bedeutungsvollen Augenblick inszeniert worden war? Nämlich dann, wenn ein Sturm aufzog und die Bewohner auf der Insel gefangengehalten würden? Wenn sie solche Angst bekämen, daß sie die Insel endgültig aufgeben würden? Wer hätte das am besten arrangieren können? Stephanie hatte selbst zugegeben, daß sie eine Menge von Booten verstünde. Denny wußte über technische Dinge ziemlich gut Bescheid. Seine Erklärung, daß er nicht wisse, wie die Fähre funktioniere, hatte etwas dürftig geklungen. Ich erinnerte mich, wie ich sie zum erstenmal am Sonntag morgen gesehen hatte, die beiden, als sie den Deich entlangspazierten, sich offensichtlich streitend. Als ich etwas später die Küche betrat, sagte Denny gerade zu Stephanie: »Es ist gefährlich, und ich werde nicht –«
Was war gefährlich? *Was* wollte er nicht?
»Glaubst du, du kannst die Winde finden?« fragte Denny Stephanie.
»Wenn eine da ist.«
»Worauf warten wir dann noch?«
An der Haustür klopfte es. Wir wandten überrascht die Köpfe, und es dauerte einen Augenblick, bis Sam sich erhob, um zu öffnen.
Der Besucher war Benjamin Ma. Er trug schweres Ölzeug und Stiefel. Er putzte sich die Stiefel. Er wollte nicht weiter hereinkommen. »Ich kann nicht lange bleiben«, sagte er. »Ich möchte nur fragen, wie es Ihnen geht und ob einer von der Insel mitgenommen werden will.«
»Wie sind Sie hergekommen?« fragte Sam. »Die Fähre -«
»Mit dem Polizeiboot. Ich habe die Fähre gesehen. Manchmal verklemmt sich das Seil bei diesem Wetter. Schade, daß Max nicht da ist. Er wüßte, was zu tun ist.«
Mit leichtem Bedauern gab ich meine Sabotagetheorie auf. »Da wir von Max sprechen«, sagte ich, »gibt es etwas Neues?«
Ma schüttelte den Kopf. »Wie ich Ihnen schon sagte, es kann lange dauern, bis die Leiche gefunden wird. Und offen gestanden

haben wir nicht genug Leute, um gründlich zu suchen. Wir haben mit den durch das Wetter bedingten Problemen alle Hände voll zu tun.«
Stephanie sagte: »Ich weiß, wie man die Fähre an Land kriegt. Es ist eine Winde da, nicht wahr?«
»Ja«, erwiderte Ma, »und in gutem Zustand. Sie können sie sicherlich an Land ziehen, ehe der Sturm wirklich schlimm wird.«
Stephanie lächelte Denny triumphierend zu, und Denny rief: »Dann los.«
»Einen Augenblick noch«, sagte Ma. »Wir erwarten einen ungewöhnlich heftigen Sturm. Wenn jemand von der Insel evakuiert werden möchte, können wir ihn jetzt mit unserem Boot mitnehmen.«
Das Wort »evakuieren« hatte einen seltsamen Nachhall im Raum. Ich glaube, selbst ich wiederholte es in Gedanken.
»Wie schlimm wird es werden?« fragte ich.
»Schwer zu sagen. Vielleicht so schlimm wie vorletzten Winter.«
Ich erinnerte mich an die Berichte in den Zeitungen und im Fernsehen über die Zerstörungen. Patsy und Denny offensichtlich auch. Sie sagten wie aus einem Mund: »O nein!«
»Was raten Sie uns?« fragte ich.
»Das liegt bei Ihnen. Ich kann nicht für Sie entscheiden.« Er zögerte kurz. »Wenn Sie bleiben, wird es ziemlich rauh hergehen. Aber Appleby Island und das Herrenhaus haben allem Unbill über hundert Jahre standgehalten. Die Deiche sind fest und in gutem Zustand. Haben Sie genug Essensvorräte?«
»Ja«, antwortete Evans. »Konserven, Trockengemüse. Einer von uns hat früher eine Farm besessen und eine Menge Vorrat mitgebracht, der für mindestens einen Monat reicht.« Evans drückte Patsy zärtlich.
»Und wie steht's mit dem Wasservorrat?«
»Der Makler, der Neal die Insel verkaufte, warnte uns, daß die Pumpe des Brunnens es nicht mehr lange machen würde. Deshalb habe ich Trinkwasser für ein paar Wochen organisiert, weil wir die Pumpe nicht sofort ersetzen lassen können.«
»Ist ein Hilfsgenerator da?«
»Ja.« Denny klang nicht sehr überzeugt. Wahrscheinlich war der Generator im gleichen Zustand wie die Pumpe.
Ma schien das auch zu denken, denn er fragte: »Was ist mit Kerzen, Taschenlampen, Batterien?«
»Ich kümmere mich darum.«

»Und die medizinische Versorgung, Erste-Hilfe-Kasten?«
»Ja«, sagte Patsy.
»Ist ein Transistorradio da, damit Sie den Wetterbericht hören können?«
»Ja«, sagte Patsy wieder.
»Und Sandsäcke? Falls es ein Leck im Deich gibt?«
»Denny und ich haben eine Ladung kommen lassen«, erklärte Stephanie. »Und wir wissen, wie wir notfalls mit ihnen umgehen müssen.«
Ma sah leicht erstaunt aus. »Dann sollte es wohl keine Probleme geben. Das heißt, wenn Sie alle gute Freunde bleiben und in der schlimmen Zeit am selben Strang ziehen.«
Es entstand ein Schweigen.
»Und die andere Seite der Medaille, Hilfssheriff?« fragte ich. »Die Evakuierung?«
Er sah mich verständnisvoll an. Auch er hatte die emotionale Spannung im Raum gespürt. »In diesem Fall sollten Sie heute abend die Insel verlassen. Das Boot ist da. Die Insel wird den Sturm überstehen, und wenn das Herrenhaus oder die Nebengebäude Schaden erleiden . . . nun, Sie dürften versichert sein.«
Keiner sagte einen Ton. Alle machten nachdenkliche Gesichter. Ich wartete. Schließlich war ich ein Außenseiter. Aber offensichtlich wollte niemand den Vorreiter spielen, und so meinte ich: »Das ist eine Entscheidung, auf die wir im Augenblick nicht vorbereitet sind.«
»Es muß nicht sofort sein. Wir patrouillieren die Wasserwege und können es so einrichten, daß wir in ein paar Stunden wieder hier vorbeikommen. Man bereitet bereits Notunterkünfte vor – in Walnut Grove und Rio Vista. Dort sind Sie willkommen. Also, bis dahin müßten Sie sich entscheiden. Danach kann ich nichts mehr für Sie tun.« Er wandte sich um und verschwand im Regen.
Die Tür fiel hinter ihm ins Schloß, das Schweigen wuchs. Der Regen trommelte gegen die Fenstertüren, der Wind heulte im Kamin.
Patsy seufzte. »Also, was machen wir?«
»Wir müssen an die Sicherheit der Kinder denken«, meinte Evans.
»Das ist meine Insel«, sagte Neal. »Ich gehe nirgends hin.« Das klang endgültig.
»Ich muß immerzu an Franks Tract denken«, sagte Patsy leise.

»Das war gutes Farmland und wurde in den dreißiger Jahren überschwemmt. Wir sind mal drübergefahren. Man kann noch die Ackergeräte im Wasser sehen. Ich kam mir vor wie auf dem Friedhof.«
Ich sah zu Andrew hinüber, der sehr aufmerksam zuhörte.
»Und?« fragte ich.
»Wenn das nun hier passiert?«
»Höchst unwahrscheinlich.« Es war keine richtige Lüge, weil ich nicht wußte, was möglich war und was nicht.
»Aber wenn doch? Wenn der Deich bricht?«
»Wenn du davor Angst hast, mußt du weggehen.«
Denny stand brüsk auf. »Ehe wir irgend etwas entscheiden, sollten wir die Fähre an Land holen. Was meinst du, Steff?«
»Ja. Es wird schon dunkel. Je früher, desto besser.«
Während sie hinausgingen, blickte ich auf meine Uhr. Es war noch nicht drei, aber das Tageslicht draußen hatte schon den rosigen Schimmer der Abenddämmerung. Ich überlegte, wie die Evakuierung aussehen würde. Wir würden mit dem Polizeiboot zu einer warmen Schutzunterkunft mit vielen Leidensgenossen fahren. Und ich überlegte, ob ich hierbleiben sollte, in diesem kalten, zugigen Haus mit einer Gruppe von fremden und oft unangenehmen Leuten. Der eine Ort bedeutete Sicherheit und Kameradschaft, der andere Meinungsverschiedenheiten, die gefährlich werden konnten, wenn sie weiter zunahmen. Ganz abgesehen von der Gefahr durch die Person, die offenbar wollte, daß die Leute von der Insel verschwanden.
Aber ich hatte keine Wahl. Ich war hier, um eine Aufgabe zu erfüllen. Ich würde dorthin gehen, wohin die anderen gingen.
Da machte Angela zum erstenmal den Mund auf. »Mein Großvater ist sehr krank«, sagte sie.
»Dann solltest du mitfahren, damit er ärztlich versorgt ist«, meinte Sam.
»Du kennst diese Notunterkünfte nicht. Aber ich. Dort hätte er es nicht viel besser als hier. Er könnte dort sterben oder während der Fahrt im Boot.«
»Dann bleib! Wir können ihn der Reihe nach pflegen.«
»Du gehst nicht weg?«
»Nein.«
»Warum?«
Sam deutete auf Neal.
Angela stand auf. »Ich geh den Großvater fragen, ob er weg will

oder nicht. Vielleicht kann ich ihn ins Krankenhaus nach Rio Vista bringen.« Sie ging hinaus.

»Patsy, was ist mit den Kindern?« fragte Evans.

Meine Schwester bewegte nur leicht den Kopf an seiner Schulter, als sei sie zu müde, diese Frage zu entscheiden. Da tauchte Andrew hinter der Lehne des Sofas auf und schob seinen Kopf zwischen den von Evans und Patsy. »Mom? Evans? Macht euch wegen uns keine Sorgen.«

Patsy rollte die Augen und blickte zu ihrem Sohn auf. »Natürlich machen wir uns welche! Ein schlimmer Sturm zieht herauf –«

»Sag ihr, daß alles okay ist«, bat Andrew Evans. »Ich kann mich um die Mädchen kümmern. Wir schaffen das schon. Und da brauchst du dir nur Sorgen um Patsy zu machen.«

Evans unterdrückte mit Mühe ein Lächeln. »Du hältst die Mädchen bei der Stange, und ich kümmere mich um Mom?«

»Ja. Das ist besser, als in so eine schäbige Notunterkunft zu ziehen. Bleiben wir hier zu Hause.«

»Ich dachte, es gefiele dir hier nicht.«

Andrew zuckte die Achseln. »Es ist alles, was wir haben.«

Evans nickte. »Okay, so soll es dann wohl sein. Danke dir.« Zu uns gewandt, fügte er hinzu: »Patsy und Andrew und ich sind dafür zu bleiben.«

»Ich gehe nicht weg«, erklärte Neal, »und ich glaube, Denny und Stephanie auch nicht.«

»Mein Flug ist erst am Sonntag«, sagte Sam.

Ich wünschte, ich wäre nie nach Appleby Island gekommen, doch ich wußte, ich würde bleiben. Weil ich die Wahrheit herausbekommen wollte. Das war schon immer so gewesen, solange ich denken konnte. »Ich bleibe auch«, sagte ich.

19

Eigentlich hatte ich mir die Schreibmaschine und die Rechnungsformulare noch einmal ansehen wollen, doch auf dem Weg hinauf fiel mir die Abstellkammer unter dem Dach ein. Wenn man bedachte, was ich in der Bibliothek gefunden hatte, sollte ich den Kram dort oben wirklich etwas genauer unter die Lupe nehmen. Obwohl ich den Inhalt der Appleby-Briefe nur oberflächlich mit den Ereignissen auf der Insel in Zusammenhang bringen konnte,

verriet mir mein durch die jahrelange Arbeit geschulter Instinkt, daß es eine tiefergehende Verbindung gab. Wer weiß, ob ich in der Abstellkammer nicht weitere Hinweise fand.
Die Abstellkammer war unverschlossen. Das einzige Licht kam von einer nackten Glühbirne an der Decke, doch es genügte für meine Zwecke. Ich setzte mich auf einen zusammengerollten Teppich neben ein paar Kartons, die voll ausgefranster Handtücher und alter Baumwollstores waren. Daneben lagen kaputtes Porzellan, alte Kaminbestecke und gläserne Türknaufe.
Ein alter Kinderwagen lehnte schief an der Wand, seine Federn waren auf der einen Seite gebrochen. Er enthielt eine abgegriffene Häkeldecke aus einem verblaßten Rosa, und ein weiches Stofftier, wohl ein Lamm. Hinter dem Kinderwagen eingeklemmt stand eine Spielzeugschachtel mit altem Kinderspielzeug. Darunter war eine Spieluhr aus rotem Plastik, die man von Hand aufziehen konnte. Darauf saß ein schäbiger Plüschaffe. Ich zog sie auf. Sie spielte »Pop Goes the Weasel«, und der Affe tanzte dazu auf und ab.
Mir wurde wehmütig ums Herz. Wem die Spieldose wohl gehört hatte? Wahrscheinlich Stuart Applebys Tochter, die bei einem Autounglück ums Leben gekommen war. Vorsichtig legte ich sie wieder in die Schachtel.
Ich setzte mich auf das andere Ende des Teppichs. Hier roch es stark nach Moder. Neben mir lag ein riesiger Stoffhaufen. Ich kramte lustlos darin herum, die zerdrückten und staubigen, teils fleckigen Tischtücher, Kopfkissen, Decken, Arbeitsanzüge und Hauskleider hoben meine Stimmung nicht gerade.
Plötzlich hielt ich ein gelbes Tischtuch in der Hand. So gelb wie das Kleid der Puppe, die am Baum gehangen hatte. Hastig durchwühlte ich den Haufen weiter – und dann fand ich die Reste des Tischtuchs, aus dem das Kleid für die Puppe geschnitten worden war. Auch ein paar Stecknadeln lagen noch da, die gleiche Sorte, wie sie zum Zusammenstecken des Kleides benutzt worden war.
Ich rollte die Stoffreste zusammen, steckte ein paar Nadeln hinein und schob alles in meine Hosentasche.
Ich ging noch einmal zur Spielzeugschachtel und betrachtete mir die Puppen, die zwischen dem anderen Zeug darin lagen. Da war eine mit einem Porzellankopf und Schlafaugen, die sicherlich einen großen Sammlerwert besaß. Dann eine Lumpenpuppe mit nur einem Bein und schließlich am Boden eine Plastikpuppe mit dunklerer Haut in einem Lederanzug. Es war das Pendant zu der, die im Baum gehangen hatte.

Ich stand da und überlegte, warum man ihr Lumpen angezogen hatte. Dann fiel mir ein, daß Alf Zeisler, der Einsiedler, auch in Lumpen gegangen war. Die Person, die die Puppe angezogen hatte, hatte die wahren Begebenheiten so weit wie möglich nachstellen wollen.
Die Person, die sie angezogen hatte – sie mußte Zugang zum Haus haben, zu diesem Raum. Sie war eine von uns. Mein Fund bestätigte nur, was ich bereits befürchtet hatte.
Nach einem Augenblick setzte ich mich wieder auf den Teppich und überlegte. Wer hatte Zugang zu diesem Raum gehabt? Nur die Hausbewohner? Wie stand es mit den Arbeitern? Immerhin hatten sie im Haus gearbeitet, aber ich bezweifelte, daß sie irgend etwas mit der Puppe zu tun hatten. Dann war da natürlich noch Max Shorkey. Aber soviel ich wußte, war er selten zum Haus gekommen. Sam konnte ich von vornherein auslassen, er war erst am Sonnabend eingetroffen. Und aus Loyalität auch Patsy und die Kinder. Evans ... um meiner Schwester willen rechnete ich ihn nicht zu den Verdächtigen. Blieben Neal, Denny, Stephanie und Angela.
Angela ... ich dachte an die auffallend hohen Ausgaben für die falschen Dinge. An die Rechnungsformulare, die ich gefunden hatte, an die Schreibmaschine. Und überlegte, auf welche Weise Angela Geld unterschlagen haben konnte. Trotzdem – ich sah immer noch nicht, wie Max hineinpaßte.
Ich brauchte jemanden, der etwas von Buchhaltung und Finanzen verstand. Jemand, der mir bestätigen konnte, daß es möglich war, Geld abzuzweigen, wie ich glaubte, daß Angela das getan hatte. Sollte ich Sam fragen? Konnte ich ihm trauen? Eigentlich wußte ich nicht viel über ihn. Nur was er erzählt hatte. Aber wenn ich mir über einen Menschen nicht sicher bin, folge ich meinem Instinkt, und der war, was Sam betraf, positiv.
Ich ging hinunter, um ihn zu suchen, doch dann beschloß ich, erst noch mit Tin Choy Won zu sprechen. Ich hatte jetzt wegen der Schreibmaschine und der Rechnungsformulare und auch wegen des anonymen Briefs einen bestimmten Verdacht. Vielleicht konnte ihn Mr. Won bestätigen.
Als ich in sein Zimmer blickte, stellte ich jedoch fest, daß er schlief. Sein Atem ging stoßweise und unregelmäßig. Ich trat ein, um ihm den Puls zu fühlen. Vielleicht sollte sich Patsy mal um ihn kümmern. Sie hatte durch die Pflege ihrer Kinder viel Erfahrung und –

»Was tun Sie denn hier?« Angelas Stimme war leise und ärgerlich. Ich drehte mich um. »Ihr Großvater macht mir Sorgen, Angela. Konnten Sie den Arzt erreichen?«
»Nein, er kam nicht mehr in die Praxis zurück. Und jetzt ist die Telefonleitung tot. Großvater will nicht ins Krankenhaus. Sie wissen, wie alte, abergläubische Leute sein können.«
»Vielleicht sollten Sie nicht auf ihn hören.«
Sie biß sich auf die Lippen. »Ich weiß nicht recht.« Sie winkte mich energisch aus dem Zimmer. »Bis Hilfssheriff Ma wiederkommt, werde ich mich entschieden haben.«

Ich fand Sam in seinem Zimmer. Er saß in einem geblümten Sessel und las in einem düster aussehenden Westernheftchen mit dem Titel *Duell der Goldwäscher.* Als er mich im Türrahmen stehen sah, warf er das Heftchen auf den Boden und winkte mir, hereinzukommen. »Was ist das?« fragte er, auf die Puppe in meiner Hand blickend.
Ich wollte mich nicht von dem Zweck meines Besuchs abbringen lassen, und so antwortete ich: »Die habe ich oben im Abstellraum gefunden. Doch davon erzähle ich Ihnen später. Jetzt möchte ich Sie fragen, was Sie von der finanziellen Situation hier halten.«
»Zweifellos ist sie schlecht. Ich hatte deswegen schon ein paar Vorgespräche mit Angela und Neal. Morgen, wenn der Sturm vorbei ist und Angela einen Arzt für ihren Großvater gefunden hat, werde ich mich mit ihr und Neal zusammensetzen und einen Generalplan entwickeln.«
»Was für einen Plan?«
»Bezüglich der weiteren Ausgaben. Um gewisse Dinge muß man sich sofort kümmern – zum Beispiel, um den Hilfsgenerator. Er taugt überhaupt nichts mehr. Anderes, wie die Inneneinrichtung oder neue Boote oder die Küchenausrüstung, muß warten. Man hat hier keinen Blick dafür, was wichtig ist und was nicht. Sie packen die Sache völlig falsch an. Jedenfalls – wenn wir einen neuen Angriffsplan haben, spreche ich mit jedem einzelnen über sein Aufgabengebiet, damit ihm klar ist, was er zu tun hat.«
»Sie raten Neal also nicht, auszusteigen?«
»Er steckt viel zu tief drinnen – sowohl finanziell wie mit seinen Gefühlen, um die es mir vor allem geht. Deshalb werde ich den Geldhahn nicht zudrehen. Aber er kriegt nur Geld, wenn ich genau weiß, wofür.« Er schwieg einen Augenblick und schien in sich hineinzulauschen. »Ich weiß, es muß hartherzig klingen,

vielleicht überheblich. Es ist schließlich Neals Geld, trotz des Testaments meiner Eltern, er sollte auch selbst darüber bestimmen können. Aber ich habe Ihnen ja erzählt, wie sehr ich jegliche Verschwendung hasse.«
Ich ging und setzte mich auf die Bettkante. »Ich mag auch etwas nicht – nämlich, wenn Menschen mißbraucht werden.«
»Sie meinen damit Neal.«
»Ja.«
»Sie finden, die anderen nützen ihn aus?«
»Vielleicht nicht alle, aber ... ist es möglich, daß hier jemand Geld unterschlägt?«
Er strich sich nachdenklich über den Schnurrbart, ohne schockiert zu sein. Als er nichts sagte, erzählte ich ihm von den Rechnungsformularen und der Schreibmaschine, die ich in Max' Hütte gefunden hatte.
Nachdem ich geendet hatte, sagte er: »Habe ich richtig verstanden? Sie behaupten, daß jemand falsche Rechnungen mit höheren Beträgen als notwendig ausstellt und Neal veranlaßt, die entsprechenden Schecks zu unterschreiben?«
»Ja. Die Firmennamen auf den Rechnungen klingen alle wie die der Lieferanten, bei denen sie Ware bestellt haben. Es sind alles Firmen, die Waren liefern, keine Dienstleistungsbetriebe.«
»Wieso spielt das eine Rolle?«
»Eine Menge Leute, die eine Arbeit ausführen – zum Beispiel eine Kaminkehrerfirma –, verlangen Barzahlung, wenn die Arbeit fertig ist, und stellen selten Rechnungen. Deshalb sind vielleicht die notwendigen Reparaturen nicht ausgeführt worden.«
»Es ergibt trotzdem keinen Sinn. Der Scheck wird an die jeweilige Firma geschickt und Neal der Betrag abgebucht. Es sind alles renommierte Firmen, mit denen gearbeitet wird, ich habe es nachgeprüft. Keine würde unter der Hand Geld zurückgeben.«
»Und wenn die Namen auf den Rechnungsformularen auch falsch sind? Wenn nur der Name stimmt? Jede Bank eröffnet ein Konto, ohne groß nach Ausweisen zu fragen. Die Schecks könnten auf das Konto gehen, und dann würde der Betrag, der tatsächlich offensteht, an die jeweilige Firma von dort aus überwiesen.«
»Das ist möglich.«
»Die Rechnungen – die echten – werden von der Person abgezeichnet, die für die Bestellung verantwortlich war. Auch Neal prüft sie, ehe er den Scheck unterschreibt. Angenommen, er kriegt eine falsche Rechnung zu sehen, auf der die Initialen oder

die Unterschrift des verantwortlichen Bestellers gefälscht wurden? Würde er die Unterschrift überprüfen? Den Namen des Lieferanten und den genauen Betrag noch einmal nachfragen?«
Sam schob die Brille hoch und massierte sich den Nasenrücken. »Vermutlich nicht«, antwortete er betroffen. »Wie ich feststelle, vermeiden wir beide, den Namen der Person auszusprechen, die so etwas tun könnte. Alles deutet auf Angela hin, nicht wahr?«
»Ich fürchte es fast.«
»In gewisser Hinsicht überrascht es mich nicht. Vielleicht habe ich im tiefsten Innern immer gewußt, daß sie skrupellos sein kann, doch ich wollte es nicht wahrhaben. Sonst hätte ich sie niemals hierher empfohlen ... Was mich allerdings erstaunt, ist, daß Sie diese Formulare und die Schreibmaschine in Max' Hütte fanden. Und daß der anonyme Brief auf dieser Maschine geschrieben wurde. Hat Max –«
»Nein, ich glaube nicht. Sie müssen die zwei Dinge getrennt voneinander sehen. Sonnabend nacht sah ich die Schreibmaschine nicht in seiner Holzhütte. Vielleicht war ich zu erschöpft, und sie fiel mir nicht auf, aber das glaube ich nicht. Sie hätte mir ins Auge gestochen, weil sie nicht zu Max paßt.«
»Und?«
»Sie muß später hingebracht worden sein, als auch die Männer des Sheriffs die Hütte durchsucht hatten. Benjamin Ma kannte Max. Er hätte es auch seltsam gefunden, wenn eine Schreibmaschine dagestanden hätte. Eine Menge Leute hätten die Gelegenheit gehabt, sie dort zu deponieren. Ich weiß sicher, daß meine Schwester, Evans, Denny, Stephanie, Angela und derjenige, der die Sonntagszeitung holte, seit Max' Tod die Insel einmal verlassen hatten.«
»Ich war derjenige, der die Zeitung geholt hat. Ich wollte mir die Gegend ansehen, doch der Nebel war zu dicht. Ich weiß, daß Denny, Stephanie, Ihre Schwester und Evans wegfuhren, aber Angela?«
»Sie fuhr nach Locke, früh an jenem Morgen, um etwas aus dem Haus ihres Großvaters zu holen. Vermutlich die Schreibmaschine und die Formulare. Bei Ihrer Rückkehr hatte Denny die Fähre zur Insel gefahren. Sie hatte viel Zeit, das Zeug in Max' Hütte zu verstecken, ehe sie hupte, um sich bemerkbar zu machen.«
»Kann ich die Formulare sehen?«
Ich holte die Schachtel aus meinem Zimmer, und Sam betrachtete sich die Formulare gründlich. »Warum hob sie die Sachen bei Mr. Won auf?« fragte er.

»Hier wäre es wohl zu riskant gewesen, nicht wahr? Aber jetzt ist ihr Großvater sehr krank. Wenn er stirbt, hat sie vielleicht keine Gelegenheit mehr, Maschine und Formulare verschwinden zu lassen. Vielleicht fühlte sie sich sicherer, wenn sie sie an einem Ort unterbrachte, der nicht mit ihr in Verbindung stand.«
Sams Blick wurde härter, doch er verriet noch keinen Ärger. »Ein großes Loch hat Ihre Theorie aber: den anonymen Brief. Den hätte Angela nicht geschrieben.«
»Ich glaube, Tin Choy Won war es.«
»Warum?«
»Mr. Won hat strenge moralische Maßstäbe. Das spürte ich, als er bei meinem Besuch bei ihm so mißbilligend von Angela sprach. Er fand wohl die Formulare oder erwischte Angela dabei, als sie falsche Rechnungen tippte. Ich glaube, er schrieb den Brief, damit ihre Aktivitäten entdeckt wurden, ehe sie in zu große Schwierigkeiten geriet.«
Sam schwieg. Sein Ärger war jetzt fast greifbar. »Wir werden also den Dingen auf den Grund gehen, und zwar gleich.«
»Ich bezweifle, daß wir etwas erreichen, wenn wir Angela jetzt mit unserem Wissen konfrontieren.«
»Ja. Sie würde alles in Abrede stellen. Das kann sie großartig.«
»Aber wenn wir Beweise finden . . . wenn sie zweierlei Buchführung macht.«
»Das wäre möglich. So wie ich Angela kenne, würde sie über ihre Unterschlagungen bis auf den letzten Penny Bescheid wissen wollen.«
»Es muß alles im Computer stecken«, sagte ich. »Das ist bei weitem der sicherste Ort. Ich bezweifle, daß irgend jemand auf der Insel mit so einem Ding umgehen kann – außer Ihnen.«
Er lächelte. Es war kein angenehmes Lächeln.
»Unglücklicherweise ist Angela fast immer in ihrem Büro«, fuhr ich fort. »Sie schläft im Zimmer nebenan, und jetzt, da ihr Großvater krank ist, bleibt sie immer in Hörweite, falls er etwas braucht.«
»Es muß eine Möglichkeit geben, sie wegzulocken. Ich brauche nicht lange.«
»Wie wäre es, wenn Neal mit ihr eine Besprechung abhält? Er könnte behaupten, er möchte die Konten durchgehen, ehe Sie drei sich zusammensetzen.«
»Gute Idee. Ich rede mit ihm. Wir treffen uns in einer halben Stunde in der Halle.«

Der Bildschirm des Computers glühte unheimlich in dem dunklen Büro. Ich hatte es ratsam gefunden, kein Licht zu machen, und so hielt Sam die Disketten in das Licht, das der Computer verbreitete, um die Aufschriften zu lesen. »Alles sehr seltsam«, sagte er. »Sie verwendet eine Art Code. Ah – das könnte etwas sein.« Wir suchten schon eine Weile.
Computer machen mir Unbehagen. Manchmal denke ich, daß ein böser Geist in ihnen ist. Manchmal ist dieser Geist den Menschen gegenüber freundlich gesinnt und hilft ihnen, manchmal neckt er sie und richtet Schaden an. Natürlich finden meine technisch versierten Freunde das lächerlich, und vermutlich haben sie recht. Vielleicht ist es nur eine Ausrede, weil ich den Umgang mit diesem neuen Spielzeug nicht lernen möchte.
Auf dem Bildschirm erschien eine Namenliste. »Verdammt«, das ist was Persönliches – die Liste für den Versand der Weihnachtskarten! Unerhört – mit so was füttert sie den Computer! Dabei wäre er gar nicht notwendig gewesen ...«
»Beruhigen Sie sich!«
Sam grinste verlegen, schob eine neue Diskette ein – sie erinnerte mich an 45-Schallplatten, die mal modern gewesen waren, nur waren sie kleiner –, drückte auf zwei Tasten, und die Liste, die diesmal auftauchte, schien mehr mit dem zu tun zu haben, was wir suchten. Es handelte sich offenbar um Zahlungseingänge und -ausgänge.
»Da steht Vorsch«, sagte ich.
»Vermutlich Vorschüsse, die Neal für Angela und die anderen gezahlt hat.«
»Und hier steht Abakus. Und Reg.«
Sam betrachtete nachdenklich den Bildschirm.
»Abakus«, sagte ich, »das ist das Rechengerät, das die Chinesen statt einer Registrierkasse benutzen.«
»Vielleicht haben wir ihre Geheimbuchhaltung gefunden!« Sam drückte auf eine Taste, ein Strich fuhr an der Liste entlang und das Wort Abakus leuchtete auf. Und Reg.
»Vielleicht steht Reg für Registratur oder regulär«, überlegte ich. »Vielleicht bedeutet das den wahren Rechnungsbetrag und Abakus den falschen. Wissen Sie, als ich zum erstenmal in ihr Büro kam, machte sie einen Scherz über den Abakus. Sie ist Chinesin und so –«
»Ich glaube, Sie haben recht. Früher, während der Schulzeit, ha-

ben wir manchmal bei einem Chinesen gegessen, der so was benützte. Angela behauptete, die Chinesen würden mit dem Abakus die Weißen betrügen ...«

20

Sam ging mit den Computerausdrucken der beiden Aufstellungen in sein Zimmer hinauf. Die Tür zu Tin Choy Wons Zimmer war zu, aber nicht abgeschlossen. Ich trat ein.
Der alte Mann lag still im Bett neben dem Fenster. Eine Nachtlampe brannte auf dem Tisch neben dem Bett, und die dünnen Beine des Bettes warfen seltsame Schatten gegen die Wand. Ich legte Mr. Won vorsichtig die Hand auf die Stirn, die sehr heiß war. Er mußte hohes Fieber haben. Ein eisiger Luftzug kam vom Fenster. Ein kranker Mensch sollte nicht so dicht beim Fenster schlafen.
Das Bett sah so aus, als ob es sich leicht über die Holzdielen des Bodens schieben ließe. Ich gab ihm einen vorsichtigen Stoß. Es glitt leicht vom Fleck.
Ich ging durch das Zimmer und prüfte, wo es am wärmsten war. In diese Ecke schob ich dann das Bett. Tin Choy Won stöhnte einmal kurz auf, wie in sanftem Protest, dann schlief er weiter.
Da ich im Schrank keine zusätzliche Wolldecke finden konnte, breitete ich eine dicke, gestrickte Bettüberdecke über seine Füße. Ein Kissen war beim Schieben des Bettes heruntergefallen. Ich schob es ihm nicht wieder unter den Kopf, sondern legte es ans Fußende.
Einen Augenblick blieb ich, den alten Mann betrachtend, stehen und überlegte, warum er hergekommen war. Dann erinnerte ich mich an unser Gespräch und wie ich ihm erzählt hatte, daß einer der Gründe meines Hierseins die Sorgen waren, die sich meine Schwester wegen Sams Besuch machte, der ein Finanzexperte war. Mr. Won war wahrscheinlich hergekommen, um Angela als Vertreter der Familie zur Seite zu stehen, wenn Sam ihre Unterschlagungen entdeckte, die sogar ihm, einem Mann ohne Schulbildung, nicht entgangen waren. Angela hatte gesagt, ihr Großvater sei eben Chinese und zu fürsorglich. Dabei hatte er ihr nur seine Liebe und Unterstützung geben wollen. Und wahrscheinlich hatte er sich für seine Mühe nun eine Lungenentzündung eingehandelt.

Auf dem Weg zu meinem Zimmer hörte ich im Gang im ersten Stock heftiges Hämmern. Es kam vom anderen Ende des Ganges. Ich folgte dem Geräusch. Denny nagelte ein großes Brett über eine zerbrochene Fensterscheibe in einem der unbewohnten Gästezimmer.

»Was ist passiert?«

Denny schlug mit Anmut und Treffsicherheit einen neuen Nagel in das Brett. »Ein verdammter Ast von der Ulme draußen hat die Scheibe eingeschlagen. Seit Wochen sage ich zu Neal, daß die Bäume beschnitten werden müßten. Aber hört er auf mich? Nein. Angela behauptet, es sei dafür kein Geld da.«

Ich wußte nicht, was ich darauf erwidern sollte, und sah ihm schweigend beim Nägeleinschlagen zu. Als er fertig war, fragte ich: »Ist die Fähre hier?«

»Ja. Wie Stephanie sagte, gibt es eine Handwinde. Dann habe ich das Boot ins Bootshaus zurückgebracht. Und jetzt bemühe ich mich zu verhindern, daß das Haus auseinanderfällt.«

Wie um Dennys Sorgen zu bestätigen, heulte draußen ein Windstoß ums Haus, und irgendwo über uns ertönte ein Rumpeln und Gleiten. Etwas fiel vor dem anderen, noch ganzen Fenster herunter und zerschellte am Boden.

»Was war das?« fragte ich.

Denny lauschte. Wieder heulte eine Böe ums Haus, doch nichts passierte. »Ein Ziegel«, sagte er. »Vom Dach. Habe schon x-mal gesagt, daß es repariert werden müßte. Aber wer hört auf mich?«

Ich klopfte ihm beruhigend auf den Arm und ging zu meinem Zimmer. Im Gang war es eiskalt, man konnte den Wind oben durch die Löcher im Dach heulen hören.

Das erste, was ich bei meinem Eintreten sah, war die Puppe aus der Abstellkammer. Sie lag auf dem Fenstersitz, wo ich sie deponiert hatte, und spiegelte sich in der dunklen Fensterscheibe. Es war erst kurz vor fünf, doch es war schon völlig Nacht. Ich kniete mich auf den Sitz und spähte hinaus. Ich konnte die Silhouetten der Ulme vor dem Haus und der Palme an der Ecke erkennen, die im Wind schwankten. Aus den unteren Fenstern fiel Licht auf einen Teil des Rasens. Er war mit Zweigen und Wedeln bedeckt. Die Wagen in der Auffahrt standen wie verloren da. Ich starrte auf den MG und wünschte, er stünde zu Haus in der Garage und ich säße vor meinem Kamin, tränke ein Glas billigen Rotwein und läse in einem Paperback.

Ein heftiger Windstoß rüttelte an meinem Fenster. Ich fuhr zurück und beschloß dann, mich wärmer anzuziehen. Ich holte einen dicken Rollkragenpullover hervor und zog ihn über, dann noch den Fischerpullover. Ich zog die Stiefel aus und kroch ins Bett. Während ich mir die Kissen im Nacken zurechtschob, begann ich zu überlegen.

Ich sollte mich freuen, daß ich Angelas Unterschlagungen entdeckt hatte. Aber sie schienen nichts mit dem Einsiedler und der Puppe zu tun zu haben. Oder den Küchenschaben. Warum sollte sie die anderen von der Insel verscheuchen wollen, wenn sie durch sie profitierte? Ich bezweifelte auch, daß sie mit dem Verlust der Kanus etwas zu tun hatte. Sie hatte keine neuen bestellt, was die logische Folge gewesen wäre, wenn sie sie selbst losgeschnitten hätte. Und Max' Tod? Ich mochte Angela zwar nicht, aber als Mörderin sah ich sie nicht.

Also, überlegte ich, du sprichst Angela von allem andern los, außer von den Unterschlagungen. Aber du bist nun ziemlich sicher, daß ein Insider hinter der ganzen Geschichte steckt. Wie steht es mit den übrigen?

Denny. Er konnte gewalttätig werden. Das Urteil, sich von seiner früheren Frau fernzuhalten, bewies das. Er mochte Neal nicht besonders, aber Ärger mit dem Arbeitgeber war ein schwaches Motiv für die Sabotage des Projekts.

Stephanie. Ich wünschte, ich wüßte mehr über sie. Sie wirkte zynisch. Sie brauchte eine Ortsveränderung, ähnlich wie Denny, und kam aus Seattle hierher. Kannte sich mit Booten aus. Würde sie etwas zerstören, das sie fast als ihr Eigentum betrachtete? Aber hatte Denny nicht irgend etwas davon gesagt, daß Max ihr nicht traute? In welcher Beziehung?

Neal. Oberflächlich betrachtet erschien es völlig unlogisch, seinen eigenen Lebenstraum zu sabotieren. Aber benahm er sich je vernünftig?

Evans. Freundlich und jungenhaft. Patsy hatte völliges Vertrauen zu ihm. Und Neal, sein angeblicher Freund, schien zu glauben, daß Evans ihn mal schlecht behandelt hatte. Wenn ich nur wüßte, was dahintersteckte ...

Und jetzt eine unangenehme Pflicht: Patsy, meine eigene Schwester. Eigentlich sollte ich sie kennen, aber wir hatten in den letzten Jahren so wenig voneinander gesehen. Und seit meiner Zeit auf dem College hatte ich nicht mehr mit ihr zusammengelebt. Seit ihrer Zeit als Mutter Erde auf der Farm hatte sie sich stark verändert, war nervös und nicht belastbar. Was steckte dahinter?

Vielleicht war Evans schuld – oder die Insel. Die konnte jeden fertigmachen.
Ich zog die Bettdecke höher. Eine Flut von Schuldgefühlen überschwemmte mich, als ich mir auch nur einen kurzen Moment meine kleine Schwester als Mörderin vorstellte. Und das Motiv? Ich fand keines.
Aber ich begriff auch nicht, wer einen Nutzen davon hatte, wenn er Neal und die anderen von der Insel vertrieb. Die Absicht war so deutlich zu erkennen, das Motiv so unklar. Es klopfte an die Tür. Ich rief »Herein«, und Sam tauchte im Türrahmen auf. Er hielt die Computerausdrucke in der Hand, und seine Augen blickten noch trauriger als vorhin. »Ich habe genug gesehen«, sagte er. »Kommen Sie mit runter?«
Ich schob die Bettdecke zurück und schwang meine Füße auf den Boden. »Mein Verdacht stimmt also«, sagte ich und zog die Stiefel an.
»Dies hier sind genügend Beweise, um sie vor Gericht zu bringen.«
»Sie müssen es doch nicht offiziell machen, Sam. Sprechen Sie in aller Stille mit ihr. Sie gibt das Geld zurück und verschwindet.«
»Das geht nicht.«
»Warum nicht?«
»Zwischen Freunden gibt es einen ungeschriebenen Vertrag. Denny sprach mal an einem Abend darüber, als wir zusammen Brandy tranken –«
»Ich weiß, wir haben uns auch darüber unterhalten.«
»Bis dahin hatte ich mir nie richtig klargemacht, nach welchen Prinzipien der Freundschaft ich handelte. Jetzt hat Angela dagegen verstoßen. Ich bin ihr gegenüber zu nichts mehr verpflichtet.«

Bei unserem Eintritt in die Bibliothek lehnte Angela mit gekreuzten Armen neben den Fenstertüren an der Wand. Die Jeans und der hüftlange schwarze Rollkragenpullover unterstrichen ihre Größe noch. Neben ihr sickerte Wasser durch den Riß im Holz der Tür. Jemand hatte ein Handtuch auf den Boden gelegt. Es war völlig durchweicht. Die Zypressen vor den Fenstertüren ächzten im Wind, ihre Zweige kratzten gegen die Mauer. Neal saß am Schreibtisch, Computerausdrucke vor sich auf der Platte. Er fuhr mit dem Zeigefinger an einer Zeile entlang und runzelte vor Konzentration die Stirn.

Angela beachtete mich nicht, sondern sagte zu Sam: »Ich bin froh, daß du kommst. Seit einer Stunde gehen wir diese Aufstellungen durch, und er begreift den Unterschied zwischen einem Schulden- und einem Kreditkonto immer noch nicht.«
Neal schwieg dazu, er ballte und öffnete nur die Hand.
Sam schwieg ebenfalls. Er trat an den Schreibtisch und musterte die Ausdrucke. Angelas Blick wanderte von seinem Gesicht zu den Blättern in seiner Hand, und sie wurde sehr still. Ich setzte mich in einen der großen Ledersessel.
Nun sah Sam zu Angela und sagte: »Abakus«. Die Härte seines Tons war nicht zu überhören. Neal zuckte zusammen. Angela wurde steif. »Abakus«, wiederholte Sam. »Warum nicht einfach: Zahlungen?«
»Es ist nur ein Kennwort, Sam.«
»Hm-hm. Und Reg wohl auch?« Er deutete auf die Ausdrucke in seiner Hand. Angela biß sich auf die Lippen. »Möchtest du uns nicht aufklären, Angela?«
»Ich habe nicht gedacht, daß du in anderer Leute Privatsachen herumschnüffeln würdest!«
»Das ist *keine* Privatsache! Es sind Unterlagen über unser geschäftliches Projekt: Eingänge, Vorschüsse, Zahlungen. Aber es gibt zwei Arten von Zahlungen. Kannst du sie mir erklären?«
Sie wandte sich abrupt ab und starrte zur Fenstertür hinaus. Der Wind rüttelte an den Scheiben, ein leiser Luftzug war zu spüren.
»Wovon redest du überhaupt, Sam?« fragte Neal.
»Ich spreche davon, daß Angela zweierlei Bücher führt. Es geht um die Warenlieferanten. In einem Fall sind die Namen gleich, im anderen etwas verschieden, aber so gering, daß nur derjenige, der die Ware bestellte, den Unterschied hätte merken können. Und bei den Rechnungen mit den nicht ganz richtigen Namen sind die Beträge viel höher eingesetzt, und nur diese Rechnungen hat sie dir gezeigt.«
»Aber . . .« Neal fuhr herum und starrte Angela an. Sie stand mit dem Rücken zu ihm gewandt da und starrte in die Dunkelheit vor den Fenstern. »Aber ich habe alle Rechnungen kontrolliert, sie waren alle von den Leuten, die die Bestellung aufgegeben hatten, gegengezeichnet.«
»Es waren falsche Rechnungen und falsche Unterschriften.«
Neal brauchte ein paar Sekunden, um die Worte seines Bruders zu erfassen. »Und was bedeutet Abakus?«
»Siehst du das Code-Wort hier oben am Anfang des Blattes? Es ist

ein gar nicht komischer Scherz, den Angela mit sich selbst getrieben hat. Zu schade, daß wir die Anspielung verstanden haben!«
Auf Neals Wangen erschienen rote Flecken. Er murmelte etwas Unverständliches, stand auf und packte Angela am Arm. Er drehte sie herum und schleuderte sie gegen die Wand. Angst blitzte in ihren Augen auf.
»Stimmt es, du Miststück?« schrie Neal mit hoher, atemloser Stimme. »Stimmt das, was er sagt?«
Angela war sprachlos. Sie blickte voll Panik zu Sam, doch der sah weg.
»Antworte mir!« Neal schüttelte sie wild.
Ich wollte schon aufspringen, um ihr beizustehen, als sie sich von ihm losmachte und ihn so heftig zurückstieß, daß er rücklings gegen die Schreibtischkante fiel. »Laß deine dreckigen Finger von mir, du – du Eunuche!«
Neal hatte Mühe, sein Gleichgewicht wiederzufinden. Der Unterkiefer fiel ihm herab.
Mit einem Satz war Sam auf den Beinen und um den Schreibtisch. Er ergriff Neal am Arm und führte ihn zu einem Sessel. Neal keuchte. Ich hatte Angst, er würde einen Anfall bekommen.
Zu Angela gewandt sagte Sam: »Wir sprechen hier nicht über das Sexualleben von irgend jemandem, sondern über Unterschlagungen.«
Das Wort fiel zum erstenmal und schien Angelas Wut zu dämpfen. Sie legte die Finger an den Mund. Neal atmete immer noch schwer, aber er wirkte, als habe er sich wieder in der Gewalt.
Nach dreißig Sekunden sagte Angela: »Sam, ich wollte doch nicht –«
»Was wolltest du nicht? Meinen Bruder einen Eunuchen nennen? Oder willst du behaupten, daß du das Geld nur irrtümlich abgezweigt hast?«
»Sam –«
»Ich werde Anzeige erstatten. Wenn das Telefon nicht tot wäre und die Leute des Sheriffs Wichtigeres zu tun hätten, kämst du heute noch ins Gefängnis.«
»Sam!« Angela streckte die Hände aus. »Das kannst du mir doch nicht antun. Dazu sind wir schon zu lange befreundet. Ich zahle das Geld zurück. Jeden Penny.«
»Wir waren Freunde. *Waren*!«
Sie wandte sich ab und ging auf die Tür zu. Sam trat ihr in den Weg und fragte: »Wohin willst du?«

»Nach unten. Mein Großvater –«
»Es hat keinen Zweck, die Unterlagen zu vernichten. Ich habe den Ausdruck. Und auch die Diskette.«
Einen Augenblick schien es, als wolle sie ihm mit ihren langen roten Nägeln das Gesicht zerkratzen. »Mein Gott!« sagte sie und spielte die Gebrochene. »Wofür hältst du mich eigentlich?«
»Ich kenne dich. Du widerst mich an.«
Verzweifelt blickte sie sich um. Dann lief sie zu den Fenstertüren. Ich rannte ihr nach.
In diesem Augenblick wurde das Licht schwächer. Es flackerte noch einmal kurz auf und erlosch.

21

Die Stille im Zimmer war so vollkommen wie die Dunkelheit.
»Zum Teufel, was . . .«, begann Sam. Neal stöhnte. Und Angela rüttelte an der Fenstertür. Ich folgte dem Geräusch, bekam sie zu fassen und drehte ihr die Arme auf den Rücken.
»Lassen Sie das!« schrie Angela. »Ich muß nach unten. Mein Großvater ist ganz allein –«
Ich ließ nicht locker. »Als ich vor einer Stunde bei ihm hereinschaute, schlief er. Er wird das fehlende Licht nicht merken.«
»Wo sind die Taschenlampen, Neal?« fragte Sam.
»Ich weiß es nicht. Aber in einer der Schubladen liegen Kerzen. Unterhalb der Seegeschichte.«
»Wo?«
»Zweites Regal von der Tür.«
»Okay. Ich hole sie.« Ich hörte Sam langsam in Richtung Tür gehen und dann eine Schublade aufziehen. »Ich habe sie gefunden. Hat jemand Streichhölzer?«
Schweigen.
»Vielleicht sind welche im Schreibtisch.« Wieder war das Geräusch einer sich öffnenden Schublade zu hören, dann ein Herumkramen.
Angela stand so still, daß ich ihren Atem kaum bemerkte. Die Dunkelheit war total. Ich konnte keine Umrisse, Formen oder Schatten ausmachen. Es mußte draußen wirklich völlig dunkel sein – auf der ganzen Insel, vermutlich im ganzen Delta. Ich erschauerte.

»Ich hab Streichhölzer gefunden«, verkündete Neal.
»Gib sie mir!« Ich hörte Sam eine Kerze auf den Schreibtisch stellen, und dann flackerte Licht auf. Er stellte die dicke rote Kerze in einen Aschenbecher, mitten auf die Schreibtischunterlage.
Ich blickte um mich. Angela stand mit gesenktem Kopf da. Eine Haarsträhne hatte sich gelöst und hing ihr über den Nacken, was sie sehr verletzlich aussehen ließ. Neal saß zusammengesunken in seinem Sessel. Sam lehnte steif am Schreibtisch.
Nach ein paar Sekunden hob Angela die Augen und sagte: »Wenn Sie nichts dagegen haben, Sharon, dann –«
Ich warf Sam einen fragenden Blick zu.
Sam zuckte die Achseln. »Lassen Sie sie los. Bei diesem Sturm kann sie von der Insel nicht weg.«
Ich gab Angela frei. Sie rieb sich wütend die Arme und ging auf den Sessel zu, in dem ich gesessen hatte.
Seit das Licht erloschen war, herrschte im ganzen Haus eine ungewöhnliche Stille. Jetzt entstanden Geräusche, eilige Schritte, das Jammern eines Kindes, Worte. Die Bibliothekstür öffnete sich und Denny erschien im Türrahmen, in jeder Hand eine Taschenlampe.
»Hallo, hallo!« sagte er.
Sam lächelte grimmig und holte sich eine der beiden Taschenlampen. »Ich bin froh, daß du wußtest, wo sie aufbewahrt werden.«
»Hatte keine Ahnung. Aber glücklicherweise fand ich sie in der Anrichte.«
»Ich dachte, du hättest dich darum zu kümmern.«
»Ich habe sie gekauft, aber das heißt nicht, daß ich weiß, wo sie die anderen hinlegen.«
»Kannst du den Hilfsgenerator flottmachen?«
»Vielleicht, aber ich brauche Hilfe.«
»Wie wär's mit mir. Neal, kommst du mit?«
»Klar.« Es klang nicht begeistert.
Die drei verließen die Bibliothek. Ich wandte mich zu Angela und sagte: »Wir sollten nach Ihrem Großvater sehen.«
Ihre Augen verengten sich, sie schien eine scharfe Antwort geben zu wollen. Dann besann sie sich eines besseren und stand auf: »Ja, tun wir das.«
Das Wohnzimmer war leer. Der Wind fauchte im Kamin und blies Asche vom Rost. Der Regen platschte gegen die Scheiben, als würde man Wasser eimerweise gegen die Fenster gießen. In der Halle spiegelte sich das Kerzenlicht in den Prismen des Kron-

leuchters. Angela ging mir voraus ins Untergeschoß und den Gang entlang.
Am anderen Ende des Ganges konnte ich ein Kind monoton weinen hören, vermutlich Jessamyn. Der Wind heulte um das Haus und rüttelte an den Fenstertüren der Bar, als wollte er sie aus den Angeln heben. Das Jammern des Kindes wurde zum Schreien, dann rief Patsy: »Sei still, verdammt!«, und ein klatschendes Geräusch war zu hören.
Ich blieb stehen. Aber das ging mich nichts an – oder doch?
Stille. Dann hörte ich Patsy sagen: »O Gott, es tut mir leid!« Sie begann zu weinen. Durch ihr Geschluchze hörte ich Andrew sagen: »Ist schon gut, Mom. Ich finde die Taschenlampe, und du brauchst dich nicht mehr aufzuregen.«
Mein Neffe wieder in der Rolle des Familienvorstandes, dachte ich. Wo war Evans?
Angela war auch stehen geblieben. Sie sah mich fragend an. Ich schüttelte den Kopf, und wir gingen weiter.
Als sie die Tür zum Zimmer ihres Großvaters geöffnet hatte, rief sie entsetzt: »Wo ist er?«
Mir fiel ein, daß ich ihr nichts von meinem Verschieben des Bettes erzählt hatte. »Links von der Tür«, erwiderte ich. »Als ich vorhin nach ihm sah, war es so kalt beim Fenster. Da habe ich das Bett in eine wärmere Ecke geschoben.«
Sie ging auf das Bett zu. Dann blieb sie abrupt stehen und packte meinen Arm. Der Griff war so fest, als sei ihre Hand aus Metall. »Sehen Sie doch nur!«
Ich trat neben sie und hielt die Kerze höher. Tin Choy Won lag auf dem Rücken wie vorhin, aber die Zudecke war in Unordnung, der Bettüberwurf, mit dem ich ihn noch zusätzlich zugedeckt hatte, war halb herabgeglitten. Seine Arme waren gespreizt, der Kopf zur Seite gedreht. Spucke war ihm aus dem Mund getropft. Er war sehr still.
Ich machte mich von Angela los, gab ihr die Kerze, damit sie mir leuchtete, und trat ans Bett.
Ich beugte mich über den alten Mann. Seine Haut hatte eine bläuliche Färbung. Ich ergriff sein Handgelenk und suchte nach seinem Puls, dann legte ich meine Finger an seinen Hals, um die Arterie zu fühlen. Das Fleisch war noch warm, aber das Blut floß nicht mehr durch seinen Körper.
Angela stand da wie angefroren. Die Kerzenflamme flackerte im Luftzug.

Ich nahm die Hand weg und richtete mich auf. Was war passiert? Ein Herzanfall? Hatte er sich an seiner eigenen Spucke verschluckt? Der Mann war sehr alt gewesen. Während wir uns in der Bibliothek um Geld stritten, hatte er die letzten Augenblicke seines Lebens durchlebt – allein und hilflos.
Ich zog das Laken über sein Gesicht. »Es tut mir entsetzlich leid«, sagte ich zu Angela.
Sie starrte mich ausdruckslos an, und dann liefen ihr die Tränen über das Gesicht. Ich versuchte nicht, sie zu trösten. Das hätte sie nicht gewollt. Ich nahm ihr die Kerze aus der Hand, und da sah ich das Kopfkissen auf dem Boden neben dem Bett.
Ich blickte zum Fußende, wo ich vorhin das hinuntergefallene Kopfkissen hingelegt hatte. Die Stelle war leer. Dies hier glich ihm. Es steckte in einem Bezug, der mit kleinen roten Tulpen bedruckt war. Ich hob das Kopfkissen auf und untersuchte es. Die Seite, die auf dem Boden gelegen hatte, war zerdrückt und eingebeult. In der Mitte der Beule war ein feuchter Fleck – stammte er von dem Speichel, der Tin Choy Won aus dem Mund getropft war? Wer, dachte ich. Und wann und warum?

22

Im ersten Augenblick überlegte ich, ob Angela ihren Großvater ermordet hatte. Bei meinem Besuch bei ihm in Locke hatte er etwas davon gesagt, daß sie ihn umbringen wolle. Damals hatte es wie ein Scherz geklungen, aber vielleicht hatte er es tatsächlich ernst gemeint.
Doch warum hatte sie dann so lange gewartet? Sie hätte doch eine viel günstigere Gelegenheit wahrnehmen und alle Spuren verwischen können.
Außerdem *konnte* sie ihn gar nicht getötet haben. Sie war mit Neal in der Bibliothek gewesen, schon lange, ehe Sam und ich zu ihnen gestoßen waren. Jemand mußte gewartet haben, bis Sam und ich aus dem Büro nach oben gegangen waren, und dann in Mr. Wons Zimmer geschlüpft sein.
Aber warum? Weil er noch mehr wußte, nicht nur die Sache mit den Unterschlagungen? Weil er etwas Verdächtiges gesehen hatte? Das erschien mir sehr unwahrscheinlich. Außer mit Angela hatte er mit kaum jemandem Kontakt gehabt.

Angela. War sie wirklich die ganze Zeit in der Bibliothek gewesen? Und was diesen Punkt anbetraf, konnte ich auch wegen Neal nicht sicher sein. Und Sam? Ich wußte nicht genau, ob er die ganze Zeit auf seinem Zimmer geblieben war, ehe wir in die Bibliothek zu Angela und Neal hinuntergegangen waren.

Hör auf, ermahnte ich mich. Mit solchen Überlegungen machst du dich nur verrückt. Als nächstes verdächtigst du noch die Kinder.

Ich legte das Kopfkissen ans Fußende und sagte zu Angela: »Gehen wir hinauf, Sie brauchen einen Brandy.«

»Ich möchte nichts trinken.«

»Aber ich gehe hinauf und nehme die Kerze mit.«

Es sah so aus, als wollte sie darauf beharren, im Zimmer ihres Großvaters zu bleiben, doch dann sagte sie: »Wie Sie wollen« und ging zur Tür.

Ich schloß sie fest hinter mir und folgte ihr durch den Gang zur Treppe. In der Wohnung meiner Schwester war alles still. Nur der Wind heulte, der Regen rauschte. Als wir in der Halle ankamen, waren Stimmen zu hören. Denny, Sam und Neal waren im Wohnzimmer. Ihre Taschenlampen warfen groteske Schatten. Stephanie kniete beim Kamin und versuchte, das Feuer wieder zu entfachen.

»Erzählen Sie noch nichts vom Tod Ihres Großvaters«, sagte ich leise zu Angela. »Ich berichte es ihnen, wenn ich festgestellt habe, daß keines der Kinder anwesend ist, und zwar so, daß keiner in Panik gerät.«

Sie zog befremdet die Brauen hoch. »Warum sollten sie in Panik geraten? Er ist gestorben. Das tun die Leute jeden Tag.«

Wenn ich nicht vorhin ihre Tränen gesehen hätte, würde ich sie für herzlos gehalten haben. »Manchen Leuten behagt es nicht, in einem Haus zu sein, in dem ein Toter liegt«, antwortete ich. Und ein Ermordeter ist noch schlimmer, dachte ich, aber ich sagte es nicht.

Als wir eintraten, sahen alle zu uns her. »Was ist mit dem Generator los?« fragte ich.

»Der rührt sich nicht«, antwortete Denny. »Ein Haufen Schrott, den man gleich zu Anfang hätte ersetzen müssen. Aber keiner wollte auf mich hören.«

Jetzt war nicht die Zeit, auf diese Bemerkung näher einzugehen. »Was schlagen Sie vor, daß wir tun sollen?«

»Wir machen Feuer und hoffen, daß das Schiff des Sheriffs bald wiederkommt.«

Stephanie erhob sich und wischte sich die Hände an den Jeans ab.

Das Feuer begann, größer zu brennen. »Rechnet nur damit nicht«, sagte sie. »Ich habe vorhin Radio gehört. Bei Rio Vista ist eine Brücke zusammengebrochen, und auf der Deichstraße nach Isleton hat es einen Auffahrunfall gegeben. Da hat der Sheriff Wichtigeres zu tun, als nach uns zu sehen.«
Denny seufzte tief auf, Neal begann wieder die Hände zu ringen. Sam beobachtete ihn aufmerksam.
»Wo sind die anderen?« fragte ich.
»In der Küche«, antwortete Stephanie. »Jedenfalls habe ich vor ein paar Minuten von dort her Kinderstimmen gehört.«
»Wir müssen eine Besprechung abhalten – nur die Erwachsenen. Die Kinder –« Ich zögerte. Sie nach unten zu schicken, war in diesem Fall nicht angebracht. »Sie können in mein Zimmer hinaufgehen«, schloß ich den Satz.
Die anderen sahen mich erstaunt an, sagten aber nichts. Ich ging in die Küche, wo Evans, Patsy und die Kinder um den Küchentisch saßen. Der Kerzenständer aus dem Eßzimmer stand auf dem Tisch, und im Schein der Kerzen aßen die Kinder Käse und Cracker und tranken Milch. Evans und Patsy hielten große Gläser mit Rotwein in der Hand.
»Schönes Wetter haben wir«, sagte Patsy, mir zuprostend. »Ich wette, es tut dir leid, daß du hergekommen bist.«
Das stimmte zwar, aber jetzt war nicht die Zeit, sich näher zu diesem Thema zu äußern. »Die Erwachsenen wollen im Wohnzimmer eine Besprechung abhalten«, sagte ich, so neutral wie möglich, was mir nicht ganz gelang. »Wir kriegen den Generator nicht in Gang und müssen uns beraten, wie es weitergehen soll.«
Evans erhob sich sofort. »Okay«, sagte er zu den Kindern. »Ihr bleibt hier und eßt fertig. Und rührt mir nicht die Kerzen an!«
»Vielleicht wäre es besser, wenn sie mit dem Essen in mein Zimmer hinaufgingen.«
»Dort ist es kalt und dunkel«, protestierte Patsy.
Die Kinder beobachteten uns neugierig. »In der Anrichte sind Reservetaschenlampen«, sagte ich. Ich ging mit der brennenden Kerze, die ich immer noch in der Hand hielt, hinein, und entdeckte in einer offenen Schublade mehrere Taschenlampen. Ich nahm die größte heraus und reichte sie Andrew.
»Du bist der Anführer«, sagte ich zu ihm. »Wir rufen euch, wenn ihr runterkommen könnt.«
Seltsamerweise sah er mich nicht an, sondern scheuchte seine Schwestern nur aus der Küche. Ich merkte, wie Patsy empört dar-

über war, daß ich die Kinder so herumkommandierte, doch ehe sie etwas sagen konnte, erklärte ich: »Entschuldige, bitte, dies ist ein Notfall. Kommt mit ins Wohnzimmer.«
Evans und Patsy sahen sich unentschlossen an und verließen dann die Küche. Ich blies die Kerzen aus und folgte ihnen. Im Wohnzimmer nahmen Evans und Patsy etwas entfernt von der Gruppe am Kamin Platz. Ich stellte mich mit dem Rücken zum Feuer, und es machte mir ein perverses Vergnügen, daß ich den Löwenanteil der Wärme abbekam. Die Gesichter, in die ich sah, waren alle angespannt, außer Angelas. Sie wirkte geistesabwesend, vermutlich hatte sie einen Schock.
Der Regen trommelte gegen die hohen Fenster, die Zypressenzweige schlugen gegen die Hauswand. Ein lautes Krachen war zu vernehmen, und Denny sagte: »Ein Ast, wahrscheinlich von der großen Ulme. Sie ist ziemlich morsch, es würde mich nicht wundern, wenn sie umfällt. Und eine Menge von den alten Obstbäumen wird's auch erwischen.«
Keiner machte eine Bemerkung dazu, und so sagte ich nach einer Weile: »Außer dem Sturm haben wir noch ein Problem. Angelas Großvater ist gestorben.«
Ein Gemurmel entstand, und alle sahen Angela an, die weiter geistesabwesend vor sich hinstarrte.
»Ich finde, die Kinder sollten es nicht erfahren«, fuhr ich fort. »Gibt es einen Schlüssel zu dem Zimmer?«
Patsy räusperte sich. »Ich glaube, einer paßt zu allen Türen. Er hängt an einem Bund in der Anrichte.«
»Gut. Wenn wir hier fertig sind, kümmerst du dich dann darum, daß abgeschlossen wird?
»Natürlich.«
»Also«, fuhr ich fort, »es ist ziemlich klar, daß das Boot des Sheriffs nicht wiederkommt –«
»Wieso?« fragte Evans dazwischen.
Stephanie wiederholte, was sie bereits den anderen erzählt hatte. Evans preßte den Mund zusammen und legte den Arm um Patsy, wie um sie zu trösten.
»Und so«, fuhr ich fort, »halte ich es für das beste, wenn jeder ein bestimmtes Aufgabengebiet übertragen bekommt, bis der Sturm vorbei ist.«
Neal stand auf. Seine Fäuste waren geballt. »Wer hat Ihnen gesagt, daß Sie so etwas entscheiden können?« fragte er. »Das ist meine Insel, und –«

»Setz dich, Neal«, sagte Sam.
Neal starrte seinen Bruder wütend an, setzte sich aber.
»Ich finde, Denny sollte die Leitung übernehmen. Er hat ohnehin die meisten Vorbereitungen für den Notfall ausgeführt.« Das war wieder eine meiner Entscheidungen, die ich ganz instinktiv getroffen hatte. Ich hoffte zu Gott, daß sie richtig war.
Denny sah fragend die anderen an. Sam und Stephanie nickten aufmunternd, Patsy und Evans schlossen sich einen Augenblick später an. Angela blieb in ihrer privaten Welt. Neal hatte die Augen niedergeschlagen und ballte immer wieder die Fäuste. Schließlich erhob sich Denny und nahm meinen Platz beim Feuer ein. Ich setzte mich auf einen Hocker, ein paar Meter entfernt.
Denny erwies sich als ruhiger, fähiger Anführer. Sofort schlug er vor, daß ich für die Sicherheit zuständig sein und Sam oder Stephanie zu Hilfe rufen sollte, wenn ich Unterstützung brauchte. Zu meiner Erleichterung fragte niemand, warum es notwendig war, sich um die Sicherheit des Hauses und der Menschen darin zu kümmern.
Sturmschäden am Haus würden von Stephanie, Sam und ihm selbst behoben. Könnte sich Neal um das Feuer kümmern und dafür sorgen, daß Kerzen und Streichhölzer immer in Reichweite waren und die medizinische Versorgung funktionierte? Ja, erwiderte Neal nach einem Augenblick, er würde das übernehmen.
»Wir müssen mit den Taschenlampenbatterien sparsam sein«, erklärte Denny, »und dürfen auch nicht zuviel Holz verbrauchen. Sammle doch alle Decken und Kissen ein und bring sie herunter. Es hat keinen Zweck, daß wir in unseren kalten Zimmern hocken und frieren, wenn wir uns hier gemeinsam vor dem Feuer wärmen können.«
Neal nickte, und ich beglückwünschte Denny im stillen zu dem Einfall. Es kam meinen Plänen entgegen, aber aus einem anderen Grund: Ich wollte sie versammelt haben, damit ich alle im Auge behalten konnte.
»Natürlich ist Evans für die Ernährung zuständig«, fuhr Denny fort. »Einfaches Essen. Und benütz den Ofen nicht. Ich weiß nicht, ob die Gasleitungen sicher sind. Patsy, du kannst ihm helfen, wenn du dich nicht um die Kinder kümmern mußt. Wir brauchen was Kräftiges und Kaffee. Keinen Alkohol.«
Patsy betrachtete ihr halb ausgetrunkenes Weinglas und stellte es auf dem Tischchen ab. Evans machte es ihr nach.
Denny sah Angela an, sein Blick war voller Mitgefühl.

Da sagte Sam rasch: »Angela hatte einen Schock. Ich glaube nicht, daß wir von ihr Hilfe erwarten können – zumindest im Augenblick nicht.«
Angela rührte sich nicht.
»Okay«, sagte Denny, »ist jedem klar, was er zu tun hat?«
Es entstand ein allgemeines bestätigendes Gemurmel. »Machen wir unsere Sache gut und beweisen wir dem Hilfssheriff, daß wir doch keine realitätsfremden Idioten aus der Stadt sind.«
Evans und Stephanie klatschten Beifall, und ich hatte das verrückte Gefühl, wir seien eine Fußballmannschaft, die jetzt aus ihrer Kabine aufs Spielfeld lief.
Die Gruppe zerstreute sich rasch. Ich beobachtete, wie Sam zu Angela ging, sich neben ihr niederkniete und beruhigend auf sie einsprach. Sie reagierte nicht. Er nahm ihre Hände in die seinen, massierte sie und redete weiter. Einen Augenblick später neigte sie ein wenig den Kopf und begann zu weinen.
Ich ging hinaus und holte mir eine Taschenlampe aus der Anrichte. Als ich Dennys riesigen Regenmantel dort hängen sah, zog ich ihn an. Ich wollte die Waffe aus dem Wagen holen.
Als ich versuchte, die schwere Eingangstür hinter mir zu schließen, hätte sie mir der Wind beinahe aus dem Fingern gerissen. Ich mußte beide Hände gebrauchen, um sie zuzuziehen. Der Regen peitschte mir ins Gesicht. Die Wagen in der mit Schlamm und Zweigen bedeckten Auffahrt waren kaum zu erkennen. Der VW-Bus wackelte bedenklich, als könnte er jeden Augenblick umgeblasen werden. Aber mein MG schien in Ordnung zu sein. Jedenfalls dachte ich das, bis ich die eingeschlagene Scheibe neben dem Beifahrersitz sah. Die Tür zum Handschuhfach lag auf dem Sitz, der Inhalt war über den Boden verstreut. Nur eines fehlte – die 38er war verschwunden.
Entgeistert starrte ich auf das aufgesprengte Handschuhfach. Ich war überzeugt, daß der Mörder diese Verwüstung angerichtet hatte. Aber wieso hatte er gewußt, wo die Waffe gewesen war? Nicht einmal meine Schwester hatte eine Ahnung von meinem Waffenversteck.
Da fiel es mir ein – natürlich. Nach meinem Ausflug zu Max' Hütte hatte ich die Waffe wieder im Handschuhfach verstaut. Jeder hätte mich dabei beobachten können, obwohl ich mich erst in den Wagen gesetzt hatte, bevor ich die Waffe aus der Tasche nahm.
Ich preßte mein Gesicht gegen das kalte, feuchte Wagendach.

Hilflosigkeit und Wut stiegen in mir hoch, und ich schlug mit den Fäusten gegen das Metall, bis ich erschöpft war. Schließlich richtete ich mich auf und kämpfte mich durch Wind und Regen zurück ins Haus.

Sam kam gerade aus dem Wohnzimmer. Hinter ihm konnte ich Neal sehen, der Decken und Kissen vor dem Kamin aufbaute. Angela lag mit geschlossenen Augen auf einem Sofa, eine Decke bis ans Kinn hochgezogen. Ich blieb vor Sam stehen und starrte ihn an. Was wußte ich eigentlich von ihm? Konnte ich ihm trauen? Das hatte ich zuvor schon getan, aber da handelte es sich nur um finanzielle Probleme, sein Fachgebiet. Hier ging es um Leben und Tod, und ich wußte nicht, wie er reagieren würde. Vielleicht geriet er in Panik oder, was noch schlimmer war, würde mir nicht glauben.

»So einen Blick habe ich mal bei einer Sitzung gesehen, als man versuchte, den Generaldirektor abzusetzen«, sagte Sam.

Wieder beschloß ich, die Wahrheit zu sagen. »Ich muß mit Ihnen sprechen. Aber nicht hier. Wo wir ungestört sind.«

»In der Bibliothek.«

Das Zimmer war noch kälter als vorhin. Ich zog Dennys Regenmantel aus und ließ ihn auf einen Stuhl fallen. Ich schloß die Tür hinter mir, während Sam seine große Taschenlampe auf den Schreibtisch legte.

»Was gibt es?« fragte er.

»Wir haben ein Problem. Schlimmer als Mr. Won oder der Orkan.«

»Ja, Angela ist in ziemlich schlechter Verfassung –«

»Sam . . . Tin Choy Won wurde ermordet. Mit einem Kissen erstickt.«

Schweigen. Sam strich sich mit dem Finger über den Schnurrbart.

»Mein Gott, weiß sie es?«

»Keiner weiß es, außer Ihnen und mir. Aber es kommt noch schlimmer. Jemand hat meine Waffe aus meinem Auto gestohlen!«

Er atmete tief ein, hielt ein paar Sekunden die Luft an und atmete explosionsartig wieder aus.

»Sam, wer immer Mr. Won getötet und die Waffe gestohlen hat –«

»Ist einer von uns.«

»Ja. Und ich habe keine Ahnung wer!«

23

Gegen elf Uhr an jenem Abend wußte ich, wie sich ein einigermaßen friedfertiges Tier fühlt, wenn es mit Vertretern nicht ganz so friedlicher Arten eingesperrt ist.
Zuerst hatten die Bewohner unseres selbstgebauten Käfigs getan, als sei der Orkan ein großes Abenteuer. Wegen der Kinder, hatte Patsy behauptet, doch ich spürte, daß sie dieses Täuschungsmanöver auch um ihres eigenen Seelenfriedens aufrechthielt. Evans hatte Sandwiches gemacht, dazu gab es rohes Gemüse mit Saucen, Popcorn und Kaffee, den er über den brennenden Scheiten im Kamin kochte.
Nach dem Essen bettete Patsy Kelley und Jessamyn in Steppdekken auf den Fußboden und erzählte ihnen ein Märchen, das Denny dann weiter ausspann, indem er eine zornige Ente erfand, die bei Rio Vista eine Zugbrücke bediente. Auch alle anderen beteiligten sich an diesem Spiel.
Ich saß etwas abseits auf einem Kissen beim Durchgang zur Halle. Die Szene vor mir erschien mir seltsam unwirklich. Eine Atmosphäre unterdrückter Angst war im Zimmer zu spüren. Natürlich war ich für sie empfänglicher als die übrigen, da ich wußte, daß einer der Erzähler ein Mörder war. Seine früheren Aktionen hatten bewiesen, daß er auch nicht davor zurückschreckte, Kinder als hilflose Schachfiguren in seinem Spiel des Terrors zu verwenden.
Gegen Mitternacht war von den Kindern nur noch Andrew wach. Er hatte seine Kissen und Decken zur anderen Seite des Zimmers getragen, an die Wand zwischen zwei Fenstern. Als Patsy protestierte, weil es dort zu kalt sei, hatte er sie einfach nicht beachtet. Auch auf Evans, der seine Partei ergriff, reagierte er nicht. Er baute sich sein Nest, legte den Zeichenblock auf die Knie und begann zu zeichnen. Ich entdeckte, daß er mir hin und wieder einen kalten, dunklen Blick zuwarf, und ich fragte mich, was nicht stimmte, aber vor den anderen wollte ich ihn nicht fragen. Früher oder später mußte er auf die Toilette. Ich beschloß, ihn zur Rede zu stellen, wenn er das Zimmer verlassen hatte.
Angela lag still auf dem Sofa. Sie hatte weder etwas essen noch trinken wollen, sondern nur das Gesicht zur Sofalehne gedreht. Denny hatte sich auf dem Boden ausgestreckt, die Hände über dem Bauch gefaltet. Neben ihm saß Neal auf einem Hocker und las in einem Buch aus der Bibliothek. Er blätterte selten um, so

daß ich das Gefühl hatte, er sei nicht ganz bei der Sache. Stephanie hockte beim Feuer, stocherte in den Flammen und bewegte oft minutenlang keinen Muskel. Das Transistorradio neben ihr war auf den Wettersender eingestellt, und die leise Stimme des Sprechers wirkte seltsam ruhig im Gegensatz zu dem draußen tobenden Orkan.

Der Orkan, sagte der Sprecher, habe an Heftigkeit bisher nicht nachgelassen. Die Nationalgarde sei mobilisiert und das Delta zum Notstandsgebiet erklärt worden. Bei Isleton war ein Damm gebrochen, viele Häuser standen unter Wasser. Die fortgespülte Brücke bei Rio Vista hatte viele Autofahrer abgeschnitten, mindestens zwölf Wagen waren ins Wasser geglitten oder geblasen worden. Die Gegend am Russian River war am meisten betroffen, das Wasser war über die höchste, hundert Jahre alte Flutmarke gestiegen. Katastrophenopfer –

Plötzlich setzte sich Angela auf und schrie. Sie preßte die Hände an die Ohren, warf den Kopf vor und zurück und schrie, wieder und wieder. Sams Augen wurden groß, er wollte zu ihr hinlaufen, aber ich winkte ab. Patsy war dem Sofa am nächsten und schon bei ihr. Beide kleinen Mädchen fingen an zu weinen. Andrews Augen glichen schwarzen Löchern.

Patsy legte die Arme um Angela und bemühte sich, sie zu beruhigen, doch sie warf den Kopf nur noch stärker hin und her. Sie schrie zusammenhangloses Zeug, doch was wir verstanden, sprach eine deutliche Sprache.

»Sie sollen still sein . . . Katastrophenopfer . . . mein Großvater ist *tot* . . .«

Schließlich war ihre Energie verbraucht, und sie lehnte sich schluchzend an Patsy. Im Zimmer war es sehr still. Sogar die kleinen Mädchen hatten aufgehört zu weinen.

Andrew sah mich an und fragte rundheraus: »Mr. Won ist tatsächlich tot?«

Ich hatte es für günstig gehalten, daß die Kinder, mit der neuen Situation im Haus so beschäftigt, nicht nach dem alten Mann unten gefragt hatten. Jetzt dachte ich, daß es wohl besser gewesen wäre, sie gleich einzuweihen. Ich überlegte, ob ich behaupten sollte, Angela sei nicht ganz richtig im Kopf, aber ich wußte, daß zumindest Andrew mir das nicht abkaufen würde. Und ich wußte auch, daß meine nächsten Worte über unsere künftige gute oder schlechte Beziehung entschieden – und darüber, wie er selbst mit dieser Krise fertig würde.

Ich sah zu Patsy hinüber, aber die hatte alle Hände voll mit Angela zu tun. Evans war zu den kleinen Mädchen gegangen und wirkte nicht, als ob er Stellung beziehen wollte.
»Mr. Won ist vor ein paar Stunden gestorben«, sagte ich.
»Wie ist er gestorben?« fragte Andrew.
In dieser Beziehung mußte ich lügen. Nur Sam und ich kannten den wahren Sachverhalt. »Er war alt und sehr krank. Wahrscheinlich hat er sich auf dem Weg hierher eine Lungenentzündung geholt.«
Das Gesicht meines Neffen veränderte sich. Es war, als ziehe sich seine Kopfhaut zurück, seine Züge traten schärfer hervor. Seine Augen verengten sich, er schob das Kinn vor. »Unsinn!« sagte er. »Was für ein großer Unsinn! Mr. Won ist ermordet worden.«
Die Hölle brach los. Kelley und Jessamyn begannen zu schreien. Angela warf sich wieder hin und her und rief: »Nein, nein, nein . . .« Die übrigen Erwachsenen stießen erstaunte Rufe aus. Sam sprang auf und wollte zu Andrew gehen, aber ich war vorher bei ihm. Ich packte seinen Arm, zog ihn hoch und schob ihn vor mir her aus dem Zimmer. Erst in der Anrichte hielt ich an. Ich stellte ihn in eine Ecke und leuchtete ihm mit meiner Taschenlampe ins Gesicht.
»Also«, begann ich, »warum hast du so was gesagt?«
Vom Licht geblendet schloß er die Augen. Seine Lippen verzogen sich feindselig. Am liebsten hätte ich ihn bei den Schultern gepackt und geschüttelt. Statt dessen legte ich die Lampe auf ein Regal und faltete die Hände so fest, daß mir die Finger schmerzten. »Warum hast du das gesagt, Andrew?«
»Weil es wahr ist.«
»Du wußtest doch nicht einmal, daß er tot war.«
»O doch. Warum glaubst du, habe ich keine Schwierigkeiten gemacht, als ich mit den Mädchen hinaufgehen sollte, damit du und deine *Erwachsenen* ihre verdammte *Erwachsenen*konferenz abhalten konnten?«
Ich schwieg, die Finger immer noch fest gefaltet.
»Glaubst du, ich bin blöd?«
Ich ignorierte die Bemerkung. »Wußten Kelley und Jessamyn es auch?«
»Ich habe es ihnen nicht gesagt, ich wollte sie beschützen. Ich habe es niemandem erzählt.«
»Und ich wollte *dich* beschützen«, sagte ich. Andrew wirkte

nicht überzeugt, doch seine Feindseligkeit ließ nach. »Gehen wir in die Küche und reden wir darüber.«
Wir setzten uns an den Küchentisch, der voller Essensreste war. Eine aufgeregte Unterhaltung klang aus dem Wohnzimmer. Der Orkan heulte hier noch lauter.
»Okay«, sagte ich. »Warum glaubst du, daß Mr. Won ermordet worden ist?«
»Weil ich den Mörder gesehen habe.«
Ich straffte mich. »Wann?«
»Als der Sturm richtig losbrach. Gegen fünf oder halb sechs.«
»Wo?«
»Er kam aus Mr. Wons Zimmer. Ich hatte die Zeichnungen gemacht, die du haben wolltest, und war unterwegs, um sie dir raufzubringen. Die Person trat aus dem Zimmer –«
»Wer war es?«
»Es war dieselbe, der ich schon mal gefolgt bin.«
Ich schwieg und überlegte, ob Andrew nur ein Opfer seiner zu regen Phantasie war, die ich noch angeheizt hatte, indem ich sein Zeichentalent für meine Nachforschungen eingespannt hatte.
»Wirklich«, beharrte Andrew, »ich habe ihn gesehen, aber nicht sehr deutlich. Es war schrecklich dunkel im Gang. Er verschwand in der Bar.«
»Bist du ihm gefolgt?«
»Diesmal nicht. Wer immer es ist – er kennt sich aus. Und bedenke, was mir beim letztenmal passiert ist.« Er klopfte auf seinen Gips.
»Was hast du dann getan?«
»Ich ging in Mr. Wons Zimmer. Ich wollte dich holen, wie du mir das geraten hattest, aber Mr. Won ist . . . war so ein netter, alter Mann, und ich wollte mich überzeugen, ob er in Ordnung war. Bevor er richtig krank wurde, hat mich Evans mit Tee zu ihm geschickt, und er hat sich mit mir unterhalten und mir versprochen zu zeigen, wie man chinesische Schriftzeichen malt. Ich mochte ihn . . .« Andrews Mund begann zu zittern.
»Erzähl, was du im Zimmer entdeckt hast«, sagte ich rasch.
»Er lag im Bett, ein Kissen auf dem Gesicht. Ich nahm es weg. Er war tot. Eine Freundin von Mom ist mal bei uns zu Hause gestorben, deshalb weiß ich, wie Tote aussehen.«
Patsy hatte mir nie davon erzählt, aber, wie ich entdeckt hatte, gab es viele Dinge, die ich von meiner Schwester nicht wußte. »Und weiter?«

»Ich wußte sofort, was los war. Ich habe im Fernsehen eine Menge Krimis gesehen und weiß, daß man jemanden mit einem Kissen ersticken kann.«
»Und was tatest du dann?«
»Ich wollte dich holen. Aber dann tauchte Mom im Gang auf und sagte, ich sollte auf die Mädchen aufpassen. Ich wollte ihr keine Angst machen ... nun, ich denke immer, ich sollte die Leute beschützen, genau wie du.«
»Du hast dich also um deine Schwestern gekümmert?«
»Ja. Mom kam gerade zurück, als das Licht ausging. Danach war sie nicht gerade in Hochform.«
»Und Evans?«
»Er war sicherlich in der Küche.«
»Sagte deine Mutter, wohin sie wollte, als sie dich bat, auf die Mädchen aufzupassen?«
»Nein.«
»Hast du sonst jemanden unten gesehen?«
»Nein.«
»Irgend etwas gehört?«
»Nein.«
»Und die Zeichnungen, die du mir zeigen wolltest?«
Er sah mich einen Augenblick verständnislos an. »Komisch«, sagte er dann, »ich hatte sie dabei, als ich Mr. Wons Zimmer betrat, aber danach erinnere ich mich nicht mehr an sie. Ich muß sie fallen gelassen haben. Jedenfalls weiß ich, daß ich das Kissen fallen ließ. Ich war ziemlich durcheinander.«
Als Angela und ich Tin Choy Wons Leiche entdeckten, hatten keine Zeichnungen dagelegen. »Kannst du sie noch mal machen?«
»Vermutlich schon.«
»Versuch es!« Ich zögerte, dann stellte ich meine letzte Frage. »Warum hast du mir später nicht von Mr. Won erzählt, Andrew?«
Er blickte weg. »Vermutlich, weil ich beleidigt war. Ich merkte, daß du alles wußtest. Es konnte für diese blöde Erwachsenenkonferenz keinen anderen Grund geben. Ich war wütend, weil du mich wie einen kleinen Jungen behandelt hast.«
»Bitte, sei nicht wieder unvorsichtig. Wenn du irgend etwas Seltsames entdeckst – irgend etwas –, dann komm sofort zu mir.«
»Okay.« Er warf einen Blick über die Schulter, in Richtung der lauten Unterhaltung, die zu uns hereindrang. »Ich hab für eine große Aufregung gesorgt, was?«

»Ja. Und jetzt gehst du rein und entschuldigst dich und sagst, daß du die ganze Geschichte erfunden hast.«
»Warum denn das?«
»Geh rein und benimm dich wie ein guter Junge.«
»Du willst vielmehr, daß ich mich wie ein Dummkopf benehme!«
»Ich würde dich nicht darum bitten, wenn es nicht notwendig wäre. Sie sollten doch nicht in Panik geraten, oder?«
»Nein.«
»Dann spiel mit.«
Er seufzte. Dann sagte er mit der weisen Resignation eines Elfjährigen: »Na schön. Ich hab mich schon früher wie ein Dummkopf benommen. Da kann ich es auch wieder tun.«

24

Als Andrew und ich ins Wohnzimmer zurückkehrten, hob sich die Gruppe vor dem Kamin wie ein schwarzer Schatten gegen den flackernden goldorangefarbenen Hintergrund ab. Die Flammen züngelten den Kamin hoch, von einem plötzlichen Luftzug in den Schornstein gesogen. Genauso schnell fuhr eine Windbö herab und drückte auf das Feuer. Eine Rauchwolke verbreitete sich im Zimmer, und eine der Silhouetten – Stephanie – ging zum Kamin und stocherte mit dem Schürhaken in den Scheiten.
Andrew neben mir wurde steif und packte meinen Arm.
»Komm schon!« sagte ich.
»Nein, du –«
»Doch. Jetzt.« Ich schob ihn vorwärts.
Da bemerkte ich, daß nicht so viele Menschen im Zimmer waren wie vorhin. Denny saß zusammengesunken auf einem Sitzkissen. Evans und Patsy hatten sich auf dem Boden niedergelassen, jeder eines der kleinen Mädchen im Arm. Neal wanderte mit auf dem Rücken verschränkten Armen auf und ab. Sam und Angela waren verschwunden.
Als ich mich nach ihnen erkundigte, sagte Stephanie: »Angela wurde hysterisch und rannte hinaus. Sam folgte ihr.«
»Wohin?«
Sie zuckte die Achseln, richtete sich auf und legte den Schürhaken an seinen Platz. »Nach unten. Sie hatte die verrückte Vorstellung, daß ihr Großvater sie braucht.«

»Das Zimmer ist doch abgeschlossen?« fragte ich Patsy.
»Ja. Und den einzigen Schlüssel habe ich. Wahrscheinlich hat Sam sie in ihr eigenes Zimmer gebracht, damit sie sich beruhigt.«
Wenn ich Sam nicht etwas gekannt hätte, wäre ich sicherlich verwundert gewesen, daß er sich so um jemanden kümmerte, den er verhaften lassen wollte. Aber ich fand sein Verhalten völlig logisch. Er war leicht zu verletzen, ärgerte sich schnell, war aber auch sehr mitfühlend. Und er wußte, er war der einzige Mensch, dessen Freundlichkeit Angela jetzt ertragen konnte.
Stephanie hatte eine Flasche Brandy entkorkt und goß sich reichlich ein. Mit fragendem Blick hielt sie die Flasche hoch.
»Wir hatten doch vereinbart – kein Alkohol!« bemerkte Denny.
»*Du* hast das gesagt, aber keiner hat dir zugestimmt. Es ist einfach zu kalt.« Denny blickte zum Feuer. »Möchte noch jemand?« fragte Stephanie in die Runde.
»Ich trinke einen Schluck«, sagte Patsy.
»Ich auch.« Evans gab Jessamyn meiner Schwester und holte die Drinks.
Ich lehnte mit einem Kopfschütteln ab. Neal marschierte schweigend weiter auf und ab.
Andrew stand immer noch steif neben mir. Ich sagte: »Andrew möchte sich entschuldigen.« Andrew schwieg. »Na, los, Andrew!«
»Tut mir leid, was ich wegen Mr. Won gesagt habe.«
»Und?«
»Er wurde nicht ermordet. Das habe ich erfunden.«
Es klang so überzeugend wie ein Wetterbericht, der uns eine klare und trockene Nacht versprochen hätte.
»Das ist alles Unsinn«, sagte Denny.
Patsy starrte ihn wütend an. »Mein Sohn ist kein Lügner.«
Evans berührte sie am Arm und reichte ihr das Brandyglas. »Er sagt nicht die Wahrheit, Pats. Meiner Meinung nach ist er von seiner Tante Sharon präpariert worden.«
Andrew sah mich mit einem Blick an, der sagte: Na, ich hab's versucht. Alle anderen blickten mich jetzt auch an – vorwurfsvoll. Ich fühlte, wie sich mein Magen zusammenzog, als ich mir eingestehen mußte, daß mein Plan nicht geklappt hatte. »Sie haben recht, Evans, ich bat ihn, das zu sagen, weil ich nicht wollte, daß irgend jemand von Ihnen in Panik gerät.«
Es entstand ein Schweigen, das sich immer mehr ausdehnte, während jedem von ihnen allmählich bewußt wurde, was tatsächlich

geschehen war – daß Tin Choy Won ermordet worden war und sein Mörder sich hier auf der Insel befand.
Der Wind heulte im Kamin, die Flammen zischten, und das zuunterst liegende Holzscheit brach in zwei Teile, einen Funkenschauer versprühend.
Automatisch ergriff Stephanie den Schürhaken, und während sie im Kamin herunmstocherte, fragte sie mit einer Stimme, die rauher als gewöhnlich klang: »Wie wurde der alte Mann getötet?«
Ich beschloß, den alten Trick anzuwenden und eine falsche Auskunft zu geben, in der Hoffnung, der Mörder würde sich verraten, weil er wußte, daß dies nicht stimmte. »Er wurde erhängt. Es war nicht schwierig. Er war sehr schwach.«
Andrew neben mir gab einen erstickten Ton von sich. Ich kniff Andrew in den Arm, ließ aber meinen Blick nicht von den anderen. Sie zeigten verschiedene Grade von Angst, aber keinen Unglauben.
Patsy räusperte sich. »Wer . . .«
»Ich weiß es nicht.«
Sie sah sich um und fuhr sich mit der Hand an den Hals. Einen Augenblick lang fürchtete ich, sie würde schreien, aber sie sagte nur mit leiser Stimme: »Es ist einer von uns?«
Ich konnte ihr darauf keine Antwort geben.
»Ach, Shari, es ist einer von uns, nicht wahr? Die ganze Zeit hast du davon geredet, daß jemand von außerhalb auf die Insel gekommen ist und all die schrecklichen Dinge getan hat. Dabei wußtest du immer, daß es einer von uns war. Du hast es uns verschwiegen, und die ganze Zeit war der Mörder hier –«
Evans packte sie und preßte ihr die Hand auf den Mund. Kelley und Jessamyn begannen wieder zu weinen. Ich gab Andrew einen kleinen Stoß. »Geh zu deinen Schwestern! Evans muß sich jetzt um deine Mutter kümmern.«
«Aber ich muß –«
»Geh schon!«
Er ging zu ihnen, setzte sich zwischen die beiden auf den Boden und umarmte sie. Die Mädchen weinten noch mehr.
Neal rollte die Augen und legte die Hände auf die Ohren. »Um Gottes willen, Evans, sie sollen den Mund halten. Beruhige sie, sie machen mich verrückt!«
Stephanie richtete sich auf und trat einen Schritt auf Neal zu. »Halt du lieber den Mund. Es sind kleine Kinder. Aber du solltest eigentlich erwachsen sein.«

Er drehte sich ihr zu und schlug ihr mit der flachen Hand ins Gesicht. Sie zuckte zurück und fuhr sich mit den Fingern an die Wange.
Neals Stimme war so hoch und heiser wie das Pfeifen einer Dampfpfeife. »Ich bin erwachsen, erzähl mir nicht, daß ich nicht erwachsen wäre!«
»Du benimmst dich wie ein Dreijähriger. Was ist überhaupt los mit dir, bist du verrückt geworden?«
»Sag so was nicht zu mir! Sag nicht, daß ich verrückt wäre!«
»Ach, laß mich in Ruhe!« Stephanie ging auf die Tür zu. Ich vertrat ihr den Weg. Mit zusammengezogenen Brauen sah sie auf mich hinunter. »Sie werden mir jetzt nicht erzählen, was ich zu tun habe!« sagte sie.
»Bitte, Steff«, mischte sich Denny ein. »Sie ist nur um deine Sicherheit besorgt.«
Sie zuckte die Achseln und ging zu einem Sessel am anderen Ende des Raumes.
»Bitte, setz dich, Neal«, sagte Evans. »Ich versuche, die Kinder zu beruhigen. Sie sind schon friedlicher, siehst du?«
Ironischerweise hatte Neals hysterischer Ausbruch die Mädchen zum Schweigen gebracht. Neal schien sie zu faszinieren. Sie starrten ihn mit aufgerissenen Mündern sprachlos an.
Neal merkte, wie sie ihn anblickten, und rief wütend: »Mach, daß sie damit aufhören!«
»Sie tun doch gar nichts«, entgegnete Evans. »Du übertreibst immer gleich so –«
»Tu nicht so herablassend! Schon in der Klapsmühle warst du so zu mir, immer . . .«
»Neal, bitte!« Ein warnender Unterton schwang in Evans' Worten mit.
»Sogar in der Klapsmühle hast du dich aufgespielt: ›Neal, ich bin nicht so schlimm dran wie du, ich bin nur hier, um mich zu erholen. Aber du bist verrückt.‹ Ja, sogar damals –«
Evans stand auf. »Beruhige dich. Du weißt, was passiert –«
»Was für eine Klapsmühle?«, fragte Patsy da.
Beide wandten den Kopf nach ihr um. Über Neals Gesicht flog ein triumphierendes Lächeln. »Natürlich! Evans hat dir nichts davon erzählt.«
»Von was?«
»Von der Klapsmühle. Man hat mich nach dem Tod meiner Eltern dort hingeschickt – ins Heim für geistig leicht Behinderte, wie wir

es nannten. Und Evans leistete mir Gesellschaft – nachdem er seine Frau umgebracht hatte.«
»Seine Frau?« Patsy blickte von Neal zu Evans. Evans streckte hilflos die Hände aus.
Neals Lächeln wurde fast höhnisch. »Ach, du Ärmste, er hat dir ja überhaupt nichts erzählt. Er hatte eine hübsche Frau, Emily. Er heiratete sie nach seinem ersten Jahr in Yale. Und fünf Monate später tötete er sie –«
»Du gemeiner Kerl –«, sagte Evans drohend.
»Nein!« Patsys Stimme war so kalt wie der Wind, der am Haus rüttelte. »Ich will das nicht hören.«
Evans ließ die Hände sinken, mit denen er Neal an die Kehle hatte fahren wollen.
»Es war ein Autounfall«, fuhr Neal fort. »Nach einer Party an einem eisigen Sonnabendabend im Dezember. Er war betrunken, aber der andere Fahrer war noch betrunkener. Und er war so gebrochen und fühlte sich so schuldig, daß sie ihm Bewährung gaben. Er fuhr nach Hause, und sie steckten ihn zur Erholung in eine Klapsmühle.«
Neals Gesicht hatte rote Flecken bekommen. Er fuchtelte wie wild mit den Armen. »Sicherlich hat er dir auch vorgemacht, daß er in Paris bei den berühmtesten Küchenchefs gearbeitet hat. Dabei hat er sein ganzes Wissen aus Büchern, die er in der Klapsmühle las, und aus dem Kochunterricht, den sie dort als Therapie veranstalteten. Er ist ein Betrüger, Patsy, und ich habe es satt, ihn zu dekken, weil –«
»Hör auf!« befahl da Sam mit dröhnender Stimme hinter mir. Er stand unter dem Torbogen zur Halle, das Gesicht hart vor Ärger. Während er auf seinen Bruder zuging, um ihn zur Vernunft zu bringen, sprang Patsy auf die Füße und rannte aus dem Zimmer. Als sie mich zur Seite stieß, hörte ich sie schluchzen. Die drei Kinder beobachteten die Szene sprachlos.
Evans lief hinter Patsy her, Denny sah Stephanie an, deren Miene unergründlich war. Mir schien, als sei kurz ein Zeichen von Interesse oder Befriedigung oder Schadenfreude über ihr Gesicht gezuckt.
Neals hysterischer Anfall war vorbei. Sam führte ihn zu einem Stuhl und drückte in darauf. Neal wirkte wie benommen, als habe er sich physisch völlig verausgabt.
Sam kam zu mir. »Sie wußten über Evans Bescheid?« fragte ich.
»Ja.«

»Warum haben Sie es mir nicht erzählt?«
»Das war seine Sache.«
»Und die Sache meiner Schwester.«
»Er hatte vor, es ihr zu sagen.«
»Wann? In fünf Jahren? In zehn? Begreifen Sie eigentlich, was sie jetzt durchmacht?«
»Ich kann nicht den lieben Gott spielen. Und Sie auch nicht.«
Ich seufzte und tastete mir mit der Hand über Wange und Hals. Die Haut fühlte sich feucht an. Trotz der Kälte schwitzte ich. »Vielleicht haben Sie recht. Was werden wir noch alles entdecken, ehe der Sturm nachläßt?« Er schwieg. »Wie geht es Angela?«
»Im Augenblick ist sie okay. Sie hat Schlaftabletten genommen. Ich habe ihr zwei gegeben und gewartet, bis sie zu wirken begannen. Wie ist hier die Lage?«
»Schlecht. Ich mußte ihnen die Wahrheit über Tin Choy Won sagen.«
»Wie haben sie sie aufgenommen?«
»Schwer zu beurteilen. Jedenfalls hat diese Neuigkeit den Ausbruch bewirkt, den Sie eben miterlebt haben.« Ich deutete mit dem Kopf auf Neal. »Wird er vernünftig bleiben?«
»Er wird viele Tage friedlich sein.«
»Er ist manisch-depressiv, nicht wahr?«
»So hat man mir gesagt. Ich verstehe nichts von diesen Fachausdrücken, mit denen man solche Dinge etikettiert.«
»Ich auch nicht.«
»Also, was nun?«
Ich zögerte und versuchte, meine Gedanken zu ordnen. Aber warum schwitzte ich so, obwohl es hier drin so kalt war?
»Sharon, sind Sie in Ordnung?« Sam packte meine Rechte mit seinen beiden Händen. Sie fühlten sich trocken und kühl an. Meine waren heiß und feucht.
Und dann ertönte ein ohrenbetäubender Krach. Das Haus schien zu bersten, als öffnete sich die Erde. Aber es war kein Erdbeben. Irgend etwas Schweres mußte die Hauswand getroffen haben. Denny und Stephanie schrien auf, die Kinder brüllten. Sam sagte: »Mein Gott!« warf sich auf den Boden und zog mich mit sich. Über uns ertönte ein lautes Klirren und Splittern. Ich hob die Augen und blickte zur Decke, während irgendwo im ersten Stock ein Glasregen niederging.

25

»Vermutlich ist der ganze Baum aufs Haus gefallen«, sagte Denny.

»Gehen wir lieber rauf nachsehen«, meinte Stephanie. Die beiden liefen um mich und Sam herum und verschwanden in der Halle.

Sam nahm die Hände von meinen Schultern. Ich richtete mich auf und half ihm dann, auch hochzukommen. Er lächelte entschuldigend. »Tut mir leid. Ich war in Vietnam, und als ich den Krach hörte, habe ich mich aus einem Reflex heraus –«

»Sie brauchen mir nichts weiter zu erzählen«, unterbrach ich ihn. Dann fielen mir die Kinder ein. Andrew hatte sich unter der Decke verkrochen, unter den kleinen Hügeln zu seinen beiden Seiten mußten seine Schwestern stecken. Er lächelte mich kläglich an. Ich kroch zu ihm und berührte ihn an der Schulter. »Bist du in Ordnung?«

»Hm . . . ja.«

»Jessamyn? Kelley?« Ich hob den Deckenzipfel und spähte in ihre entsetzten Gesichter. »Kein großes Vergnügen, was?« sagte ich. Kelley wimmerte, Jessamyn schluchzte laut auf.

»Wo ist Mom und Evans?« fragte Andrew.

»Unten wahrscheinlich. Sie haben –«

»Probleme«, ergänzte Andrew für mich. »Mom hat immer mit irgend jemandem Probleme.«

»Andrew –«

»Ich hasse sie. Und ich hasse Evans. Wenn der Sturm vorbei ist, ziehen Kelley und Jessamyn und ich zu dir.«

Mein Gott, dachte ich, waren die Kinder ihrer Mutter tatsächlich so entfremdet? »Vielleicht eine Zeitlang, warum nicht«, sagte ich tröstend. »Könnt ihr noch einen Augenblick unter der Decke bleiben?«

Andrew versuchte, ein tapferes Gesicht zu machen, aber seine Augen füllten sich mit Tränen. »Geht jetzt nicht weg!«

Ich warf einen Blick über die Schulter auf Sam. Er stand ein paar Schritte entfernt und musterte Neal wachsam. Neal saß noch auf demselben Stuhl wie vorhin, völlig erstarrt.

»Tante Sharon?«

»Ich geh nicht weg.« Daß er mich wieder »Tante« genannt hatte, bewies, wie verstört er war. »Ich muß nur für ein paar Minuten in die Anrichte gehen. Sam ist ja da, okay?«

Andrew nickte zögernd.

Ich stand auf und sagte zu Sam: »Ich bin gleich wieder da, dann können Sie hinaufgehen und helfen, und ich passe für Sie auf Neal auf.«
Sam nickte, setzte sich neben Andrew und zerzauste ihm das Haar. Trotz seiner Angst strich Andrew es sich wieder glatt und warf Sam einen verächtlichen Blick zu, als wollte er sagen, daß Sam nicht das geringste von Elfjährigen verstand. Sam zuckte entschuldigend mit den Achseln.
Ich eilte in die Anrichte neben der Küche. Ich nahm die letzte Taschenlampe, die noch in der Schublade lag, und machte mich auf die Suche nach Messern. Ich fand einige in einem Gestell an der Küchenwand: ein etwa zwanzig Zentimeter langes Fleischermesser, ein mittellanges Schneidemesser und ein kleines Küchenmesser. Ich nahm sie alle mit ins Wohnzimmer.
Sam und Andrew unterhielten sich über Mr. Won. Andrew schilderte, wie er ihn gefunden und daß er die Zeichnungen verloren hatte.
Ich war ziemlich sicher, daß Tin Choy Wons Mörder zurückgekehrt war und sie mitgenommen hatte. Falls das zutraf, war Andrew in einer schlimmen Lage, und das bedeutete, daß ich in seiner Nähe bleiben mußte, bei ihm und seinen Schwestern. Sie waren die unschuldigen Opfer in dieser ganzen Geschichte.
Ich war unendlich frustriert, weil es mir nicht gelang, die Einzelheiten, die ich bereits wußte, zu einem erkennbaren Muster zusammenzulegen. Ich spürte, daß ich dicht vor der Lösung war, aber ich bekam sie nicht zu fassen . . .
Ich setzte mich auf die Decke und sagte zu Sam: »Wenn Sie hinaufgehen wollen, nehme ich hier die Sache in die Hand.« Von oben war Hämmern, Fluchen und Rufen zu hören. Vermutlich konnten sie jede zusätzliche Hilfe brauchen.
Als Sam gegangen war, fragte ich meinen Neffen. »Wieviel Angst hast du?«
»Verdammt viel, aber ich denke –«
»Ich auch.« Ich spähte unter die Decke. »Kelley? Jessamyn?«
»Du darfst aber keine Angst haben«, sagte Kelley. »Und verdammt darf Andrew auch nicht sagen.« Jessamyn kicherte.
Ich wollte schon etwas erwidern, dann erkannte ich, daß sich zu viel Schrecken, den man auf eine Fünfjährige häufte, in Absurdität verwandeln mußte. Vielleicht konnte ich das zu unserem Vorteil ausnutzen.
»Jessamyn«, sagte ich, »hast du soviel Angst wie die Ente vorhin

auf der Zugbrücke, als sie dachte, Hilfssheriff Ma würde sie verhaften, weil sie eine faule Tomate auf den Segler geworfen hatte?« Das war eine der Geschichten gewesen, die sie vorhin den Kindern erzählt hatten.
»*Soviel* Angst habe ich nicht.«
»Und du, Kelley?«
Sie war wie immer gründlich und überlegte einen Moment. »Ich habe mehr Angst.«
»Aber eine neue Geschichte möchtest du doch hören, oder?«
Kurzes Schweigen. »Vielleicht«, sagte sie dann.
Andrew mischte sich ein. »Ich muß noch die Zeichnungen machen, Sharon.«
»Später. Erst erzählen wir ihnen noch eine Geschichte.« Und fügte leise hinzu: »Damit sie einschlafen.«
Er blickte durch das dunkle Zimmer um uns und nickte verständnisvoll.
Und so begann ich eine weitere Geschichte von Enten und Zugbrücken. Erzählte von dem Lunchpaket, das Mrs. Agnes Duck immer für ihren Mann machte, von dem gemeinen Bootsbesitzer – der in meinen Gedanken Neal glich –, dem guten Kerl im Ruderboot – Denny? – und den unvermeidlichen verfaulten Tomaten. Als Kelley mich unterbrach und fragte, warum Agnes Duck jeden Tag faules Gemüse in die Lunchdose packte, wußte ich, daß ich sie abgelenkt hatte. Und dann begannen sie zu gähnen und noch mehr zu gähnen, und es wurden keine Fragen mehr gestellt.
Die ganze Zeit über ging der Lärm oben weiter. Noch eine Scheibe zerbrach, und ein Chor frustrierter, empörter Stimmen ertönte. Zu meiner Erleichterung waren auch Patsys und Evans' Stimmen herauszuhören. Was für Schaden ihre Freundschaft auch genommen hatte, zumindest für die Dauer des Sturms würden sie am selben Strang ziehen.
Als ich überzeugt war, daß die beiden kleinen Mädchen schliefen, ließ ich meine Stimme leiser und leiser werden und sah zu Neal hinüber. Sein Kopf war nach hinten gegen die Stuhllehne gesunken, er schnarchte mit offenem Mund. Dann blickte ich zu Andrew und war entsetzt über die Angst in seinen Augen.
»Es ist alles okay«, flüsterte ich. Erfolglos versuchte er, ein tapferes Gesicht zu machen.
Ich nahm das kleine Schneidemesser unter dem Kissen hervor, wo ich es zusammen mit den anderen versteckt hatte. »Hier. Da-

mit solltest du dich besser fühlen. Sei vorsichtig damit, aber benütz es, wenn du dich oder deine Schwestern verteidigen mußt.«
Er schluckte heftig, nahm das Messer am Griff und fuhr vorsichtig mit dem Finger die Schneide entlang. Dann stand er auf, blickte sich verstohlen um und ging zu der Wand, an der seine Decke und seine Kissen lagen. Als er zurückkam, hielt er Zeichenblock und Stifte in der Hand.
»Ach ja«, flüsterte ich. »Die Zeichnungen.«
Wieder blickte er sich um, als hätte er Angst, daß uns jemand beobachtete. Er legte den Finger an die Lippen, setzte sich näher ans Feuer und winkte mir, sich neben ihn zu setzen. Ich gehorchte und beobachtete ihn beim Zeichnen.
Zuerst entstand eine große Gestalt in weiten Kleidern. Ähnliche Figuren hatte er schon beim erstenmal gezeichnet, es war nicht zu erkennen, wen sie darstellen sollten. Ich schüttelte den Kopf, und Andrew riß das Blatt vom Block.
Die Gestalt der nächsten Zeichnung erschien mir irgendwie vertraut. Und der Hintergrund . . . »Was ist das?« Ich deutete auf die unregelmäßigen Formen hinter der Gestalt.
»Scht!« Wieder riß er das Blatt ab. Dann zeichnete er nur den Hintergrund von der zweiten Zeichnung.
»Feuer?« flüsterte ich.
»Scht!«
Er riß das Blatt wieder ab und zeichnete ein neues, mit schnellen Strichen. Ich erkannte die Umrisse einer Hand.
»Hast du die gesehen?«
»Leise, Sharon!«
Ich senkte die Stimme. »Hinter dem Fenster deines Schlafzimmers?«
Er antwortete nicht, sein Körper zitterte vor Aufregung, und er zeichnete schnell und sicher, von der Angst beflügelt. Ich blickte mich um, doch über den unruhigen Lichtschein des Feuers hinaus konnte ich nichts erkennen. Andrew hatte recht, wenn er sich fürchtete, dachte ich. Jeder konnte hier irgendwo im Dunkeln stehen, an einer Tür oder draußen im Sturm und zum Fenster hereinsehen.
Ich versuchte, die verschiedenen Stimmen, die von oben herabklangen, zu identifizieren. Das Hämmern übertönte sie, es war nur ein lautes allgemeines Durcheinander.
Andrew malte weiter an der Hand. Ich beobachtete ihn und wartete. Und schließlich begriff ich. Er reichte mir den Block und

starrte mir bedeutungsvoll in die Augen. Ich nickte. Und dann dachte ich an das »Warum« und weniger an den Täter selbst.

Andrew erschauerte, und ich legte ihm den Arm um die Schultern und zog seinen Kopf an meine Brust. »Du hast deine Arbeit gut gemacht, mein Freund«, sagte ich.

»Du weißt Bescheid, nicht wahr?«

»Ja.«

»Mir wurde es erst klar, als ich sah –«

»Deshalb bist du auch so steif dagestanden.«

»Hm-hm.« Er drückte sich fester an mich.

Ich hielt ihn im Arm und starrte auf die Zeichnung. Im Geist beschäftigte ich mich mit meiner Theorie, und die Frustration, die ich vorhin empfunden hatte, war verflogen, ersetzt nicht so sehr durch freudige Erregung, als durch Entschlossenheit. Ich fügte ein paar Fakten hinzu, die ich jetzt wußte, ließ ein paar andere weg. Ließ diese Überlegung fallen, nahm jene hinzu. Und spürte, wie in mir eine zornige Gewißheit aufwuchs – die Art von Gewißheit, die einem verrät, daß man kurz vor der Lösung eines Falles steht.

Sam kam ins Zimmer, ging zu Neal und sprach leise mit ihm. Neal schüttelte träge den Kopf, ließ sich dann aber doch von seinem Bruder zu einem Sofa führen. Er legte sich darauf, und Sam deckte ihn zu. Dann kam er zu uns: »Alles okay?«

»Ja. Wie steht's oben?«

»Nicht gut. Ein riesiger Ast – wohl von der Ulme – hat das große Frontfenster eingeschlagen. Der Regen strömt herein, und wir haben nicht genung Bretter und Nägel, um das Loch zuzunageln.« Er ließ sich neben mir auf den Boden sinken.

»Wer ist jetzt oben?«

»Alle, glaube ich, außer Angela. Es ist schwer zu beurteilen, weil die Leute ständig rauf und runter laufen, um irgend etwas zu holen oder zu tragen oder zu schleppen.«

»Würden Sie einen Augenblick bei den Kindern bleiben?«

Ich stand auf und reichte Sam das große Fleischmesser, das mittelgroße, besser zu handhabende, behielt ich für mich.

Ich ging in die Bibliothek, zur Abteilung Seegeschichte. Einer der dort stehenden Bände würde mir erzählen, was ich wissen wollte. Es dauerte etwa zehn Minuten, bis ich im Schein der Taschenlampe die entsprechende Stelle fand. Sie bestätigte, was ich bereits vermutet hatte.

Als ich durch das Wohnzimmer ging, waren Sam und Andrew in

ein Gespräch vertieft. Auf meinen fragenden Blick hob Sam die Faust mit abgestrecktem Daumen als Siegeszeichen, und ich eilte in die Halle hinaus, gerade als dort eine Bewegung entstand und die Haustür ins Schloß fiel.
Jemand war in den Orkan hinausgelaufen. Und ich ahnte auch, wer – und warum.
Ich leuchtete mit der Taschenlampe in die Dunkelheit hinaus und sah undeutlich eine Gestalt die Auffahrt entlangrennen. Es bestätigte meinen Verdacht. Dies war kein Routinegang, um irgend etwas aus einem der Autos zu holen. Das war Flucht.

26

Ich rannte die Auffahrt entlang und dachte dabei flüchtig, daß ich jemanden hätte holen sollen, der mich begleitete. Aber Sam konnte die Kinder nicht allein lassen, und es war keine Zeit gewesen, jemanden von oben zu rufen. Und jede Sekunde zählte. Die Gestalt war inzwischen im dichten Regen nicht mehr zu erkennen, aber ich war ziemlich sicher, daß sie zum Bootshaus wollte – wo das Boot und der neue Motor warteten.
Der Regen floß mir über das Gesicht, ich konnte nur schlecht sehen. Er durchweichte mir das Haar, das mir als nasse Masse über den Rücken hing. Die Beine meiner Jeans sogen sich voll Wasser, und bei jedem Schritt trat ich mit den Stiefeln in knöchelhohen Schlamm.
Der Boden unter der großen Ulme war ein Friedhof aus toten Zweigen. Der Baum selbst neigte sich unheimlich in meine Richtung, Teile der Wurzeln lagen bloß. Er ächzte und zitterte im Wind. Ich machte einen scharfen Bogen um ihn, weil ich Angst hatte, er könnte auf mich stürzen. Das Licht meiner Taschenlampe hüpfte und zuckte über den Boden vor mir, und dann konnte ich den Rücken des Deichs erkennen.
Er schien zu schmelzen. Ein Strom aus Lehm und Steinen floß an seiner Seite herab, darunter kam eine Schicht Sandsäcke zum Vorschein, die ihn befestigten. Ich wollte hinauflaufen, glitt ab und rutschte wieder zurück. Steine schnitten mir durch die Jeans in die Knie. Ich krallte mich im Boden fest und kroch wieder hinauf, wobei ich die Stiefel in die Sandsäcke stemmte. Schließlich war ich oben.

Trotz der Dunkelheit konnte ich das Wasser des toten Wasserarms erkennen, es war mit weißen Schaumkronen bedeckt, die auch über den Bohlenweg an seinem Ufer rollten. Das schachtelförmige Bootshaus lag tief im Schatten.
Keuchend hockte ich auf dem Deich und machte mich so klein wie möglich, um dem Wind wenig Angriffsfläche zu bieten. Meine Taschenlampe zeichnete einen unregelmäßigen Lichtkreis in die Dunkelheit. Hastig machte ich sie aus. Ich hatte das Messer in den Hosenbund gesteckt. Jetzt zog ich es heraus und packte es fest mit meiner rechten Hand. Sein Gewicht war ganz und gar kein tröstliches Gefühl – wenn man bedachte, daß die Person, die ich verfolgte, meine Waffe haben mußte.
Als ich wieder ruhiger atmete, schob ich die Taschenlampe in die große Tasche meines durchweichten Pullovers und glitt auf der anderen Seite den Deich hinab. Auf halbem Weg verlor ich das Gleichgewicht und stürzte. Das Deichende stand unter Wasser, und ich fiel bis zur Taille hinein. Es war ein eisiger Schock, ich schrie auf. Dann watete ich zu den Stufen, die zum Holzsteg längs des Bootshauses führten.
Das Geländer war auf die Stufen gefallen, ich zog mich mühsam daran hinauf, weil meine Füße im Schlamm steckenblieben. Eine Welle brach sich am Steg und verschluckte mich. Ich kämpfte mit Armen und Beinen dagegen an und schluckte Wasser. Aber ich glitt nur ein paar Schritte zurück.
Ich hustete und spuckte und klammerte mich an das kaputte Geländer. Das Messer in meiner Hand behinderte mich, und als ich wieder besser Luft bekam, steckte ich es in den Hosenbund zurück. Dann zog ich mich am zerbrochenen Geländer auf den Steg hinauf. Diesmal hielt ich den Kopf höher. Als wieder eine Welle über den Steg fegte, erwischte sie mich nur bis zur Schulter. Ich spürte die Kälte des Wassers noch, aber nicht mehr so beißend wie vorher, und einen flüchtigen Augenblick überlegte ich, ob meine Gliedmaßen bereits gefühllos wurden.
Etwa zehn Meter vor mir lag das Bootshaus. Die kleine Tür stand offen und schlug mit lautem Krachen immer wieder gegen die Aluminiumwand. Die Türöffnung selbst war ein Rechteck aus trübem gelblichen Licht, über das sich hin und wieder ein langgezogener Schatten bewegte. Glücklicherweise übertönte der heulende Wind und der Lärm der Tür jedes Geräusch, das ich verursachte. Geduckt, das Messer jetzt wieder in der Hand, schlich ich näher. Das Holz des Stegs war schlüpfrig, aber das Wasser reichte

mir hier nur bis zu den Füßen. Mit einem Satz sprang ich neben die Tür und preßte mich an die Wand, die im Wind bebte.
Ich lauschte auf die Geräusche, die aus dem Bootshaus drangen. Der Regen trommelte auf das Eisendach, Wasser plätscherte, wahrscheinlich in der Schleuse, und der Wind heulte durch das höhlenartige leere Innere. Vorsichtig schob ich den Kopf vor, bis ich hineinspähen konnte.
Das Licht kam von einer großen, mit einer Batterie gespeisten Lampe, die zwischen der Bootsschleuse und dem Holzbock mit dem Motor auf dem Boden stand. Das Schleusentor war hochgezogen, das Wasser in der Schleuse war gefährlich hoch gestiegen. Auf den Stufen, die hinunterführten, lag ein Paar Ruder. Das Boot selbst war auf das Wasser hinuntergelassen worden und tanzte heftig hin und her, immer wieder gegen die Zementwände stoßend.
Eine große, eckige Gestalt in einem olivgrünen Regenmantel beugte sich über den Motor und machte sich an der Schraube zu schaffen. Ich musterte die Person und begriff, wie einfach es gewesen war, den Geist des Einsiedlers zu beschwören. Die Lumpen, der Henkersstrick, und wenn man dann weit genug wegstand, so daß keine genauen Einzelheiten zu erkennen waren ...
Da richtete Stephanie sich auf und sah zur Schleuse.
Ich zuckte zurück. Obwohl ich gewußt hatte, wer der Täter war – durch Andrews Zeichnungen, zusammenhanglose Einzelheiten, die ich beobachtet hatte, und die Information, die ich in der Bibliothek gefunden hatte –, war die Bestätigung doch ein Schock. Die scharfzüngige und doch so angenehme Stephanie, die Appleby Island für sich haben wollte.
Die Waffe, überlegte ich, wo hatte sie meine Pistole?
Ich riskierte wieder einen Blick durch den Türrahmen. Stephanie hob den Motor vom Bock. Sicherlich steckte die Waffe in ihrer Regenmanteltasche oder im Bund ihrer Jeans. Jetzt war der Augenblick gekommen, sie zu überraschen. Vielleicht die einzige Gelegenheit.
Stephanie begann, den Motor zur Schleuse zu schleppen. Ich packte das Messer fester und schob mich durch den Türrahmen in den Schatten der Wand. Wartete, bis sie bei den Stufen in die Schleuse war und mir den Rücken zuwandte. Dann rannte ich los. Sie hörte meine Schritte oder spürte meine Anwesenheit – jedenfalls warf sie einen Blick über die Schulter zurück. Sie fuhr herum und ließ den Motor fallen. Er fiel mit metallischem Krachen zu

Boden. Ich schlug einen Haken und hob das Messer, doch da hatte Stephanie schon die Hand in der Tasche ihres Regenmantels. Während sie versuchte, sie wieder herauszunehmen, machte ich einen Satz, um ihre Füße zu packen.

Sie trat mit dem Fuß nach meinem Kopf, ich sah den Tritt rechtzeitig kommen und rollte mich weg und zog sofort die Füße unter mich. Stand auf und war bereit zum nächsten Sprung.

Doch sie hatte jetzt die Pistole herausgeholt und hielt sie in der rechten Hand. Sie zielte auf mich.

Ich hechtete zur Seite und ließ dabei das Messer fallen. Die Kugel schlug gegen die Wand hinter mir. Der Hall des Schusses echote wieder und wieder durch den leeren Raum.

Stephanie mochte sich mit Booten auskennen, aber von Waffen verstand sie nichts. Der Rückstoß riß ihr den Arm hoch und warf sie nach hinten.

Ich kroch auf dem Bauch über den nassen glatten Boden, beinahe, als würde ich Körper-Surfing machen, und wollte wieder ihren Knöchel packen. Diesmal erwischte ich ihn und hielt ihn fest.

Sie versuchte, nach mir zu treten, und taumelte. Ich hörte die Pistole zu Boden fallen. Während sich meine Hände fester um ihren Knöchel schlossen, versuchte ich auszumachen, wo die Waffe hingefallen war. Sie lag ein Stück von der Bootsschleuse entfernt, außer Reichweite.

Stephanie verlor jetzt endgültig das Gleichgewicht. Ihr anderer Fuß geriet ins Rutschen, sie schwankte, und dann fiel sie rücklings in die Bootsschleuse. Sie riß mich mit hinein.

Das eiskalte Wasser schlug über meinem Kopf zusammen. Ich sank bleischwer nach unten. Panik ergriff mich. Meine Füße berührten den Boden, und ich stieß mich ab. Fast gleichzeitig tauchte mein Kopf an der Wasseroberfläche auf. Stephanie war kaum mehr als einen Meter von mir entfernt. Das Boot tanzte auf dem Wasser und schlug immer wieder gegen eine Betonwand. Ehe ich noch Luft holen konnte, stürzte sich Stephanie auf mich und versuchte, mich an den Haaren zu packen.

Das Boot kam von rechts und verfehlte meinen Kopf um Haaresbreite. Stephanie sah es rechtzeitig und tauchte. Als sie wieder an der Wasseroberfläche erschien, war sie nur noch eine Armlänge entfernt. Ich schlug nach ihr, die Augen auf das Boot gerichtet.

Es krachte an die Gegenwand und schoß zurück. Es streifte mich an der Schulter, einen Augenblick war ich wie benommen, dann drückte Stephanie meinen Kopf unter Wasser. Ich packte eine

ihrer Hände und bog ihr die Finger nach hinten, ganz fest. Sie ließ mich los, und ich tauchte tiefer.
Meine Lungen fühlten sich an, als würden sie jeden Moment platzen. Meine Beine waren schwer und wie taub. Meine schweren Stiefel zogen mich weiter hinunter. Ich versuchte zu steigen und festzustellen, wo das Boot war.
Die Wellenbewegung in der Schleuse war heftig. Ich wurde gegen die rauhe Zementwand geschleudert und schoß nach oben. Das Boot befand sich jetzt zwischen mir und Stephanie. Sie hielt es am Heck fest und richtete es so aus, daß es auf mich zufahren mußte.
Ich versuchte, mich auf die Stufen zu ziehen, um dem Boot aus dem Weg zu gehen. Da sah ich die Ruder. Ihr Ende ragte über die Schleusenwand. Ich sprang hoch, um eines zu packen, und beim zweiten Anlauf schaffte ich es. Ich brachte es längsseits zwischen das Boot und die Wand. Das Boot prallte auf das Ruder, das Ruder brach, hielt aber das Boot ab.
Stephanie schrie wütend auf, ließ das Heck los und kam auf mich zu. Ich sprang noch einmal hoch, packte das andere Ruder, schwang es herum, gerade als sie mich erreichte, und schlug ihr damit auf den Kopf.
Es war ein solider Schlag, der sie unter Wasser tauchte. Als sie wieder hochkam, bewegte sie sich nicht mehr. Ich ließ das Ruder los und klammerte mich keuchend an die Stufen und versuchte, mich etwas zu beruhigen. Ein paar Sekunden lang war ich versucht, Stephanie im Wasser schwimmen und ertrinken zu lassen, aber ich hatte schon genug schlaflose Nächte. Schließlich platschte ich durch das Wasser hinüber, drehte sie auf den Rükken, schob ihren schlaffen Körper zur Treppe und zog sie auf den Boden des Bootshauses.

27

Am nächsten Nachmittag hatte sich der Orkan erschöpft. Und am Tag danach war der Himmel über dem Delta wieder von einem ungetrübten Blau, und Inseln und Flüsse und Wasserarme lagen im hellen Sonnenschein.
Bulldozer räumten die Straßen frei, und Arbeitstrupps besserten die Deiche aus. In den Ortschaften schaufelten die Einwohner

Schlamm und Schutt aus ihren Häusern, und die Geschäfte öffneten wieder. Später in der Woche würde man mit den staatlichen und Bundesbehörden wegen Unterstützungen zu verhandeln beginnen, obwohl diese bei ähnlichen Katastrophen in früheren Jahren wenig Hilfsgelder zur Verfügung gestellt hatten. Aber jetzt lebten die Leute nur für den Augenblick und bemühten sich, soviel wie möglich von ihrem Besitz zu retten.

Auf Appleby Island waren Beweise für die Sturmschäden überall zu erkennen. Der Holzpier beim Bootshaus war eingesunken und der Deich dort zusammengebrochen. Ein Teil des Rasens war überflutet worden. Die große Ulme – dieselbe, an der die Applebys Alf Zeisler aufhängten – war umgestürzt, auch viele Bäume in den Obstgärten. Viele Dachziegel fehlten, und mindestens ein Dutzend zerbrochene Fensterscheiben waren mit Brettern vernagelt. Der menschliche Einsatz war noch höher gewesen, aber die Kosten dafür waren nicht so deutlich wahrnehmbar.

Nach unserem Kampf am Bootshaus hatte ich Stephanie gefesselt und war durch den Sturm zum Haus zurückgestapft. Ohne lange Erklärungen hatte ich sie der Obhut der anderen übergeben, war zusammengebrochen und hatte dreizehn Stunden geschlafen. Es war ein unruhiger Schlaf gewesen, voll häßlicher Bilder, gelegentlich gestört vom Heulen des Sturms, und ich erwachte zerschlagen und deprimiert. Inzwischen hatte sich das Wetter gebessert, und der Hilfssheriff erschien mit seinem Boot, um sich nach uns zu erkundigen. Nachdem ich Benjamin Ma berichtet hatte, was ich über Stephanie und ihre Taten wußte, war das Boot mit ihr und dem toten Mr. Won davongefahren. Angela war auch nicht mehr da. Sie mußte sich um die Begräbnisvorbereitungen kümmern, und vermutlich hatte der Sheriff auch ein paar Fragen bezüglich der Unterschlagungen. Als der Regen nachließ, brachte ein bedrückter Denny die Fähre wieder in Gang, und ich fuhr zum Sheriffbüro, um eine formelle Aussage zu machen.

Wieder auf der Insel, forderten die anderen Erklärungen. Ich erzählte ihnen, warum Stephanie so gehandelt hatte, wieder ohne große Einzelheiten. Als sie wissen wollten, wie ich es entdeckt und was Stephanie in ihrem Geständnis gesagt hatte – das sie ablegte, ehe ihr Anwalt auftauchte und ihr riet, nichts weiter zu sagen –, machte ich einen Rückzieher und gab ihnen die in der Bibliothek gefundenen Briefe. Ich war einfach viel zu müde, um noch einmal im Geist alle Schritte zurückzulegen, die zur Lösung geführt hatten, zu traurig, um von dem Geständnis zu erzählen,

das Benjamin Ma mich hatte lesen lassen. Deshalb ging ich in mein Zimmer hinauf und schlief noch einmal zwölf Stunden.
Jetzt war es Zeit, abzureisen. Am liebsten wäre ich ohne weitere Erklärungen und Diskussionen aus dem Haus geschlüpft, aber es schien mir nicht richtig, ohne Abschied zu verschwinden. So machte ich meine Runde. Ich begann mit Sam, der in den Resten des Obstgartens spazierenging. Mit gesenktem Kopf wanderte er zwischen den umgestürzten Bäumen umher – ein Mann, der jetzt eine schwerere Last trug als bei seiner Ankunft auf der Insel.
»Ich wollte mich nur verabschieden«, sagte ich.
»Sie wollen schon abreisen?«
»Mein Job ist erledigt.«
»Ich werde Sie vermissen.«
Ich ging neben ihm her. »Wie geht es Neal?« Er hatte seinen Bruder in eine Klinik in Rio Vista gefahren, sobald die Fähre wieder funktionierte.
»Er ist immer noch deprimiert. Er steht unter Beobachtung. Ich muß warten, bis die Ärzte mir erlauben, ihn wieder mitzunehmen.«
»Sie wollen ihn nach Michigan zurückholen?«
»Ja. Er braucht mich, aber natürlich kann ich meine Arbeit nicht aufgeben und hierbleiben. Ich möchte, daß er in gute psychiatrische Behandlung kommt. Das hätte schon längst geschehen sollen.«
»Was wird aus der Insel?«
»Denny und ich werden die nötigen Reparaturen machen, und er ist bereit, für eine Weile den Verwalter zu spielen. Ich weiß, daß ich ihm den Besitz anvertrauen kann.«
»Wo ist er denn? Ich möchte nicht wegfahren, ohne ihn noch mal zu sehen.«
»Er verschönert Max' Hütte. Er will dort wohnen.«
»Werden Sie die Insel später verkaufen?«
»Das hängt von Neal ab. Schließlich ist es seine Insel, wie er ständig betont hat. Er soll entscheiden.«
Wir schlenderten auf den Deich hinter dem Obstgarten zu. Er hatte weit besser standgehalten als der beim Bootshaus.
»Denny nimmt die Sache mit Stephanie ziemlich schwer, nicht wahr? Er mochte sie.«
»Ja. Sie stritten sich zwar häufig, aber dahinter war ehrliche Zuneigung zu erkennen.«

Sam blieb bei einem umgefallenen Baum stehen. »Setzen wir uns doch einen Augenblick. Ich möchte Sie ein paar Dinge fragen.«
Ich nahm neben ihm Platz und dachte daran, daß wir schon einmal zusammen auf einem Baumstamm gesessen hatten. Es schien Jahre her zu sein. »Wegen Stephanie, nicht wahr?« fragte ich.
»Ja. Bisher waren Sie nicht bereit, Genaueres zu erzählen, aber ich finde, wir müssen mehr wissen als das, was in den Briefen steht.«
»Okay. Aber, bitte, berichten Sie dann den anderen, ich möchte es nicht noch einmal wiederholen.«
»Das ist nur verständlich.«
»Wie ich schon gesagt habe«, begann ich, »war Stephanie die Enkelin von Louise Applebys illegitimem Sohn mit dem Einsiedler, Alf Zeisler. Da Stephanie wußte, daß sie durch die entsprechenden Testamentsklauseln keinen rechtlichen Anspruch auf die Insel hatte, kam sie her, um hier zu arbeiten und die anderen von der Insel zu verscheuchen, damit Neal billig verkaufen mußte. Es ist alles ganz logisch, wenn man weiß, daß Louise Nachkommen hatte.«
»Wie haben Sie das Ganze mit Stephanie in Zusammenhang gebracht?«
»Mir fiel es wie Schuppen von den Augen, als Andrews Zeichnung von der Hand vor mir lag, die er draußen vor dem Fenster gesehen hatte.«
»Andrew erzählte, er hätte Dutzende Zeichnungen für Sie gemacht.«
»Ja, aber von der ganzen Person, nicht von der Hand allein. Die Zeichnungen stellten Stephanie dar, so wie er sie gesehen hatte, gekleidet in alte Lumpen, in einen weiten Regenmantel. Und die Beschreibungen, die ich bekam, führten mich auch in die Irre. Da hieß es immer, der sogenannte Geist des Einsiedlers habe für einen Mann lange Haare. Und Stephanie hat für eine Frau durchschittlich lange Haare. Die weiten Kleider verbargen die Eckigkeit ihres Körpers. Es war schwer zu schätzen, wieviel die Person wog.«
»Die Arbeiter jedenfalls waren von dem ›Geist‹ überzeugt.«
»Ja, aber da traf sie noch weitere Vorsichtsmaßnahmen. Sie veranlaßte ihren Anwalt, ihnen Jobs außerhalb der Stadt zu verschaffen.«
»Das muß ja ein großartiger Vertreter seiner Zunft sein.«
»Vielleicht war er auch privat mit Stephanie verbunden. Als ich sie kennenlernte, erwähnte sie, daß sie am Abend zuvor nicht da-

gewesen sei, weil sie in Sacramento einen ›netten alten Knaben‹ getroffen habe. Der Anwalt, Bob Barnes, ist einer jener jovialen Südstaatler. Er veranlaßte auch einen Kollegen, zweimal ein anonymes Gebot abzugeben, ehe das von Neal akzeptiert wurde.«
»Und jetzt ist er ihr Verteidiger?«
»Ja. Aber Stephanies schwerster Fehler war, Andrew ihre Hand durch das Fenster sehen zu lassen. Es kam ihr wohl nicht in den Sinn, daß ein Elfjähriger eine so feine Beobachtungsgabe besitzen oder gar noch zeichnen könnte, was er gesehen hatte.«
Sam hielt seine kräftigen, kantigen Hände hoch und beugte die Finger. »Das ist ein Teil des Körpers, der sich schwer tarnen läßt.«
Ich nickte. »Und dann verband ich das, was ich über Stephanie wußte, mit meinen Informationen über die Familie Appleby. Ein Zweig der Familie hatte das Blut der Miwok-Indianer in den Adern, auch Stephanie hat indianisches Blut, es ist deutlich an ihrem Gesicht zu erkennen und an ihrer Hautfarbe – wie bei mir. Aber sie gab sich große Mühe, mir zu erklären, daß sie eine Mischung aus Italien, Frankreich, Irland und Skandinavien sei. Zumindest Skandinavien stimmte, das bewies ihr Nachname. Und Louise Appleby war mit einem schwedischen Matrosen durchgebrannt – es paßte.
Eins der wenigen Dinge, die mir Stephanie erzählt hatte, war, daß sie aus Seattle stammte. Ich wußte nicht, wohin Louise und ihr Matrose gezogen waren, aber ich wußte, wo er gearbeitet hatte, bei der Northern Pacific Line. Ich schlug in der Bibliothek nach – Abteilung Seegeschichte – und entdeckte, daß sie dort früher ihren Hauptsitz gehabt hatte. Stephanies Familie hatte einen Bootsverleih, ein einleuchtender Erwerbszweig für die Nachfahren eines Matrosen.«
»Und all dies verriet Ihnen, warum sie uns von hier vertreiben wollte.«
»Nun, in groben Umrissen schon. Ich hatte das Gefühl, daß alles mit der Familiengeschichte der Applebys zusammenhing. Warum war sonst das Buch mit dem Kapitel über die Applebys und den Einsiedler von meinem Nachttisch gestohlen worden? Das war ein weiterer Fehler von Stephanie. Wenn sie es nicht weggenommen und in der Bibliothek herumgesucht hätte, wäre ich vielleicht nie auf die Briefe gestoßen.«
»Hat sie eigentlich ein volles Geständnis abgelegt?«
»Ja. Erst versuchte sie zu bluffen, aber ihre Flucht im Sturm und der Kampf mit mir belasteten sie ziemlich. Als sie begriff, daß die

Polizei über ihre Verbindung zu den Applebys informiert war, muß sie erkannt haben, daß man ihr ihre Schuld nachweisen würde.«

»Aber warum mußte Max dran glauben? Und Mr. Won?«

»Als Stephanies Eltern 1984 starben, packte sie alle Familienurkunden zusammen und besuchte Stuart Appleby hier auf der Insel. Doch er wollte nichts mit ihr zu tun haben. Kurz darauf erschoß sich Stuart. Stephanie verkaufte das florierende Bootsverleihgeschäft und versuchte, die Insel zu erwerben, doch die Verwalter akzeptierten ihr Gebot nicht.«

»Und wie kommt Max ins Spiel?«

»Als Stephanie herkam, um hier zu arbeiten, wunderte sich Max, weil sie so tat, als sei sie noch nie dagewesen, dabei hatte er sie bei ihrem Besuch natürlich übergesetzt. Er tat so, als habe ihm Stuart Appleby alles erzählt, und erpreßte sie. Stephanie behauptet, sie hätten sich wegen der Erpressung gestritten, es sei zu Handgreiflichkeiten gekommen und Max unglücklich gestürzt. Warum haben sie sich aber draußen im Regen unterhalten und nicht in der Hütte? Warum trug sie ihre Verkleidung? Vielleicht wollte sie ihn erschrecken. Wir werden es nie erfahren.«

»Und dann tötete sie ihn.«

Ich nickte und dachte daran, wie ich hilflos in dem halbvollen Boot getrieben hatte.

»Und was ist mit Tin Choy Won?«

»Erinnern Sie sich, daß Angela sich unten mit ihm stritt und Stephanie hinunterging, weil sie dachte, sie könnte irgendwie helfen?«

»Sie tauchte mit weißem Gesicht wieder auf und stürzte aus dem Haus.«

»In seinen Fieberphantasien muß Tin Choy Won sie für den Geist des Einsiedlers gehalten haben. Die Sache beschäftigte ihn, denn bei meinem Besuch hatte ich diesbezügliche Fragen gestellt. Angela hat das sicherlich als Fieberträume abgetan, doch Stephanie hatte Angst, wenn Mr. Won wieder gesund war, würde er sich erinnern und es erzählen.« Ich schwieg einen Moment. »Ein Wunder, daß sie Andrew nicht tötete. Schließlich sah sie ihn in Mr. Wons Zimmer gehen. Sie nahm wohl an, daß er die Situation nicht würde deuten können. Und als sie ihren Irrtum erkannte, war es zu spät.«

»Sie wußte, daß er die Zeichnungen noch einmal gezeichnet hatte?«

»Deshalb rannte sie aus dem Haus und zum Boot. Sie war heruntergekommen und hatte Andrew und mich beim Feuer beobachtet. Wir konnten sie nicht sehen, denn der Schein des Feuers reichte nicht weit. Aber wir waren deutlich zu erkennen, auch der Ausdruck unserer Gesichter.«
»Mein Gott!« rief Sam und schüttelte den Kopf. »Haben sie genug Beweise, um sie zu verurteilen?«
»Das hängt von der Jury ab. Vielleicht plädiert sie auf Unzurechnungsfähigkeit.« Dann fragte ich nach einer Weile. »Was ist mit Angela?«
»Jemand muß dem Sheriff einen Tip gegeben haben, man hat sie verhört.«
»Ich fürchte, daß ich das war.«
»Das bedaure ich nicht. Angela sollte nicht so leicht davonkommen. Vielleicht bin ich ein Dummkopf, aber ich hätte es nicht tun können.«
»Wahrscheinlich sind Sie einer, aber deshalb gefallen Sie mir um so besser.« Ich stand auf. »Ich muß jetzt gehen.«
»Gute Reise. Haben Sie etwas dagegen, wenn ich mich einmal bei Ihnen melde?«
»Etwas dagegen haben? Es würde mich freuen.«

Patsy war im Schlafzimmer und packte. Sie sah in ihren alten Jeans und dem schäbigen T-Shirt erschöpft und unordentlich aus, aber ich spürte eine gewisse Friedlichkeit an ihr.
»Wo sind die Kinder?« fragte ich.
»Mit Evans in Sacramento, sie gehen zum Essen und in eine Matinee. Sie haben soviel durchgemacht, und wir dachten ...« Sie seufzte.
Sie hatte »wir« gesagt, das ließ hoffen. »Ich bin nur gekommen, um mich zu verabschieden.«
»Du willst schon weg? Ich dachte, wir hätten noch einen letzten Abend zusammen. Du hast die Sache mit Stephanie nie richtig erzählt ...«
»Sam weiß Bescheid, er wird euch anderen berichten. Ich muß zurück in die Stadt. Ich habe Freitag einen Termin.«
»Na, schön. Warte einen Augenblick. Ich soll dir von Andrew etwas geben.« Sie ging in sein Zimmer und kehrte ein paar Augenblicke später mit der Zeichnung von Stephanies Hand zurück. Ich starrte auf die langen, narbigen Finger, die versucht hatten, mich umzubringen. Keine schöne Erinnerung.

»Nimm sie. Du kannst sie ja wegstecken und nur hervorholen, wenn er dich besucht.«
»Vielleicht hänge ich sie ins Büro – eine Art Suchbild.«
Keiner von uns beiden lächelte.
»Was für Pläne hast du, Patsy?« fragte ich dann.
»Wir gehen nach Ukiah zurück. Wir können bei Freunden unterschlüpfen, bis wir uns über unsere Pläne im klaren sind. Es hat keinen Sinn, im Delta zu bleiben. Die Kinder mögen es nicht – und wir jetzt auch nicht mehr.«
»Evans kommt also mit?«
»Natürlich.« Sie bemerkte mein erstauntes Gesicht. »Ach, Shari, diese Lügen ... das tat er doch nur, um die Leute zu beeindrukken. Und bei mir wußte er dann nicht mehr, wie er wieder davon loskommen sollte. Es ist mir gleich, ob er einen Nervenzusammenbruch hatte. Seit Jahren ist er wieder in Ordnung. Und daß er mich getäuscht hat, ist mir auch egal. Ich liebe ihn. Mein ganzes Leben bin ich vor den Menschen, die ich liebe, davongelaufen und habe Beziehungen abgebrochen, wenn es etwas schwierig wurde. Mit Evans mache ich das nicht. Und«, fügte sie hinzu, »Andrew braucht einen Vater. Er entwickelt sich zu einem unerträglichen kleinen Klugscheißer.«
»Ja, aber ich mag ihn so.«
»Ich auch. Er ist ein echter McCone.«
Wir lächelten uns an. Dann fragte ich: »Und was für Pläne hast du? Wieder eine Farm kaufen?«
»Ich bin nicht sicher, vielleicht eher eine Pension – Bett mit Frühstück.«
Ich runzelte unwillkürlich die Stirn.
»Mit eigenen Bädern«, fügte sie hastig hinzu. »Nichts Kleinkariertes.«
Ich umarmte sie und dachte dabei, daß ich meine kleine Schwester wiedergefunden hatte, so wie sie einmal gewesen war. Vielleicht hatte sie auch an Kraft und Selbstsicherheit gewonnen, und ich konnte sie sowohl respektieren wie lieben.
»Vergiß nicht, unsere Mutter anzurufen. Sie macht sich Sorgen, weil dein Telefon außer Betrieb ist. Ich habe es dir bis jetzt noch nicht gesagt, weil keine Gelegenheit dazu war.«

Der MG hatte den Sturm mit ein paar neuen Kratzern in seinem nicht mehr neuen Lack überstanden. Ich stellte meine Reisetasche auf den Beifahrersitz und fuhr zur Anlegestelle. Ich hupte, und

Denny kam mit der Fähre herüber. Auf dem Rückweg standen wir mit dem Rücken zur Insel und betrachteten Max' Hütte.
»Wie ich höre, bleiben Sie noch eine Weile«, sagte ich.
»Ja. Bis Neal soweit ist, daß er entscheiden kann, was er mit der Insel machen will. Ich werde hier sicherlich eine Menge Arbeit finden und kann bei den Aufräumarbeiten in der Gegend mithelfen.«
»Warum wollen Sie in der Hütte hausen, wenn Sie das ganze Herrenhaus für sich haben können?«
»Wer braucht schon ein großes Haus?«
Wir schwiegen und beobachteten, wie die Fähre zum Ufer glitt.
»Denny«, begann ich dann. »Eine Sache hätte ich Sie noch gern gefragt . . .«
»Ich möchte nicht über Stephanie sprechen. Sie war nicht so schlecht, wie ihre Taten sie jetzt erscheinen lassen. Sie hat einfach die Kontrolle über die ganze Geschichte verloren.«
»Ich verstehe Ihre Gefühle. Es geht um etwas anderes. An dem Morgen, an dem ich Sie und Stephanie kennenlernte, stritten sie sich. Als ich in die Küche kam, sagten Sie so etwas wie: ›Das ist gefährlich, und ich möchte nicht . . .‹«
Er nickte. »Ich erinnere mich. Es handelte sich um den Pier. Sie wollte, daß ich ihn als Fundament für die Bootslände benützte. Und ich sagte ihr, er sei zu schwach – und ich hatte recht, nicht wahr, wie so oft. Aber wer hört schon auf mich?« Er wandte sich ab und ging ins Maschinenhaus.

Ich fuhr von der Fähre und winkte Denny zum Abschied zu. Er winkte zurück und schritt schwerfällig auf die Hütte zu. Als er hineingegangen war, fiel mir seine Bemerkung ein: »Wer braucht schon ein großes Haus?«
Ja, wer? dachte ich. Nur Leute, die sonst nichts haben, wofür es sich zu leben lohnt.
Mein Erdbebenhäuschen war genau das richtige für mich, für mich und meine Katze, und wenn sie sich zu einer Streunerin entwickelt hatte – nun, in gewisser Weise war ich das auch.
Ich merkte plötzlich, daß ich seit dem Abenteuer in dem steuerlosen Boot vor ein paar Tagen nicht mehr viel an die kleinen Dinge gedacht hatte, die mich vor meinem Besuch im Delta so beschäftigt hatten. Die kleinen Dinge waren zur Bedeutungslosigkeit verblaßt, während ich die Art von Arbeit tat, zu der ich bestimmt war.
Jetzt war ich oben auf dem Hügel und sah im Rückspiegel Ap-

pleby Island verschwinden. Dann bog ich auf die Deichstraße ein. Die Fahrbahn war fast frei von Schlamm und Ästen, und so wie die Dinge standen, würde es zwischen hier und der Brücke von Antioch keinen Zwischenfall geben. Wenn ich Glück hatte, konnte ich um halb vier Uhr in San Francisco sein.
Und zu Hause würde ich mich dann um die großen Dinge kümmern.

Jack Higgins

Jack Higgins (Pseudonym für Henry Patterson; schrieb auch unter den Pseudonymen Martin Fallon und James Graham), geboren am 27. Juli 1929 in Newcastle upon Tyne, England, versuchte sich zunächst in den verschiedensten Berufen (vom Zirkusarbeiter über den Versicherungsvertreter bis zum Angehörigen der Royal Horse Guard) und studierte später an der Universität London Soziologie und Sozialpsychologie.
Higgins hatte bereits eine ganze Reihe von Kriminalromanen und Thrillern geschrieben, ehe ihm mit *The Eagle has Landed* (dt. *Der Adler ist gelandet*, Scherz Verlag 1976) der große, weltweite Durchbruch gelang.
Higgins lebt heute mit seiner Familie – er hat drei Töchter und einen Sohn – auf der Insel Jersey.

Von Jack Higgins sind erschienen:

Baron in der Unterwelt
Das Jahr des Tigers
Eine Nacht zum Sterben
Ein Sarg für Ibiza
Heldenspiel
Schlüssel zur Hölle

Gilbert K. Chesterton

Gilbert Keith Chesterton, geboren 1874 in London und gleichermaßen berühmt geworden als Journalist, Kritiker und Schriftsteller, hat sich nicht zuletzt durch die Detektivfigur des Pater Brown, «Held» vieler seiner oft humoristischen Kriminalerzählungen, eine treue und bis heute immer wieder begeisterte Lesergemeinde erworben. In seiner liebenswerten, etwas unförmigen Hilflosigkeit, die ihn ständig an Stock, Schirm, Hut und sonstigen Unumgänglichkeiten des täglichen Lebens scheitern läßt, ist er eine Art geistlicher Vorläufer des Fernsehdetektivs Colombo.
Chesterton starb 1936 in Beaconsfield.

Von Gilbert Keith Chesterton
sind erschienen:

Pater Brown und der Fluch des Bösen
Pater Brown und der Hammer Gottes
Pater Brown und der Heilige am Gong
Pater Brown und der Pfeil vom Himmel
Pater Brown und der Spiegel des Richters
Pater Brown und die drei Werkzeuge des Todes

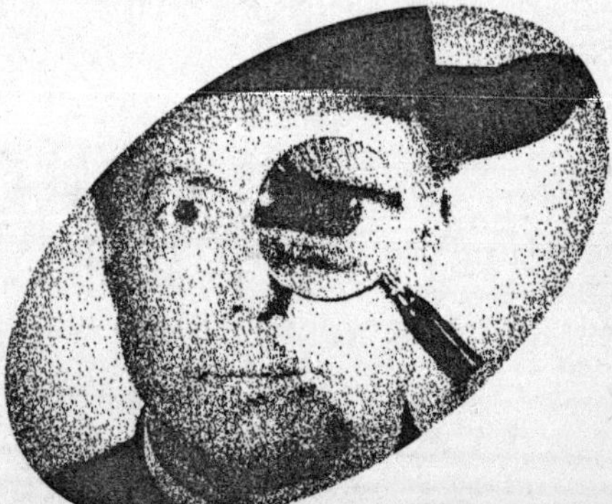